밤으로의
긴 여로

세계문학의 숲 010

Long Day's Journey into Night

밤으로의
긴 여로

유진 오닐 지음

김훈 옮김

시공사

일러두기

1. 이 책은 1956년 처음 출간된 미국 작가 유진 오닐(Eugene O'Neill)의 희곡《밤으로의 긴 여로(Long Day's Journey into Night)》를 우리말로 옮긴 것이다. 원래 1941년에 집필된 작품으로, 작가 사후 상연·출간되었다.
2. 번역은 예일 대학교 출판부에서 출간한 판본(Yale Nota Bene book, Yale University Press, 2002)을 대본으로 삼았다.
3. 주는 모두 옮긴이 주이다.

차례

우리의 열두 번째 결혼기념일에 칼로타에게

　내 해묵은 슬픔을 피와 눈물로 쓴, 이 극의 원고를 사랑하는 당신에게 바치오. 기쁘게 맞는 기념일의 선물로는 전혀 어울리지 않는 것일지도 모르겠어요. 하지만 당신은 이해해줄 거요. 이 원고는 당신의 사랑과 따뜻한 마음에 바치는 선물이오. 당신의 그 마음 덕에 나는 사랑에 대한 믿음을 갖게 되어 마침내 죽은 가족들과 정면으로 마주설 수 있었고, 참담한 고통에 시달렸던 타이론 가족 네 사람 모두에 대한 깊은 연민과 이해와 용서하는 마음을 갖고서 결국 이 희곡을 쓸 수 있었어요.

　더없이 소중한 내 사랑, 당신과 함께한 12년 세월은 빛과 사랑으로의 여로였어요. 당신에게 감사하는 내 마음을 잘 알 거요. 그리고 내 사랑도!

1941년 7월 22일
타오 하우스에서
진

등장인물

제임스 타이론
메리 캐번 타이론, 제임스의 아내
제임스 타이론 2세, 맏아들
에드먼드 타이론, 막내아들
캐슬린, 하녀

무대

1막
1912년 8월 어느 날 오전 8시 30분
제임스 타이론의 여름별장 거실

2막
1장: 낮 12시 45분경, 같은 장소
2장: 30분쯤 뒤, 같은 장소

3막
그날 저녁 6시 30분경
같은 장소

4막
같은 날 자정 무렵
같은 장소

1막

무대

1912년 8월 어느 아침나절, 제임스 타이론의 여름별장 거실.

무대 뒤편에 천으로 가려진 큰 문 둘이 나 있다. 오른쪽 문은 앞 응접실과 이어져 있으며, 앞 응접실은 응접실같이 꾸며놓기는 했지만 거의 사용하지 않는 것 같은 느낌을 준다. 왼쪽 문은 창문도 없는 어두운 뒤 응접실로 이어져 있으며, 그 방은 거실과 식당을 오가는 통로로만 사용된다. 두 문 사이의 벽에는 작은 책장 하나가 서 있다. 그 책장 위에는 셰익스피어의 초상화가 놓여 있고, 책장에는 발자크, 졸라, 스탕달의 소설들과 쇼펜하우어, 니체, 마르크스, 엥겔스, 크로폿킨, 막스 슈티르너의 철학과 사회학 관련 책들, 입센, 쇼, 스트린드베리의 희곡들, 스윈번, 로세티, 와일드, 어니스트 다우슨, 키플링 등의 시집들이 꽂혀 있다.

오른쪽 벽 뒤편에는 베란다로 이어지는 망사문이 나 있으며, 베란다는 그 집의 반가량을 두르고 있다. 무대 앞쪽 벽에는 세 개의 창문이 나 있고, 그 창문들로는 집 앞 잔디밭과 항구, 부두를 따라 난 길을 한눈에 굽어볼 수 있다. 그 벽을 따라 작은 고리버들 탁자 하나와 평범해 뵈는 참나무 책상 하나가 놓여 있다.

왼쪽 벽에도 집 뒷마당이 내다보이는 세 개의 창이 나 있다. 그 창문들 아래에는 등받이가 뒤로 휘어진 고리버들 소파가 자리 잡고 있고, 그 소파 위에는 몇 개의 쿠션이 놓여 있다. 그 벽에서 무대 뒤와 가까운 쪽에는 유리문들이 달린 커다란 책장이 하나 있으며, 그 안에는 뒤마, 빅토르 위고, 찰스 레버의 전집들과 셰익스피어 전집 세 질, 50권짜리 세계문학전집, 흄의《영국사》, 티에르의《통령정부와 제정의 역사》, 스몰레트의《영국사》, 기번의《로마제국 쇠망사》, 다양한 고전희곡집들, 시집들, 아일랜드 역사책 몇 권이 꽂혀 있다. 놀랍게도 그 책장에 있는 모든 책은 다 누군가가 거듭해서 읽은 흔적이 엿보인다.

디자인이나 색상이 무난해 뵈는 양탄자가 단단한 재질의 목재들을 깐 바닥을 거의 덮고 있다. 바닥 중앙에는 둥근 탁자 하나가 자리 잡고 있으며, 그 위에는 초록색 갓이 달린 독서용 등 하나가 놓여 있다. 그 등에서 뻗어 나온 전선은 천장 샹들리에에 있는 네 개의 소켓 중 하나에 꽂혀 있다. 둥근 탁자는 독서용 등의 빛이 미치는 범위 내에 들어와 있고, 그 탁자 주위에는 네 개의 의자가 놓여 있다. 그중의 셋은 고리버들로 만든 안락의자고, 탁자 오른쪽 전면에 있는 의자는 니스를 칠해 광택을 내고 바닥에 가죽을 씌운 참나무 흔들의자다.

14

오전 8시 30분경. 오른쪽 창문들을 통해 햇살이 비쳐든다.

막이 오르면, 가족이 막 아침 식사를 끝내고 난 뒤 식당과 이어진 뒤 응접실 문이 열리면서 메리 타이론과 그녀의 남편이 거실로 나온다.

메리는 쉰네 살의 나이에 키는 중간 정도다. 아직도 젊고 품위 있어 보이는 인상에 약간 통통한 몸매를 지니고 있다. 하지만 허리와 엉덩이는 코르셋으로 팽팽하게 조이지 않았는데도 중년 나이에 이른 여성의 몸매 같은 느낌을 거의 주지 않는다. 전형적인 아일랜드 여성의 인상을 지녔다. 그 얼굴은 예전 한때 대단히 아름다웠을 것으로 짐작되며, 아직까지도 빼어난 미모를 간직하고 있다. 하지만 건강해 뵈는 몸매와는 달리 얼굴은 여위고 창백해서 광대뼈가 유난히 더 도드라져 보인다. 길고 쭉 곧은 코에 큰 입, 도톰하면서도 민감해 뵈는 입술을 지녔다. 평소 화장을 전혀 하지 않고 입술연지도 바르지 않는다. 동그랗게 도드라진 이마를 숱 많은 순백의 머리가 감싸고 있다. 창백한 얼굴빛과 유난히 하얀 머리 빛깔 때문에 진갈색의 눈동자가 검은색으로 보인다. 검은 눈썹과 살짝 말려 올라간 긴 속눈썹으로 감싸인 두 눈은 유난히 크고 아름다워 보인다.

맨 먼저 눈길을 끄는 건 신경과민으로 보일 정도로 몹시 불안해하는 모습이다. 그녀의 두 손은 한시도 쉬지 못한다. 기름하고 끝으로 갈수록 가늘어지는 손가락들 덕에 그녀의 손은 예전 한때 무척이나 아름다웠을 것이다. 하지만 관절염 때문에 손가락 마디마다 옹이가 지고 손가락들 전체가 뒤틀려 이제는 기형적이라 할 만큼 흉하게 보인다. 그녀는 그 손들의 기형적인 생김새를 유난히 의식하는 데다, 그 때문에 불안해하는 자신을 통제할 능력이 없는 것에 수치심을 느낀다. 식구들은 그녀의 그런 과민한 태도 때문에 저절로 그 손에 눈길이 가지만, 그녀가 그 때문에 수치스러워한다는 걸 알고 그 손들을 보지 않으려고 애써 눈길을 피하곤 한다.

그녀는 겉보기에 수수해 뵈는 옷들을 입었지만 그것은 자기에게 어떤 옷이 잘 어울리는지를 제대로 아는 사람이 고른 것들이다. 머리는 공들여서 매만졌다. 목소리는 부드럽고 매력적이다. 기분이 좋을 때면 그 목소리에는 아일랜드인 특유의 경쾌한 가락이 실린다.

수줍음 많은 수녀원 학교 여학생 같은 청신함에서 비롯된 소박하면서도 꾸밈없는 모습이야말로 그녀가 지닌 가장 큰 매력이다. 그녀가 평생 간직해온, 타고난 천상의 순수함 같은 것.

제임스 타이론은 예순다섯 살이지만 그보다 십 년은 더 젊어 보인다. 173센티미터가량 되는 키에 떡 벌어진 어깨, 잘 발달된 가슴을 지녔다. 고개를 꼿꼿이 쳐들고, 가슴은 내밀고 배는 안으로 들이밀고, 양 어깨를 쫙 편 군인 같은 자세 때문에 그는 실제보다 더 크고 날렵해 뵌다. 세월의 무게를 이기지 못해 얼굴이 탄력을 잃고 늘어지기 시작했지만 큼직하게 잘 빠진 머리통, 멋진 선을 자랑하는 옆모습, 깊숙이 들어간 연갈색 눈으로 이루어진 그 얼굴은 아직도 대단히 멋져 보인다. 회색으로 물든 머리는 숱이 적고, 삭발한 수도사처럼 정수리 부분이 동그랗게 벗어져 있다.
그에게는 오랜 직업의 자취가 뚜렷하게 남아 있는데, 그것은 그가 연극배우

특유의 과장된 몸짓을 즐기기 때문에 그런 게 아니다. 그는 천성적으로 소박하고 꾸밈없는 사람이며, 그의 그런 성향은 아일랜드 농부 출신인 조상들, 그리고 본인의 미천한 출신에서 비롯되었다고도 할 수 있다. 그러나 그는 말하는 품새나 행동거지, 제스처 등에서 배우의 냄새를 물씬 풍긴다. 이런 면들은 과거 배우로 활동할 때 많이 연구하는 과정에서 저절로 생겨난 것들이다. 그는 깊은 울림과 유연한 흐름을 지닌 빼어난 목소리를 갖고 있으며, 그 목소리에 대단한 자부심을 품고 있다.

그는 어떤 로맨틱한 배역에도 어울리지 않을 것 같은 차림새를 하고 있다. 회색의 낡은 기성복 상하의와 칼라 없는 셔츠 차림에 두꺼운 흰 손수건을 목에 느슨하게 맸고, 광택이 나지 않는 검은 구두를 신고 있다. 부주의하고 무관심해서 그렇게 차려입은 것으로는 보이지 않는다. 그것은 어디서나 흔히 볼 수 있는 초라한 옷차림일 뿐이다. 그는 옷을 입을 때 실용성과 편리함만을 따지는 사람이고, 지금은 남들의 시선 같은 것에는 전혀 신경 쓰지 않고 그저 본인이 정원 가꾸기에 적당하다고 여기는 옷을 입었을 뿐이다.

그는 평생 단 하루도 아파본 적이 없었다. 그에게는 신경이라는 게 아예 없다. 둔감하고 소박한 농부 기질이 주조를 이루고 거기에 감상적인 우울함이 살짝 가미되어 있으며, 드물긴 하지만 어쩌다 한 번씩 직관적인 감성이 번뜩이곤 한다.

타이론은 한 팔을 아내의 허리에 두른 채 뒤 응접실에서 나온다. 거실에 들어서면서 그는 장난스럽게 아내를 껴안는다.

타이론 9킬로그램이 늘어서 이젠 딱 한 팔만큼 되네.

메리 (다정하게 웃으면서) 너무 뚱뚱해졌다 그 말이죠. 사실은 살을 빼야 하는데.

타이론 그런 말이 아니랍니다, 부인! 지금이 딱인걸. 살 빼는 얘기는 하지 맙시다. 아침을 그렇게 조금 먹은 게 그 때문이오?

메리 그렇게 조금이라고요? 나는 많이 먹은 것 같은데.

타이론 많이 먹지 않았소. 아무튼 내가 바라는 만큼은 아니지.

메리 (놀리듯) 여보세요! 당신은 그저 세상 모든 사람이 다 당신만큼 아침을 엄청나게 먹어야 한다고 생각하죠. 그렇게 먹었다간 죄다 소화불량으로 죽고 말 거예요. (앞으로 걸어 나와 탁자 오른편에 선다.)

타이론 (그녀를 따라가며) 내가 그 정도로 폭식을 하는 사람이 아니었으면 싶은데. (흡족해하면서) 하지만 하느님이 가호해주신 덕분으로 예순다섯인데도 여전히 식욕이 왕성하고 스무 살 청년만큼이나 소화를 잘 시키지.

메리 그렇고말고요. 그건 누구도 부인할 수 없는 사실이죠. (그녀는 소리 내어 웃으면서 탁자 오른쪽 뒤에 있는 고리버들 안락의자에 앉는다. 그는 그녀의 뒤를 돌아가 탁자 위에 있는 상자에서 시가를 하나를 고른 뒤 작은 가위로 한쪽 끝을 잘라낸다. 식당 쪽에서 제이미와 에드먼드의 목소리가 들려온다. 메리는 그쪽으로 고개를 돌린다.) 어째서 쟤네들은 식당에 죽치고 앉아 있지? 캐슬린이 식탁을 치우려고 대기하고 있을 텐데.

타이론 (농담조로 말하면서도 은근히 분개하면서) 내가 들어서는 안 될 비밀 얘기를 하고 있겠지. 노친네의 부아를 돋울 만한 새로운 음모를 꾸미고 있을 거요. (그녀는 아무 대꾸도 하지 않은 채 아들들의 목소리가 들려오는 쪽으로 계속 고개를 돌리고 있다. 슬그머니 식탁 위로 올라온 두 손이 분주하게 움직인다. 타이론은 시가에 불을 붙인 뒤 원탁 오른편에 있는, 자신의 전용 의자인 흔들의자에 앉아 느긋하게 연기를 뿜어낸다.) 아침밥을 먹고 나서 피우는 첫 시가만한 건 세상에 다시없지. 질이 좋은 시가라면 말야. 이번에 새로 산 시가는 맛이 아주 그만이야. 게다가 아주 싸게 샀지. 거저나 다름없는 값으로. 맥과이어가 권해서 샀잖소.

메리 (다소 날 선 어조로) 그 사람이 새 땅까지 사라고 권하진 않았겠죠. 그 사람이 권해서 산 땅치고 신통한 게 없으니까.

타이론 (방어하듯) 꼭 그렇지만도 않지. 결국 체스트넛 가에 있는 그 집도 그 사람이 권해서 샀는데 내가 금방 되팔아서 제법 쏠쏠한 이익을 남겼잖소.

메리 (이제 장난기 어린 애정이 담긴 미소를 머금으면서) 알아요. 어쩌다 운이 좋아 한 방 터트린 거죠. 맥과이어는 그렇게 될 줄은 꿈에도 생각하지 못했을……. (남편의 손을 토닥여주며) 신경 쓰지 마요, 여보. 당신이 뛰어난 부동산 투기꾼이 아니라는 사실을 납득시키려 해봤자 내 입만 아프다는 걸 잘 알고 있으니까.

타이론 (발끈해서) 난 그런 생각 갖고 있지 않아. 하지만 땅은 땅이지. 땅은 월가 사기꾼들이 권하는 주식이나 채권보다 훨씬 더 안전해. (달래듯이) 아침부터 이런 얘기로 다투지 맙시다. (사이. 아들들의 목소리가 다시 들려오고 둘 중의 하나가 갑자기 심한 기침을 한다. 메리는 근심 어린 표정으로 귀 기울인다. 손가락들은 탁자를 신경질적으로 두드린다.)

메리 제대로 먹지 않는다고 나무라야 할 쪽은 에드먼드예요. 걔는 커피 말고는 어떤 음식에도 거의 손을 대지 않았어요. 기운을 차리려면 먹어야 하는데. 아무리 먹으라고 해도 입맛이 없다는 소리만 해요. 하기야 독한 여름 감기에 걸렸으니 식욕이 없긴 하겠지만.

타이론 맞아. 그 상황에서는 자연스러운 일이지. 그러니 당신도 너무 걱정하지 않는 게 좋을…….

메리 (재빨리) 아, 걱정하지 않아요. 며칠 몸조리만 잘하면 금방 좋아질 테니까. (그 화제에서 벗어나고 싶은데 좀처럼 잘 안 되는 것처럼) 한데 이럴 때 아프다니 좀 지나친 것 같아요.

타이론 맞아. 운도 없지. (걱정 어린 표정으로 아내를 힐끗 쳐다본다.) 그렇다고 너무 속 끓이지는 마오. 당신도 건강을 잘 돌봐야 할 사람이라는 걸 명심해요.

메리 (재빨리) 속 끓이지 않아요. 내가 속 끓일 게 뭐 있겠어요. 어째서 내가 그런다고 생각하는 거죠?

타이론 아니, 아니, 그렇게 생각하지 않아요. 그저 요 며칠간 신경이 좀 예민한 것 같아서 말이오.

메리 (억지로 웃으면서) 내가요? 말도 안 돼. 당신이 괜히 그렇게 지어내서 생각한 것뿐이에요. (갑자기 긴장하면서) 그렇게 노상 나를 지켜보지 마요. 그러면 자꾸 신경이 쓰이잖아요.

타이론 (초조하게 탁자를 두드려대는 그녀의 손에 자신의 손을 덮으면서) 자, 자, 여보. 그거야말로 당신이 지어내서 생각하는 거요. 내가 당신을 지켜봤다면 그건 당신이 너무 탐스럽게 살이 오르고 아름다워 보여서 그런 것뿐이야. (갑자기 깊이 감동한 목소리가 된다.) 당신이 우리한테 돌아와 다시 예전 같은 모습을 보여주는 게 얼마나 행복한지 말로 표현할 수도 없어요. (충동적인 감정에 끌려 몸을 숙이고 아내의 뺨에 키스한다. 그런 뒤 자세를 바로 하고는 좀 쑥스러워하면서 덧붙인다.) 그러니 계속 노력하도록 해요.

메리 (외면하면서) 그렇게 할게요. (참지 못하고 자리에서 일어나 오른쪽 창가로 간다.) 고맙게도 안개가 걷혔네. (돌아선다.) 오늘 아침에는 기분이 좋지 않아요. 그 끔찍한 무적(霧笛)*이 밤새 울려대는 통에 잠도 제대로 못 잤어요.

타이론 맞아. 뒷마당에서 병든 고래가 울어대는 것 같았지. 그 바람에 나도 제대로 잠을 자지 못했어.

메리 (애정 어린 표정과 함께 흥겨워하면서) 당신이? 잠을 설치는 것도 참 가지가지네요. 무적에 지지 않을 만큼 요란하게 코를 고시더구먼! (깔깔거리고 웃으면서 그에게 다가가 장난스럽게 그의 뺨을 토닥여준다.) 열 개의 경적이 울려댄다 해도 당신은 끄떡없이 잘 잘 거예요. 워낙 무신경하니까. 당신에게

---

*안개가 끼었을 때에 선박이 충돌하는 일을 막기 위하여 등대나 배에서 울리는 고동.

는 애당초 신경이라는 게 없어요.

타이론 (자만심에 상처를 입어 퉁명스럽게) 말도 안 돼. 당신은 내가 코 좀 고는 걸 갖고 늘 지나치게 과장해서 말해.

메리 그럴 리가. 본인이 코 고는 소리를 직접 들을 수만 있다면 좋겠구먼……. (식당에서 요란한 웃음소리가 터져 나온다. 그녀는 빙긋이 웃으면서 그쪽으로 고개를 돌린다.) 무슨 농담을 했는지 궁금하네.

타이론 나를 놀려먹고 있겠지. 내기를 걸어도 좋아. 입만 열면 노친네를 두고 씩둑꺽둑하니까.

메리 (놀리듯) 그럼요, 온 가족이 노상 당신 흉만 보죠, 그죠? 당신은 심한 학대를 받고 있다고요! (깔깔대며 웃다가 이윽고 흥겨워하고 안도하는 표정으로) 쟤네들이 어떤 농담을 하고 있든 간에 아무튼 에드먼드가 웃는 소리를 들으니 마음이 놓이네요. 요즘 기분이 아주 저조해보였는데.

타이론 (그 말을 무시하고 분개하면서) 틀림없이 제이미가 농담을 했을 거야. 남을 놀려먹는 게 일인 놈이니까. 그놈은 그런 놈이야.

메리 또 가여운 제이미를 들먹이네요. (자신 없이) 언젠가는 걔도 좋아질 거예요. 기다리면서 지켜보도록 해요.

타이론 좋아지려면 빨리 좋아져야지. 이제 곧 있으면 서른네 살인데.

메리 (그 말을 무시하고) 맙소사, 하루 온종일 식당에서 죽치고 있을 작정인가? (뒤 응접실 문 쪽으로 가서 소리친다.) 제이미! 에드먼드! 이제 그만 거실로 와. 그래야 캐슬린이 식탁을 치우지. (에드먼드가 대답한다. "곧 갈게요, 엄마." 그녀는 탁자로 돌아온다.)

타이론 (투덜대며) 당신은 그 녀석이 무슨 짓을 해도 싸고 돌 사람이야.

메리 (그의 곁에 앉아서 그의 한 손을 토닥이며) 쉬잇.

부부의 아들들인 제임스 2세와 에드먼드가 뒤 응접실에서 함께 나온다. 둘 다 히죽이 웃고 있으며, 방금 전까지 그들을 웃게 만든 것 때문에 여전히 킬킬거리다가 앞으로 나오면서 아버지를 힐끗 쳐다보고는 더 노골적으로 싱글거린다.

형인 제이미는 서른세 살이다. 아버지를 닮아 어깨가 넓고 가슴이 탄탄하다. 키는 아버지보다 2~3센티미터가량 더 크지만 몸무게는 덜 나간다. 하지만 아버지처럼 자세가 반듯하지 않고 당당하게 행동하지 않는 탓으로 더 작고 뚱뚱해 보인다. 그리고 아버지가 갖고 있는 활력도 역시 결여되어 있다. 그에게서는 때 이르게 시들어가는 기미가 보인다. 방종의 흔적들에도 불구하고 그의 얼굴은 아직 준수해 보인다. 그리고 어머니보다 아버지를 더 닮았지만 아버지만큼 잘생기진 못했다. 눈동자는 아버지의 연갈색과 어머니의 진갈색의 중간 정도 되는 갈색을 띠고 있다. 요즘 머리가 자꾸 빠지고 있고, 아버지를 닮아 이미 정수리가 벗어지고 있는 기미가 보인다. 코는 다른 식구들과는 달리 뚜렷한 매부리코다. 그 코와 습관적으로 머금곤 하는 비웃음이 어우러질 때는 메피스토펠레스 같은 인물형을 떠올려주곤 한다. 그러나 간혹 비웃음기가 없이 그저 순수하게 웃을 때면 익살스럽고 로맨틱하고 무책임한 아일랜드인 특유의 매력이 어느 정도 드러난다. 잘하는 게 하나도 없이 그저 재미있기만 한 성격에다 감상적인 시인 기질이 결합하여 여자들에게는 매력적으로 비치고 남자들에게는 인기 있는 사람 같은 모습이.

그는 낡은 양복을 입고 있긴 하나 아버지의 양복만큼 허름해 뵈지는 않으며, 셔츠 칼라를 달고 있고 넥타이도 매고 있다. 원래 하얗던 피부가 햇볕에 타서 불그레하고 기미도 끼어 있다.

에드먼드는 형보다 열 살 아래로 키는 5센티미터쯤 더 크고, 몸집은 더 여윈데다 더 강인해 보인다. 제이미가 어머니를 닮은 구석은 거의 없고 아버지를 많이 닮은 데 반해, 에드먼드는 양친 모두를 닮았으되 어머니 쪽을 더 많이 닮았다. 그의 길고 좁은 아일랜드인 특유의 얼굴에서 어머니를 가장 닮은 부분은 큰 검은 눈이다. 입도 역시 어머니의 그것처럼 아주 민감해 보인다. 햇볕에 타서 끝이 약간 불그레해진 진갈색 머리를 뒤로 빗어 올려 훤히 드러난 이마는 어머니의 이마를 많이 닮았으되 어머니의 그것보다 좀 더 도드라져 보인다. 그러나 코는 아버지의 코를 닮았고 옆모습 역시 아버지의 모습을 연상시켜준다. 손가락들이 유난히 긴 손은 어머니의 손을 쏙 빼닮았다. 이 모자는 신경이 좀 예민하다는 점까지도 닮았다. 에드먼드와 어머니가 닮았다는 점이 가장 뚜렷하게 드러나는 부분은 바로 그런 극단적인 민감함이다.

그의 건강 상태가 좋지 않다는 것은 한눈에 알 수 있다. 평소보다 훨씬 더 여위었고 눈에는 열기가 어려 있으며 양 뺨은 움푹 꺼졌다. 그의 피부는 햇볕에 타서 진갈색으로 물들어 있음에도 생기 없이 꺼칠하다. 양복 상의는 걸치지 않고 맨 셔츠 차림에 칼라를 달고 넥타이를 맸으며, 플란넬 바지를 입고 갈색 운동화를 신었다.

메리 (웃음 띤 얼굴로 그들을 돌아보면서 약간 꾸민 것 같은 명랑한 목소리로) 코 고는 걸 갖고 네 아버지를 놀리고 있었단다. (타이론에게) 누구 말이 옳은지는 애들한테 맡기겠어요. 애들도 당신 코 고는 소리를 들었을 테니까. 아, 제이미 너는 안 되겠다. 네 아버지만큼이나 요란하게 코 고는 소리가 우리 방에까지 들렸으니까. 너는 아버지를 쏙 빼닮았어. 베개를 베기가 무섭게 곯아떨어져서 열 개의 무적이 울려도 모르고 자지. (그녀는 제이미가 불안해하는 눈길로 탐색하듯 자기 얼굴을 쳐다보는 것을 깨닫고는 갑자기 말을 멈춘다. 미소는 사라지고 방어적인 자세가 된다.) 왜 그렇게 빤히 쳐다보니, 제이미? (공연히 두 손으로 머리를 매만진다.) 머리가 흘려 내렸니? 이제는 머리를 제대로 매만지기가 힘들어. 눈이 너무 침침해진 데다 안경은 어디 갔는지 도무지 찾을 수가 없구나.

제이미 (죄스러운 듯이 슬며시 외면하며) 머리는 괜찮아요, 엄마. 엄마가 아주 좋아 보인다고 생각하고 있었을 뿐이에요.

타이론 (진심으로) 나도 그렇게 말하고 있던 참이다. 이젠 살도 찌고 기운도 넘쳐나 좀 있으면 안지도 못할 거야.

에드먼드 맞아요, 아주 좋아 보여요, 엄마. (그제야 메리는 안심하고 에드먼드에게 다정하게 웃어준다. 에드먼드는 장난스럽게

씩 웃으면서 윙크한다.) 아버지가 코 고는 건 엄마 말이 옳아
요. 아, 그건 정말 대단해요!

제이미 그 소리는 나도 들었어요. (삼류 배우 같은 포즈와 목소
리로 연극 대사를 읊는다.) "무어인입니다. 나팔 소리만 들어
도 알지요."* (어머니와 에드먼드는 소리 내어 웃는다.)

타이론 (싸늘하게) 내가 코 고는 소리를 듣고 경마 정보가 아니
라 셰익스피어 대사가 떠올랐다니 앞으로도 계속 코를 골아
야겠구나.

메리 그만, 여보! 너무 심해요. (제이미는 두 손을 내밀고 어깨
를 으쓱하고는 어머니의 오른쪽에 있는 의자에 가 앉는다.)

에드먼드 (안타까워서) 그래요, 그만하세요, 아버지! 아침밥을
먹자마자 왜 또 이래요! 이쯤에서 그만두자고요, 예? (그는
탁자 왼쪽에 있는 형의 옆자리에 털썩 주저앉는다. 타이론은 못
들은 체한다.)

메리 (꾸짖듯이) 네 아버지가 너를 나무란 것도 아니잖니. 그렇
게 노상 제이미의 편을 들어주지 않아도 돼. 꼭 네가 형보다
열 살쯤 더 먹은 것처럼 구는구나.

제이미 (지겨워하며) 왜들 난리예요? 그만하자고요.

타이론 (깔보듯이) 그래, 그만하자! 뭐든지 다 집어치우고 두
루뭉수리하게 넘어가자! 아무 야망도 없는 인간의 참 편리한

---

*셰익스피어의 《오셀로》 2막 1장에서 이아고가 오셀로의 등장을 알리는 나팔 소리
를 듣고서 하는 말.

인생철학이야. 기껏 한다고 하는 짓이라고는…….

메리 여보, 그만해요. (남편을 어르듯 한 팔로 그의 어깨를 감싸 안으며) 당신 오늘 아침에는 기분이 별로 좋지 않은가보네요. (화제를 바꾸기 위해 아들들에게 고개를 돌리면서) 둘이서 여기 들어올 때 왜 그렇게 엉큼하게 웃어댔지? 무슨 농담을 했기에?

타이론 (분위기를 바꾸려고 애써 노력하며) 그래, 우리도 좀 들어보자. 틀림없이 내 얘기를 하고 있는 거라고 네 엄마한테 얘기했지. 하지만 괜찮다. 뭐 한두 번 당한 게 아니니까.

제이미 (차갑게) 나를 쳐다보지 마세요. 얘기를 꺼낸 건 애니까.

에드먼드 (씩 웃으며) 간밤에 아버지한테 말씀드리려 했는데 그만 깜빡했네요. 어제 제가 산책 나갔다가 동네 술집엘 잠깐 들렀는데…….

메리 (걱정스럽게) 지금 넌 술 마시면 안 돼, 에드먼드.

에드먼드 (그 말을 무시하고) 거기서 잔뜩 취한 사람 하나를 만났어요. 그 사람이 누구일 것 같으세요? 아버지 땅에서 농사 짓는 쇼네시예요.

메리 (빙그레 웃으며) 그 끔찍한 사람을! 하지만 재미있는 사람이지.

타이론 (낯을 찌푸리며) 땅을 빌려준 사람 입장에서는 별로 재미없는 인간이야. 교활한 가난뱅이 아일랜드 놈이지. 속이 시커메. 그래, 어제는 무슨 불평을 늘어놓더냐. 틀림없이 무슨 불평을 했을 거야. 임차료를 낮춰줬으면 할 걸. 땅을 그냥 놀

리기가 뭣해서 공짜나 다름없는 헐값으로 빌려줬는데도 쫓아
내겠다고 협박을 해야 겨우 돈을 낸다니까.

에드먼드 아뇨, 불평 같은 건 전혀 하지 않았어요. 사는 게 너
무 즐거워서 술까지 산 걸요. 생전 그런 일이 없었던 사람이.
아버지 친구 하커하고 한판 붙어서 통쾌하게 이겼다고 아주
즐거워했어요. 스탠더드 오일의 갑부하고 말이에요.

메리 (재미있어 하면서도 좀 당황해하며) 오, 맙소사! 당신이 나
서야 하는 거 아니에⋯⋯.

타이론 망할 놈의 자식!

제이미 (심술궂게) 다음에 아버지가 클럽에서 하커를 만날 때
는 아주 공손하게 인사를 해도 모르는 척하겠는데요.

에드먼드 맞아요. 하커는 미국의 왕 앞에서 건방지게 구는 인
간한테 땅을 빌려줬다고 아버지를 신사 축에 들지 못하는 사
람으로 여길 거예요.

타이론 사회주의자가 지껄이는 허튼 소리에는 신경 안 써. 그
런 얘기는 듣고 싶지도⋯⋯.

메리 (재빨리) 말을 계속하렴, 에드먼드.

에드먼드 (아버지를 약 올리듯 씩 웃으면서) 아버지도 아시다시
피 하커의 땅에 있는 냉각수용 연못이 아버지 땅 바로 옆에
있고, 쇼네시는 돼지를 키우잖아요. 그런데 울타리가 터진 데
가 있어서 돼지들이 그 갑부의 연못에 들어가 목욕을 하는가
봐요. 그래, 하커의 관리인이 주인한테 쇼네시가 자기네 돼지
들이 연못에서 마음대로 놀게 하려고 일부러 울타리를 망가

뜨린 게 분명하다고 일러바쳤던 모양이에요.

메리 (놀라면서도 재미있어 하며) 맙소사!

타이론 (쓸쓸해하면서도 약간 감탄하는 것 같은 기색으로) 그 비열한 망나니가 그런 게 맞을 거야. 그놈다운 짓이니까.

에드먼드 그래, 하커 씨가 쇼네시를 혼내주기 위해 몸소 납시셨대요. (킬킬대며) 아주 멍청한 짓이었죠! 그건 우리나라 갑부들, 특히 부모 재산을 물려받아 부자가 된 사람들이 뛰어난 지적 능력을 가진 사람은 못 된다는 사실을 제대로 입증해주는 사건이었어요.

타이론 (생각하기에 앞서 우선 인정하면서) 맞아, 그 사람은 쇼네시를 감당할 수 없을 거다. (그러고 나서 으르렁댄다.) 그 망할 놈의 무정부주의적인 생각 같은 건 늘어놓지 마. 내 집에서는 듣고 싶지 않으니까. (하지만 궁금함을 참지 못해) 그래서 어떻게 됐지?

에드먼드 하커가 쇼네시를 찾아간 건 제가 잭 존슨*에게 도전한 거나 다름없는 일이었어요. 쇼네시는 술을 몇 잔 걸치고 대문 앞에서 하커가 오기를 기다리고 있었어요. 쇼네시는 하커가 미처 뭐라고 할 틈도 주지 않고 댓바람에 고함을 쳤대요. 나는 스탠더드 오일이 함부로 짓밟을 수 있는 노예가 아니다, 나도 아일랜드 왕 못지않은 권리를 가진 사람이다, 가난한 사람들한테서 제아무리 많은 돈을 갈취해서 부자가 됐다

*미국 최초로 흑인 출신의 헤비급 챔피언이 된 권투 선수.

해도 내가 보기에 쓰레기는 역시 쓰레기일 뿐이다, 라고요.

메리 오, 세상에! (하지만 웃음이 나오는 건 어쩔 수가 없다.)

에드먼드 그리고 나서 그 사람은 악을 쓰면서 하커를 마구 몰아세웠대요. 당신이 우리 돼지들을 죽이려고 관리인을 시켜 부러 울타리를 부수고 연못으로 꾀어내게 한 거 아니냐, 그 바람에 우리 불쌍한 돼지들은 독감에 걸렸다. 그중의 많은 녀석들이 폐렴에 걸려 죽어가고 있고 그 밖의 몇 마리는 오염된 연못물을 마시고 콜레라에 걸려 쓰러졌다, 고요. 그리고 손해배상 청구 소송을 하기 위해 변호사를 고용할 작정이라고 했대요. 그런 다음 마지막으로, 자기는 농장에 덩굴옻나무, 진드기, 감자딱정벌레, 뱀, 스컹크 같은 것들이 있는 건 참을 수 있다, 하지만 자기는 분별 있는 정직한 사람이기 때문에 스탠더드 오일의 도둑놈이 농장 땅을 침범하는 건 죽어도 못 본다, 그러니 개를 풀어놓기 전에 빨리 거기서 그 더러운 발을 치우는 게 신상에 이로울 거라고 으름장을 놨대요! (제이미와 함께 웃는다.)

메리 (놀랐지만 그래도 웃음을 참지 못해 킥킥거리면서) 맙소사, 그 사람 입 한번 걸쭉하구나!

타이론 (생각하기에 앞서 우선 감탄하면서) 망할 놈의 늙은 악당 같으니! 그 인간은 누구도 못 당하지! (웃는다. 그러다 웃음을 뚝 그치고 인상을 쓴다.) 개망나니 같으니! 그 인간 때문에 내가 곤란해지겠네. 내가 알면 몹시 화를 낼 거라고 말해주지 그랬냐.

에드먼드 우리 아버지가 아시면 아일랜드인의 위대한 승리에 기뻐서 펄쩍 뛰실 거라고 했죠. 실제로 그렇잖아요. 아닌 척 하지 마세요, 아버지.

타이론 내가 기쁠 게 뭐 있어.

메리 (놀리듯) 당신도 좋아하면서 뭘 그래요!

타이론 그렇지 않아, 여보. 농담은 농담으로 받아들여야지. 하지만……

에드먼드 쇼네시한테 제가 그랬어요. 하커한테 스탠더드 오일의 갑부라면 냉각수에서 돼지 냄새가 나는 건 딱 어울리는 일이니 쌍수를 들고 환영을 해야지 뭘 그러냐고, 이렇게 말하지 그랬냐고요.

타이론 저런, 저런! (이맛살을 찌푸리며) 내 일에 그 돼먹지 않은 사회주의적 무정부주의 사상 같은 건 끼어들게 하지 마!

에드먼드 쇼네시는 그때 그런 말을 미처 생각해내지 못한 게 너무 분해서 거의 울려고 했어요. 하지만 하커한테 편지를 쓸 때 자기가 빠뜨리고 하지 못한 다른 욕들과 함께 그 얘기를 꼭 집어넣겠다고 했어요. (제이미와 함께 웃는다.)

타이론 뭐가 그렇게 우습냐? 난 하나도 안 우습다. 그 망나니가 나까지 소송에 말려들게 하는 일을 거들어주고도 좋아서 낄낄거리니, 참 잘하는 짓이다!

메리 흥분하지 마요, 여보.

타이론 (제이미에게 고개를 돌리고는) 저 녀석도 나쁘지만 저 녀석을 부추기는 네가 더 나빠. 너도 그 자리에 끼어 더 야비한 얘기로 쇼네시를 부추기지 못한 게 못내 애석하겠구나. 다른 건 몰라도 그런 재주만은 아주 뛰어나잖냐.

메리 여보! 왜 애꿎은 제이미를 몰아세우고 그래요. (제이미는 아버지를 비웃는 말을 하려다가 어깨를 으쓱하고 만다.)

에드먼드 (갑자기 격분하면서) 맙소사, 아버지! 다시 그런 얘기를 꺼낼 거라면 나가겠어요. (벌떡 일어난다.) 어차피 이층에 책을 두고 왔으니까. (앞 응접실로 가면서 역겹다는 듯이 말한다.) 이제 그런 얘기를 하는 것도 지겨울 때가 됐을 텐데. (사라진다. 타이론은 성난 눈길로 그가 사라진 쪽을 노려본다.)

메리 쟤 말을 마음에 담아두지 마세요. 상태가 좋지 않잖아요. (에드먼드가 이층으로 올라가면서 기침하는 소리가 들린다. 메리는 걱정이 되어 말한다.) 여름 감기에 걸리면 누구나 다 신경이 날카로워지지.

제이미 (진심으로 염려가 되어) 쟤는 그냥 감기에 걸린 게 아니에요. 막내는 상태가 아주 안 좋아요. (아버지가 경고의 뜻을 담은 눈빛을 보내지만 제이미는 보지 못한다.)

메리 (분개하면서 제이미를 돌아보며) 왜 그런 말을 하니? 그냥 감기일 뿐이야! 그건 누구나 다 알 수 있는 일이야! 넌 늘 지나친 상상을 하는 버릇이 있어!

타이론 (다시 제이미에게 경고하는 눈짓을 한 뒤, 짐짓 느긋하게) 에드먼드에게 다른 증세가 겹쳐서 감기가 더 심해졌을 수도 있다. 뭐 그런 얘기라오.

제이미 그래요, 엄마. 그런 뜻이었어요.

타이론 하디 선생은 개가 열대지방에 있을 때 걸린 말라리아 때문에 열이 좀 있을 수도 있다고 생각해. 정말 그럴 경우엔 키니네를 쓰면 금방 낫지.

메리 (경멸 어린 적개심이 얼굴을 스치고 지나간다.) 하디 선생이라고요! 난 그 사람이 성경책을 잔뜩 쌓아놓고 맹세를 한 대도 절대로 안 믿어요! 난 의사들이 어떤 인간들인지 잘 알아요. 그 사람들은 하나같이 다 똑같아요. 환자를 계속 붙들어놓는 일 말고는 무슨 일에든 아무 관심도 없죠. (부자의 시선이 자기한테 고정되어 있는 걸 깨닫고는 강한 방어의식이 발동하여 말을 뚝 그친다. 불안감에 사로잡혀 반사적으로 두 손이 머리로 올라간다. 억지로 웃는다.) 왜 그래요? 왜 그렇게 쳐다봐요? 내 머리가……?

타이론 (죄책감을 느끼면서 미안한 마음에 한 팔로 그녀의 몸을 감싸 안는다. 그리고 장난스럽게 껴안는다.) 당신 머리는 멀쩡해. 건강해지고 살이 오르니까 외모에 더 신경을 쓰는 것 같구려. 좀 있으면 거울 앞에서 몸치장을 하는 데 무한정 시간을 쓰겠어.

메리 (마음이 좀 놓인다.) 새 안경을 사야 해요. 이제 눈이 너무 나빠졌어요.

타이론 (아일랜드인다운 아첨을 한다.) 당신 눈은 참 아름다워. 그건 당신도 잘 알 거요. (아내에게 키스한다. 수줍어서 어쩔 줄 몰라 하는 귀여운 모습과 함께 그녀의 얼굴빛이 환해진다. 그 순간 놀랍게도 그녀의 얼굴에서 소녀 적의 모습이 떠오른다. 죽은 망령 같은 모습으로서가 아니라 아직까지도 생생하게 살아 있는 그녀의 일부로서.)

메리 주책 부리지 마세요. 제이미 앞에서!

타이론 애도 당신 속을 훤히 다 꿰고 있어. 당신이 이렇게 눈이 어쩌니 머리가 어쩌니 하면서 난리를 피우는 게 다 칭찬해달라는 소리라는 걸 누가 모를 줄 알고. 그렇지 않니, 제이미?

제이미 (제이미의 낯빛도 역시 밝아졌다. 어머니를 향해서 다정하게 웃는 모습에는 소년 시절의 순수한 아름다움이 깃들어 있다.) 맞아요. 우리를 속일 생각은 하지 마세요, 엄마.

메리 (소리 내어 웃으면서 아일랜드인 특유의 경쾌한 가락이 실린 목소리로) 둘이서 쿵짝이 아주 잘 맞네! (그러고 나서 소녀처럼 진지하게 말한다.) 예전에 내 머리는 정말 아름다웠죠? 그렇지 않아요, 여보?

타이론 세상에서 제일 아름다웠지!

메리 세상에서 보기 드문 붉은 갈색인 데다 내 무릎 아래까지 내려올 정도로 길었어요. 제이미 너도 기억날 거다. 에드먼드가 태어나기 전까지만 해도 그랬으니까. 그러다 완전히 잿빛으로 변했지. (얼굴에서 소녀다운 모습이 사라진다.)

타이론 (재빨리) 그래서 더 아름다워졌지.

메리 (다시 당황해하면서도 기뻐하며) 네 아버지 말씀하시는 것 좀 봐라, 제이미. 결혼한 지 35년이나 된 마당에! 명배우는 거저 되는 게 아닌 것 같지? 갑자기 왜 이러세요? 코 고는 것 갖고 좀 놀려먹었다고 해서 앙갚음을 하는 건가요? 그렇다면 아까 한 말 다 취소할게요. 난 그저 무적 소리만 들었다고요. (소리 내어 웃는다. 부자도 덩달아 웃는다. 그러고 나서 그녀는 활달하고 현실적인 태도로 변한다.) 칭찬 듣는 것도 나쁘진 않지만 이제 나가봐야겠네요. 요리하는 여자하고 저녁 식사랑 장보는 일을 의논해봐야 해요. (자리에서 일어나면서 익살기 어린 과장된 한숨을 짓는다.) 브리지트는 너무 게을러요. 너무 교활하고. 뭐라고 좀 나무라려고 하면 자기 친척들 얘기를 장황하게 늘어놓아 이야기할 틈도 주지 않아요. 그래도 어떻게 해서든 할 말은 해야겠죠. (뒤 응접실 쪽으로 가다가 돌아서서 다시 걱정스러운 낯빛으로) 에드먼드는 정원 가꾸는 일 시키지 마세요. 알았죠, 여보? (얼굴에 다시 묘하게 고집스러운 표정이 어린다.) 걔 몸이 약하다고 해서 그러는 게 아니라 땀을 흘리면 감기 기운이 더 심해질 수도 있으니까요. (뒤 응접실로 사라진다. 타이론은 나무라는 눈빛으로 제이미를 노려본다.)

타이론 멍청이 같으니! 왜 그렇게 생각이 없니? 그렇지 않아도 에드먼드 때문에 걱정을 하는 판에 더 걱정하게 할 말은 하지 말아야지.

제이미 (두 손바닥을 앞으로 내밀고 양 어깨를 으쓱하면서) 알았어요. 아버지 뜻대로 하세요. 하지만 어머니가 계속 자신을 속이도록 가만 내버려두자는 건 좋은 생각 같지가 않네요. 나중에 진실과 직면해야 할 때 충격만 더 커질 테니까요. 아무튼 엄마가 여름 감기 얘기를 할 때는 의도적으로 스스로를 속이고 있다는 걸 아버지는 아시잖아요. 엄마 자신도 당연히 알고 있고요.

타이론 안다고? 아직은 아무도 몰라.

제이미 난 알아요. 월요일에 에드먼드가 하디 선생을 찾아갈 때 나도 같이 갔었어요. 그때 그 사람이 말라리아 기운이 어떻고 저떻고 하는 얘기가 들렸어요. 그 사람은 시간만 끌고 있어요. 이젠 그렇게 생각하지도 않으면서. 아버지도 알잖아요. 어제 읍내에서 그 사람을 만났을 때 다 들었잖아요. 그렇죠?

타이론 그분도 아직은 확실하게 말할 수 없는 입장이야. 오늘 에드먼드가 진찰 받으러 가기 전에 나한테 전화해준다고 했어.

제이미 (천천히) 그 사람은 폐결핵이라고 생각하고 있어요. 그렇지 않아요?

타이론 (마지못해) 그럴 수도 있다고 했어.

제이미 (가슴이 뭉클해져 동생에 대한 애정을 드러내면서) 불쌍한 막내! 빌어먹을! (비난하는 눈길로 아버지를 돌아보며) 처음 몸이 아팠을 때 개를 제대로 된 의사한테 보냈더라면 이런 일은 없었을 거예요.

타이론 하디 선생이 무슨 상관이야? 여기서는 계속 우리 주치의 역할을 해온 분인데.

제이미 그 사람은 하나도 제대로 하는 게 없어요! 이 촌구석에서조차도 삼류 의사밖에 안 된다고요. 순 싸구려 돌팔이 같으니!

타이론 그래, 네 말이 맞다! 마음대로 헐뜯어라! 세상 모든 사람을 다 헐뜯어! 네게는 모든 사람이 다 사기꾼일 테니까!

제이미 (경멸 어린 투로) 그 사람한테 치료받는 데는 1달러밖에 안 들죠. 아버지가 그 사람을 좋은 의사라고 생각하는 건 바로 그 때문이에요!

타이론 (뜨끔해서) 그만해! 지금 넌 술에 취하지 않았어! 그러니 술 핑계를 댈 수도 없는…… . (스스로를 자제하고는 약간 방어적으로) 내가 돈 많은 별장 사람들을 우려먹는 상류층 전문 의사를 대줄 형편이 못 된다는 이야기를 하는 거라면 그 말은…… .

제이미 형편이 못된다고요? 아버지는 이 일대에서 가장 넓은 땅을 가진 축에 속해요.

타이론 그렇다고 해서 부자는 아니야. 그 땅들은 죄다 저당 잡혀 있는 판인…… .

제이미 저당금은 갚지 않고 자꾸 땅만 더 사들이니까 그렇죠. 에드먼드가 아버지가 좋아하는 땅덩어리였다면 있는 대로 돈을 들였을 거예요!

타이론 말도 안 되는 소리 하지 마! 하디 선생을 비웃는 말도 죄다 헛소리야! 그분은 겉치레를 하지 않고, 고급 주택가에다 병원을 내지도 않았고, 고급차도 굴리지 않아. 혓바닥 한번 들여다보고 5달러씩 받아 챙기는 의사들이 실력이 좋아서 그렇게 비싼 돈을 받는 줄 알아? 그런 사치를 누리려고 그러는 거지.

제이미 (비웃음을 흘리면서 어깨를 으쓱한다.) 아암, 그렇고말고요. 따지는 내가 바보지. 타고난 본성이 어디 가겠어요?

타이론 (발끈하며) 암, 어디 안 가지. 그런 교훈은 네가 나한테 너무나 잘 가르쳐줬잖아. 이제 나는 네가 천성을 바꿀 수 있을 거라는 기대를 완전히 접었다. 네가 감히 내 형편을 따져? 1달러의 가치도 모르는 놈이. 너는 죽었다 깨나도 모를 거다! 평생 1달러도 저축해본 적이 없으니 뭘 알겠어! 공연 시즌이 끝날 때마다 땡전 한 푼 없는 신세나 되고! 주급이 나오기가 무섭게 창녀들과 위스키에 다 쏟아 붓고!

제이미 주급이라고요! 나 원 기가 차서!

타이론 그것도 너한테는 과분해. 내가 아니었더라면 그나마도 못 받았을 테니까. 네가 내 아들이 아니었다면 너한테 배역을 줄 무대감독이 있을 것 같으냐? 평판이 그렇게 나쁜데. 나는 네가 마음을 잡았다고 하면서 자존심을 접고 애걸하다시피 했어. 그게 거짓말이라는 걸 잘 알면서 말이야!

제이미 애초에 배우가 되고 싶은 마음이 전혀 없었다고요. 아버지가 억지로 무대에 세운 거지.

타이론 거짓말하지 마! 다른 할 일을 찾아보려는 생각도 하지 않았으면서. 너는 일자리 구하는 일을 나한테 떠넘겼고, 내가 영향력을 갖고 있는 데는 연극판뿐이었어. 억지로 무대에 세웠다고! 넌 술집에서 노닥거리는 것 말고는 어떤 일도 하고 싶어 하지 않았어! 이날 이때까지 게으른 천치 놈처럼 죽치고 앉아서 에비한테 빌붙어 먹고사는 것으로 만족해왔지! 제대로 교육시키겠다고 그렇게 돈을 처들였는데도 대학에 들어가는 족족 일이나 저질러 쫓겨나고!

제이미 제발 지나간 일들은 좀 들추지 마세요!

타이론 여름철마다 나한테 와서 빌붙어 먹으면서 지나간 일은 무슨 지나간 일이야.

제이미 정원 일을 하는 것으로 밥값과 잠자리 값은 하고 있잖아요. 일꾼 한 사람 몫은 충분히 하고 있어요.

타이론 하! 그나마도 등 떠밀어야 겨우 일하는 주제에! (분노가 가라앉으면서 맥없이 푸념한다.) 조금이라도 고마워하는 기색을 보이면 내 말도 안 해. 기껏 하는 짓이라는 게 나를 지독한 구두쇠라고 비웃고 내 직업을 비웃고 저만 빼고 세상 모든 걸 다 비웃고 있잖아.

제이미 (이맛살을 찌푸리며) 그렇지 않아요. 아버지는 내가 속으로 어떤 생각을 하는지 몰라서 그래요.

타이론 (무슨 뜻인지 몰라 아들을 지그시 쳐다보다가 자기도 모르게 대사를 읊어댄다.) "배은망덕, 세상에서 자라는 잡초들 중에서도 제일 너절한 잡초!"

제이미 그 대사가 나올 줄 알았어요! 벌써 수천 번도 더 들었……! (그런 다툼이 지겨워서 말을 뚝 그치고 어깨를 으쓱한다.) 좋아요, 아버지. 난 쓸모없는 건달이에요. 날 뭐라고 불러도 좋으니까 이런 말다툼은 이제 그만해요.

타이론 (이제 분노 어린 항의조로) 그 머릿속에 멍청한 생각 대신에 야망이 깃들어 있다면 얼마나 좋을까! 넌 아직 젊어. 명성을 얻을 기회는 얼마든지 있어. 넌 좋은 배우가 될 만한 재능을 갖고 있었어! 아직도 그렇고. 넌 내 아들이니…….

제이미 (지겨워하며) 나는 그만 잊어주세요. 그런 것에는 관심 없으니까. 아버지도 그렇잖아요. (타이론, 포기한다. 제이미, 아무 일도 없었다는 듯이 심상하게 말한다.) 어쩌다가 이런 이야기를 하게 되었죠? 아, 하디 선생 때문이지. 언제 전화할 거라고 했죠?

타이론 점심때쯤. (잠시 뜸을 들이다가 방어하듯이) 에드먼드에게 하디 선생보다 더 나은 의사는 없어. 에드먼드가 이 별장에서 지낼 때마다 몸이 아프면 그분이 치료해줬으니까. 걔가 아주 어렸을 때부터. 걔의 체질을 그분만큼 잘 아는 의사는 없어. 네가 주장하는 것처럼 내가 구두쇠라서 에드먼드를 그분한테 보내는 게 아니야. (씁쓸하게) 미국 최고의 의사를 붙여봤자 무슨 소용이 있겠냐. 그 녀석은 대학에서 쫓겨난 뒤로 몸을 함부로 굴리면서 부러 제 건강을 망친 녀석인데. 그 전에 대학 예비학교에 다닐 때조차도 네 흉내를 내느라 브로드웨이를 들락거리며 방탕하게 지내기 시작했지. 너만큼 건강한 체질을 타고나지도 못한 주제에. 너는 나처럼 덩치도 좋고 건강하잖아. 아무튼 그때는 그랬어. 하지만 녀석은 제 에미를 닮아서 예민하고 늘 골골하잖아. 나는 그 녀석한테 몸이 배겨나지 못할 거라고 수없이 얘기했건만 들은 척도 하지 않았지. 그리고 이젠 너무 늦었어.

제이미 (날카롭게) 너무 늦었다니, 그게 무슨 소리예요? 말씀하시는 게 꼭⋯⋯.

타이론 (죄책감 때문에 오히려 벌컥 화를 내며) 바보 같은 소리 하지 마! 별 뜻 없는 소리를 한 걸 갖고. 녀석의 건강이 망가져서 한동안 골골하면서 지낼 수도 있다는 얘기야.

제이미 (설명을 들은 체도 하지 않고 아버지를 빤히 쳐다보면서) 아일랜드 농부들은 폐병을 불치병이라 생각하죠. 늪지대 오두막에서 사는 사람들이라면 으레 그렇게 생각할 거예요. 하지면 여기서는 안 그래요. 현대식 치료를 받기만 하면…….

타이론 내가 그런 것도 모르는 줄 알아! 그리고 무슨 헛소리를 지껄여대는 거야! 아일랜드 농부들이 어떻고, 늪지대나 오두막이 어떻고 하면서 씨부렁대는 짓거리도 이젠 그쯤 해둬! (비난하듯) 네 속이 편하려면 에드먼드의 병 얘기는 가급적 하지 않는 게 좋을 텐데. 걔가 그렇게 된 데는 네 책임이 제일 크니까!

제이미 (찔끔해하면서) 거짓말! 말도 안 되는 얘기예요!

타이론 사실이 그렇잖아! 너는 걔한테 가장 안 좋은 영향을 끼쳤어. 걔는 너를 영웅으로 여기면서 자랐어! 참 좋은 본을 보여줬지! 맨 나쁜 짓만 가르쳐주고 좋은 충고를 해주는 경우는 생전 본 적이 없었어! 나이가 아직 너무 어려서 제 형이라는 자가 인생에서 실패해 속이 잔뜩 뒤틀려 있다는 것도 모르는 애한테 너절한 개똥철학 같은 것들이나 잔뜩 주입해서 애를 쓸데없이 조숙하게 만들었지! 제 형이, 모든 남자는 영혼을 팔아먹는 너절한 존재들이고 모든 여자는 창녀 아니면 천치라고 믿고 싶어 하는 인간이라는 것도 모르는 애한테!

제이미 (또다시 그런 다툼이 지겨워져 방어적인 자세로) 그래요. 나는 걔한테 세상에서 처신하는 법을 가르쳐줬어요. 하지만 그건 개가 이미 말썽을 피우기 시작한 다음부터였어요. 내가 형답게 좋은 충고를 해주려고 하면 나를 비웃는다는 걸 안 다음부터. 나는 그저 개의 친구가 되어주고, 내가 저지른 실수들을 통해서 뭔가 배울 수 있었으면 해서 아주 솔직하게 대해 줬을 뿐이에요……. (어깨를 으쓱하면서 냉소적으로) 훌륭한 인간은 못 되더라도 최소한 신중한 사람은 되었으면 해서요. (타이론은 경멸하듯 콧방귀를 뀐다. 제이미는 갑자기 마음이 뭉클해진다.) 그건 지나친 비난이에요, 아버지. 내가 막내를 얼마나 소중하게 여기는지, 우리가 다른 집 형제들과 달리 얼마나 우애 좋게 지내는지 잘 알잖아요! 개를 위해서라면 뭐든 다 할 거예요.

타이론 (감동해서 달래듯이) 네가 잘해보려는 마음에서 그렇게 했다는 건 나도 안다. 부러 개를 망치려고 해서 그랬다는 건 아니야.

제이미 그래도 너무 지나쳐요! 누군가가 개한테 영향을 미치는 걸 나도 좀 봤으면 좋겠어요. 개가 워낙 조용하니까 사람들은 개를 자기네 멋대로 주무를 수 있는 아이라 착각하죠. 하지만 개는 대단한 고집불통이라 누가 뭐래도 저 하고 싶은 대로만 하는 아이예요! 개가 지난 몇 년간 온갖 위험한 짓을 다 하고 다닌 게 나하고 무슨 상관이 있겠어요. 선원이 되어 온 세상을 떠돌아다닌 것을 비롯해서 온갖 모험을 다 한 것 말이에요. 나는 그걸 멍청한 짓들이라 생각했고, 개한테도 그렇게 말했어요. 내가 남아메리카 해변에서 뒹굴거나 불결한 사창가 술집에서 싸구려 술이나 마시면서 노닥거리는 걸 좋아할 거라 생각하지는 않겠죠? 그런 건 절대로 사절이죠! 나 같으면 브로드웨이의 욕실이 딸린 호텔 방이나 질 좋은 버번을 내놓는 술집 같은 데서 시간을 보낼 거예요.

타이론 너하고 브로드웨이! 브로드웨이가 지금의 너를 만들었지! (약간은 대견해하면서) 그래도 걔는 제 혼자 힘으로 멀리 떠날 배짱이나 있었지. 돈이 떨어지자마자 나한테 달려와서 징징댈 수 없는 먼 곳으로.

제이미 (찔끔해하다가 냉소적인 질투심을 드러내면서) 걔도 결국은 늘 빈털터리가 되어서 돌아왔잖아요? 그리고 걔가 그렇게 나가서 어떻게 됐죠? 지금 걔 꼴을 좀 보세요! (갑자기 부끄러운 표정이 된다.) 맙소사! 이렇게 심한 말을 내뱉다니. 이럴 셈이 아니었는데.

타이론 (제이미의 말을 무시하기로 작정하고) 걔는 신문사 일을 잘 해왔어. 난 걔가 마침내 저 하고 싶어 하는 일을 찾았기를 바란 거야.

제이미 (다시 냉소적인 질투심을 드러내며) 촌구석의 너절한 삼류 신문을 갖고! 그 사람들이 아버지한테 무슨 헛소리를 지껄였는지는 몰라도 나한테는 쓸모없는 기자라고 합디다. 걔가 아버지 아들만 아니었더라면……. (다시 부끄러워하며) 아니, 이건 사실이 아니에요! 그 신문사 사람들은 걔가 들어와서 좋아했어요. 걔가 쓴 특집 기사들은 그런대로 쓸 만했대요. 걔가 쓴 몇 편의 시와 풍자적인 비평문은 아주 좋았다고 했고요. (다시 시기심을 드러내며) 그렇다고 어디서나 일류 기자로 통할 수 있는 수준은 아니었죠. (황급히) 하지만 첫출발 치고는 그런대로 괜찮은 편이었어요.

타이론 맞아. 걔는 어쨌든 출발이라도 해봤지. 그런데 너는 신문기자가 되고 싶다는 말만 했지 밑바닥에서부터 시작할 생각은 아예 없었어. 너는 그저……

제이미 아, 아버지! 내 얘기 들먹이는 것 좀 제발 그만둘 수 없어요?

타이론 (제이미를 노려보다가 이윽고 외면한다. 사이.) 하필 이럴 때 병이 들다니 운도 없지. 걔한테는 지금이 아주 중요한 시기인데. (내밀한 불안감을 감출 수 없어서 덧붙인다.) 네 엄마한테도 그렇고. 모든 근심 걱정에서 벗어나 편안하게 쉬어야 할 때 에드먼드 때문에 심난해하고 있으니, 참. 집에 돌아와서 두 달 동안은 아주 좋았는데. (탁하게 갈라지고 조금 떨리는 목소리가 되어) 그 두 달이 내겐 천국 같았어. 다시 가정다운 가정이 되었으니까. 너도 잘 알고 있을 거다. (처음으로 제이미가 공감 어린 연민의 눈빛으로 아버지를 쳐다본다. 갑자기 두 사람 사이에 깊은 공감대가 형성되어 그 전까지의 반목상태를 잠시 잊은 듯하다.)

제이미 (좀 누그러진 어조로) 나도 같은 심정이에요, 아버지.

타이론 그래. 이번에는 그 사람이 얼마나 강하고 자신감에 넘치는지 잘 봤을 거야. 옛날과는 아주 딴판이야. 신경과민 증상을 잘 다스려왔지. 적어도 에드먼드가 아프기 전까지는. 그런데 너도 알다시피 이젠 점점 더 긴장하고 내심 겁을 집어먹고 있어. 무슨 일이 있어도 에드먼드의 일을 감출 수만 있다면 좋겠는데, 걔를 요양원으로 보내야 할 경우에는 그럴 수가 없어. 더 고약한 건 네 외할아버지도 폐병으로 돌아가셨다는 거야. 네 엄마는 친정아버지를 숭배하다시피 하고 늘 잊지 못하는 사람인데. 그러니 에드먼드의 일을 감당해내기 힘들 거야. 하지만 네 엄만 해낼 수 있어! 이제는 의지력을 갖고 있으니까! 우리도 힘닿는 한껏 네 엄마를 도와야 해!

제이미 (감동하며) 그럼요, 아버지. (주저하면서) 오늘 아침에는 신경이 좀 예민해 뵈는 것 말고는 아주 좋아 보이긴 했어요.

타이론 (이젠 강한 확신을 갖고서) 그보다 더 좋을 수는 없었지. 장난기가 가득했고. (갑자기 수상쩍은 기분이 들어 찡그린 얼굴로 제이미를 쳐다보며) 좋아 보이긴 했다니, 그게 무슨 뜻이지? 그 사람이 그렇지 않아야 할 무슨 이유라도 있다는 거냐? 그게 대체 무슨 소리야?

제이미 그렇게 다그치지 좀 마세요! 이 문제에서만큼은 우리 제발 싸우지 말고 솔직하게 얘기할 수 있으면 해요.

타이론 미안하다, 제이미. (긴장하며) 말을 계속해봐.

제이미 별 얘기 아녜요. 내가 잘못 생각했을 뿐이에요. 그냥 어젯밤에……. 아버지도 잘 아시다시피 나는 옛날 일을 좀처럼 잊을 수가 없어요. 나도 모르게 자꾸 엄마를 의심하게 돼요. 나도 아버지랑 비슷해요. (쓰라린 표정으로) 괴로워요. 그 때문에 엄마도 힘들게 만들고! 엄마는 우리가 의심하는 눈길로 처다보지 않나 해서 신경 쓰잖아요.

타이론 (서글프게) 나도 알아. (긴장해서) 건 그렇고 어젯밤에 어쨌다는 거지? 좀 솔직하게 말 못하겠냐?

제이미 별것 아니라고 했잖아요. 그냥 바보 같은 생각을 한 것뿐이에요. 새벽 3시쯤 깼을 때 엄마가 빈방에서 걸어 다니는 소리가 들렸어요. 그러더니 욕실로 가더군요. 나는 자는 척했어요. 엄마는 내가 정말로 잠들었는지 알고 싶어 하는 것처럼 내 방문 앞 복도에서 걸음을 멈추고 가만히 귀 기울이더라고요.

타이론 (쓰게 웃으면서) 맙소사, 그게 다냐? 네 엄마는 무적 소리 때문에 밤새 한숨도 못 잤다고 그랬어. 에드먼드가 아프기 시작한 뒤로는 밤마다 개의 상태를 살펴보느라 아래위층을 오르내려.

제이미 (간절하게) 예, 맞아요. 엄마는 개 방 앞에서도 걸음을 멈추고 가만히 귀 기울였어요. (다시 망설이다가) 내 가슴이 덜컥 내려앉은 건 엄마가 빈방에 들어갔기 때문이에요. 그러자 나도 모르게 옛날 일이 떠올랐어요. 엄마가 그 방에서 혼자 주무시기 시작하는 거야말로 늘 좋지 않은 일이 일어나고 있다는 징조였……

타이론 이번엔 달라! 그건 쉽게 설명이 돼. 간밤에 내가 코를 심하게 고는데 네 엄마가 달리 어디로 가겠어. (성마른 분노를 터트린다.) 어째서 그렇게 매사에 모든 걸 나쁜 쪽으로만 해석하면서 사는 거야!

제이미 (찔끔해서) 그러지 마세요! 내가 잘못 생각한 거라고 말했잖아요. 나도 아버지만큼이나 기뻐한다는 걸 모르세요!

타이론 (누그러들면서) 그야 그렇지. (사이. 표정이 어두워진다. 미신적인 두려움에 휩싸인 채 천천히 말한다.) 그 사람이 에드먼드 걱정을 하는 건 피할 수 없는 저주 같구나. 처음 그런 것도 에드먼드를 낳은 다음에 오래 앓으면서…….

제이미 그건 엄마 탓이 아니었어요!

타이론 지금 네 엄마 탓을 하는 게 아냐.

제이미 (날카롭게) 그럼 누구 탓이라는 거죠? 에드먼드 탓인가요? 세상에 태어났기 때문에?

타이론 멍청한 놈! 누구 잘못도 아니야.

제이미 그 망할 놈의 의사 탓이에요! 엄마 말로는, 그자도 하디 같은 싸구려 돌팔이였어요! 아버지가 돈이 아까워 솜씨 좋은 의사를 부르려 하지 않았기 때문에…….

타이론 말도 안 되는 소리 하지 마! (격분하며) 그럼 내 탓이로구나! 네가 말하려던 게 결국 그거였어. 안 그래? 이 속이 시커먼 건달 놈!

제이미 (어머니가 식당에서 움직이는 소리를 듣고 경고하듯) 쉬잇! (타이론은 황급히 일어나 오른쪽 창가로 가서 밖을 내다본다. 제이미는 방금 전과는 완전히 달라진 말투로 이야기한다.) 오늘 집 앞 울타리 가지들을 손질할 작정이라면 지금부터 일하는 게 좋겠네요. (메리가 뒤 응접실에서 들어온다. 그녀는 의심하는 눈초리로 두 사람을 재빨리 살펴본다. 잔뜩 긴장한 채 자신을 방어하려는 기색이 엿보인다.)

타이론 (창문에서 고개를 돌려 배우가 연기하는 것 같은 투로) 그래야지. 날씨가 너무 좋아. 이런 날에 집 안에서 말다툼이나 하면서 보낼 수는 없지. 창밖을 좀 봐요, 여보. 항구에서 안개가 사라졌어. 이젠 안개의 음습한 기운이 완전히 물러난 것 같구려.

메리 (타이론에게 다가가며) 그랬으면 좋겠네요. (제이미를 향해 억지로 웃으면서) 네가 집 앞 울타리를 손질하러 가자고 얘기하는 소리가 들린 것 같던데? 내일은 서쪽에서 해가 뜨겠네! 돈이 몹시 궁한 모양이지?

제이미 (농담하듯) 언제는 안 그런 적이 있었나요? (어머니에게 살짝 윙크하고는 조소 어린 눈길로 아버지를 쳐다보면서) 주말에는 최소한 큼직한 1달러짜리 동전 하나 정도는 받아야죠. 한번 진창 마셔댈 수 있게!

메리 (제이미의 농담에 아무 반응도 보이지 않은 채 두 손으로 옷 앞섶 여기저기를 더듬는다.) 둘이서 무슨 얘기들을 했어?

제이미 (양어깨를 으쓱하며) 노상 똑같은 얘기죠 뭐.

메리 네가 의사 얘기를 한 것 같던데. 그리고 네 아버지는 네게 속이 시커멓다고 나무란 것 같았고.

제이미 (재빨리) 아 그거. 노상 하던 얘기예요. 하디 선생이 세상에서 제일가는 의사는 아니라는 얘기.

메리 (아들이 거짓말을 하고 있다는 걸 알아챈 상태에서 멍하니) 아. 그래, 나도 그렇게 생각해. (억지로 웃으면서 화제를 다른 데로 돌리며) 아, 지겨운 브리지트! 그 마수에서 영영 빠져나오지 못하는 줄 알았어. 세인트루이스에서 경찰관으로 일하는 육촌 얘기를 한도 끝도 없이 늘어놓는 바람에 죽는 줄 알았다니까. (초조해서 안달을 하며) 울타리 일을 한다더니 왜 안 나가고 있어? (황급히) 내 말은 해가 좋을 때 일해야 하지 않겠냐는 거야. 안개가 다시 몰려오기 전에. (자기 자신에게 말하는 것 같은 이상한 어조로) 안개가 몰려올 걸 나는 아니까. (두 사람이 자기를 빤히 쳐다보고 있다는 걸 깨닫고는 갑자기 방어적인 태도로 돌변해 황급히 두 손을 쳐들고) 아, 그러니까 관절염에 걸린 이 손의 느낌으로 안다는 거지. 내 손이 당신보다 날씨 변화를 훨씬 더 정확하게 알아맞혀요. (혐오감 어린 눈길로 자신의 손을 바라보면서) 으, 흉해라! 이 손이 예전엔 참 아름다웠다는 걸 누가 믿을 수 있겠어? (부자는 두려워하는 눈빛으로 그녀를 주시한다.)

타이론 (그녀의 두 손을 잡고 살며시 아래로 내리며) 자, 자, 여보. 그런 바보 같은 소리 하지 마요. 세상에서 제일 고운 손인걸. (메리의 표정이 환해지면서 생긋이 웃는다. 그리고 감사한 마음에 남편에게 키스한다. 타이론은 아들에게 고개를 돌린다.) 가자, 제이미. 네 엄마가 우리를 나무라는 것도 무리는 아니야. 일은 입으로 하는 게 아니니까. 뙤약볕 아래서 땀을 흘리다보면 네 배에 오른 술살도 좀 빠질 거다. (그가 망사문을 열고 베란다로 나가 마당으로 이어진 계단을 내려가면서 그의 모습이 사라진다. 제이미는 의자에서 일어나 겉옷을 벗고 망사문 쪽으로 간다. 문 앞에서 고개를 돌리긴 하지만 어머니와 시선 마주치는 걸 피하며, 어머니 역시 아들을 정면으로 쳐다보지 않는다.)

제이미 (부드러운 어조이긴 하나 거북하고 어색한 기운이 잔뜩 어려 있는 투로) 우리 모두는 엄마를 자랑스러워해요. 그래서 아주 행복해요. (메리의 온몸이 딱딱하게 굳어진다. 두려움 어린 도전적인 눈길로 아들을 빤히 쳐다본다. 제이미는 더듬거리면서 말을 계속한다.) 하지만 아직도 조심해야 해요. 에드먼드 때문에 너무 걱정하지 마세요. 걔는 괜찮아질 테니까.

메리 (완강한, 그리고 몹시 분개하는 표정으로) 당연히 좋아지겠지. 그런데 네가 무슨 말을 하려는 건지 잘 모르겠구나. 나더러 조심하라고 훈계한 것 말이다.

제이미 (메리의 날 선 말투에 마음이 상해 어깨를 으쓱하면서) 알았어요, 엄마. 그런 말 해서 미안해요.

그는 현관으로 나간다. 메리는 제이미가 계단 아래로 사라질 때까지 꼼짝하지 않고 서 있다. 이윽고 그녀는 제이미가 앉았던 의자에 털썩 주저앉는다. 얼굴에 두려움 어린 내밀한 절망감이 피어난다. 두 손이 식탁 위에서 물건들을 괜히 이리저리 옮기면서 지향 없이 방황한다. 에드먼드가 현관 쪽에 있는 계단을 내려오는 소리가 들린다. 계단 밑까지 거의 다 내려왔을 즈음, 그가 발작적으로 기침을 해댄다. 그녀는 그 소리로부터 달아나고 싶어 하는 것처럼 자리에서 벌떡 일어나 재빨리 오른쪽 창가로 간다. 에드먼드가 책 한 권을 들고 앞 응접실에서 들어올 즈음 그녀는 짐짓 태연한 척하면서 창밖을 내다본다. 그녀는 아들을 환영하는 어머니다운 미소를 입술에 머금은 채 에드먼드를 돌아본다.

메리 왔구나. 그렇지 않아도 너를 보러 이층에 올라가려던 참이었는데.

에드먼드 아버지와 형이 나가기를 기다렸어요. 말다툼에 휘말려들고 싶지 않아서요. 기분이 영 좋지 않아요.

메리 (분개한 것처럼) 뭐 말하는 것만큼 그렇게 나빠 보이지도 않구면. 넌 꼭 애 같아. 넌 우리가 너 때문에 걱정이 되어 난리를 치게 만들고 싶어 해. (황급히) 놀리려고 그랬을 뿐이야. 네 몸이 많이 불편하다는 거 잘 안다. 그런데 오늘은 좀 나아지지 않았니? (근심 어린 얼굴로 에드먼드의 팔을 잡으며) 그래도 너무 말랐어. 가능한 한 푹 쉬어야 해. 여기 앉아. 내가 편안하게 해줄게. (에드먼드가 흔들의자에 앉자 그녀는 베개 하나를 등에다 받쳐준다.) 됐다. 느낌이 어떠니?

에드먼드 아주 좋아요. 고마워요 엄마.

메리 (그에게 부드럽게 키스한다.) 네게는 너를 보살펴줄 이 엄마만 있으면 돼. 엄마 눈에 넌 덩치만 컸지 아직도 아기야.

에드먼드 (그녀의 한 손을 잡고 아주 진지하게) 제 걱정은 하지 마세요. 엄마 자신만 잘 돌보세요. 중요한 건 그것뿐이에요.

메리 (아들의 눈을 피하며) 난 건강한 걸. (억지로 웃으며) 내가 이렇게 살찐 게 보이지도 않니! 옷을 죄다 늘려야 할 판이야. (돌아서서 오른쪽 창가로 간다. 명랑, 쾌활하게 말하려 애쓰면서) 울타리의 가지들을 잘라내기 시작했네. 가여운 제이미! 지나가는 사람들 눈에 훤히 띄는 집 앞에서 일하는 걸 아주 싫어하는데. 채트필드 집안 사람들이 새 메르세데스를 타고 지나가는구나. 참 아름다운 차야. 그렇지 않니? 우리 집의 고물 패커드하고는 영 다르지. 불쌍한 제이미! 채트필드 집안 사람들의 눈에 띄지 않으려고 울타리 밑으로 허리를 잔뜩 숙이고 있어. 그 사람들이 네 아버지한테 고개 숙여 인사를 하니까 네 아버지는 꼭 커튼콜을 받고 나온 배우처럼 허리 숙여 절을 하는구나. 저 꼬질꼬질한 헌 양복을 입고서. 저걸 내버리게 하려고 내가 그렇게 애를 썼는데. (가시 돋친 말투로) 저 옷 꼬락서니가 뭐야. 원, 자존심도 없이.

에드먼드 남들이 어떻게 생각하든 전혀 신경 쓰지 않는 건 잘하시는 일이에요. 채트필드 집안 사람들에게 신경 쓰는 형이 어리석죠. 이 촌구석이 아니면 누가 저 사람들을 알아주겠어요?

메리 (흡족해하면서) 아무도 모르지. 네 말이 맞다, 에드먼드. 우물 안 개구리들이지. 네 형이 멍청하다. (사이. 창밖을 내다보다 동경하는 마음이 어린 쓸쓸한 목소리로) 하지만 채트필트가 사람들이나 그 이웃들은 뭔가 내세울 거나 있지. 그 사람들은 어디 내놔도 부끄럽지 않을 만한 근사한 집들이 있잖니. 초대하고 초대받을 수 있는 친구들도 있고. 그 사람들은 바깥 세상과 인연을 끊고 살지 않아. (에드먼드를 돌아보며) 그렇다고 그 사람들하고 어울리고 싶다는 얘기는 아니야. 난 이곳과 이곳에 사는 모든 사람들을 늘 싫어했어. 그건 너도 알 거야. 애초부터 나는 여기 살고 싶은 마음이 추호도 없었어. 하지만 네 아버지는 여기를 좋아해서 여기다 집을 짓고 살자고 우겼지. 그 바람에 나는 해마다 여름만 되면 여기 와서 살아야 했어.

에드먼드 뉴욕의 호텔에서 여름을 보내는 것보다는 낫잖아요? 그리고 이 고장도 그리 나쁘지 않아요. 난 여기가 꽤 마음에 드는걸요. 그동안 우리가 집이라고 가져본 게 이 집 하나뿐이어서 그런가봐요.

메리 난 이 집이 내 집이라고 생각해본 적 없다. 처음부터 일이 잘못되었어. 뭐든지 다 싸구려로만 해치우려들었지. 네 아버지는 이 집을 제대로 짓는 데 돈을 들일 생각이 전혀 없었어. 이곳에 친구가 없는 게 다행이지. 창피해서 친구들을 초대할 엄두도 못 냈을 거야. 하기야 네 아버지는 다른 사람들과 집안 대 집안으로 어울리고 싶어 한 적도 없었지. 저이는 남의 집에 가는 것도 남들을 초대하는 것도 싫어해. 그저 클럽이나 바 같은 데서 남자들끼리 어울려 술 마시면서 노닥거리는 거나 좋아하지. 제이미나 너도 마찬가지야. 너희 잘못이랄 수도 없지만. 여기서 점잖은 사람들하고 어울릴 기회가 도무지 있었어야 말이지. 너희가 조신한 아가씨들하고 어울릴 수만 있었다면 이렇게까지 되지는 않았을 텐데……. 둘 다 평판이 나빠서 이제 점잖은 집안 부모들은 너희가 자기네 딸 곁에 얼씬도 하지 못하게 하잖아.

에드먼드 (짜증을 내면서) 아, 엄마, 그쯤 해둬요! 누가 신경이나 쓴다고! 형하고 나는 그렇게 따분한 여자애들은 딱 질색이에요. 그리고 노친네 얘기도 그만 좀 해요. 그런다고 그 노친네가 사람이 달라질 것도 아닌데.

메리 (반사적으로 나무라며) 네 아버지를 노친네라고 부르지 마. 제 아버지를 존중할 줄 알아야지. (그러고 나서 멍하니) 말해봤자 소용없다는 거 안다. 하지만 난 가끔 너무 외로워. (입술이 떨린다. 고개를 계속 다른 데로 돌리고 있다.)

에드먼드 그래도 말은 바르게 해야죠, 엄마. 처음에는 모든 게 다 아버지 탓이었을지 몰라도 나중에는 설사 아버지가 이곳 사람들을 부르고 싶었다 해도 그럴 수가 없었다는 걸 어머니도 잘……. (가책 때문에 말을 더듬으며) 제 말은 어머니가 그 사람들이 오는 걸 원하지 않았을 거란 말이죠.

메리 (움찔한다. 가련하게 보일 정도로 입술을 심하게 떤다.) 그만. 지난 일을 들추는 건 참을 수가 없구나.

에드먼드 그런 식으로 받지 마세요! 제발, 엄마! 도우려고 그러는 거예요. 잊어버리는 게 좋은 일이 못 되기 때문에. 기억해야 해요. 그래야 늘 조심을 하죠. 과거에 어떤 일이 일어났는지 잘 아시잖아요. (고통스러워하며) 저도 과거를 들추는 게 싫어요. 엄마가 집에 돌아와 예전처럼 지내는 게 너무 좋아서 이러는 거예요. 다시는 끔찍한 일을 겪고 싶지 않아서…….

메리 (두려움에 질려서) 제발. 나 잘되라고 하는 소린 줄은 알지만……. (방어하듯 말투가 다시 딱딱해진다.) 네가 왜 갑자기 이런 얘기를 꺼내는지 모르겠구나. 오늘 아침 뭐 마음에 걸리는 거라도 있니?

에드먼드 (슬쩍 피하면서) 그런 거 없어요. 그냥 기분이 저조해서 그런 것 같아요.

메리 솔직히 말해봐. 갑자기 왜 그렇게 의심이 많아졌지?

에드먼드 그렇지 않아요!

메리 아니, 넌 그래. 감으로 알 수 있어. 네 아버지와 제이미도 그렇고. 특히 제이미가 더해.

에드먼드 괜한 상상 좀 하지 마세요, 엄마.

메리 (두 손을 불안하게 움직이며) 아무도 날 믿어주지 않고, 죄다 나를 감시하고 계속 의심하는 이런 환경에서 사는 건 너무 힘들어.

에드먼드 말도 안 돼요, 엄마. 우리는 엄마를 믿어요.

메리 단 하루만이라도, 아니 그저 오후 시간만이라도 어디 나갈 데가 있다면, 심각한 이야기 말고 그저 웃고 떠들면서 잠시나마 모든 걸 잊게 해줄 만한 여자 친구라도 있었으면. 저 멍청한 캐슬린 같은 하녀들 말고!

에드먼드 (근심 어린 표정과 함께 자리에서 일어나 한 팔로 어머니의 어깨를 감싸 안으며) 그만해요, 엄마. 별것도 아닌 일로 괜히 흥분하지 마세요.

메리 네 아버지는 밖에라도 나가지. 그 사람은 바나, 클럽에서 친구들을 만나. 너하고 제이미한테도 친구들이 있고. 그래서 너희도 툭하면 나가지. 하지만 나는 혼자야. 늘 혼자서 외롭게 지내왔어.

에드먼드 (달래듯) 이제 그만해요! 괜히 그런다는 것 엄마도 잘 알잖아요. 우리 중 한 사람은 꼭 엄마 곁에 붙어 있고, 엄마가 드라이브하러 나갈 때도 한 사람은 꼭 따라가잖아요.

메리 (사납게) 날 혼자 내버려두는 게 미덥지 않아서 그런 거지! (에드먼드를 향해 돌아서서 힐난하듯) 오늘 아침에는 왜 이렇게 유별나게 구는지 말해봐. 왜 자꾸 지난 일을 들춰내려고 안간힘을 쓰는지…….

에드먼드 (잠시 망설이다가 사죄하듯 불쑥 말한다.) 별것 아니에요. 간밤에 엄마가 제 방에 들어왔을 때 사실 전 잠들어 있지 않았어요. 그리고 엄마는 아버지하고 함께 쓰는 방으로 돌아가지 않았죠. 빈방으로 들어가서 남은 밤 시간을 보냈어요.

메리 네 아버지의 코 고는 소리 때문에 견딜 수가 없어서 그랬지! 전에도 그 빈방에서 자주 잤잖아? (음울하게) 네가 무슨 생각을 하는지 잘 안다. 그 일이 있었을 때도…….

에드먼드 (격렬하게) 전 아무 생각도 안 했어요!

메리 그러니까 나를 감시하려고 잠든 척했구나!

에드먼드 아니에요! 제가 열이 높아서 잠을 이루지 못한다는 걸 알면 엄마가 심난해 할 테니까 그랬을 뿐이에요.

메리 제이미도 틀림없이 잠자는 척했을 거다. 아마 네 아버지도 그랬을…….

에드먼드 그만해요, 엄마!

메리 아, 정말 참을 수가 없다. 에드먼드 너까지도……! (떨리는 두 손이 저절로 머리로 올라가서 정신이 산란한 사람처럼 지향 없이 여기저기를 두드린다. 갑자기 그녀의 목소리에 앙심이 어린 것 같은 이상한 기운이 깃든다.) 그게 사실이라면 모두 다 그 대가를 치르고 말거야!

에드먼드 엄마! 그런 말하지 마세요! 그때도 그렇게 말했어요.

메리 날 의심하지 좀 마! 제발 부탁이다! 넌 내 마음을 아프게 해! 네가 걱정이 되어서 잠을 잘 수가 없었어. 그게 진짜 이유야! 네가 병이 난 뒤로 줄곧 걱정을 해왔어. (두려움에 쫓겨 자식을 보호하려는 듯이 두 팔을 벌려 아들을 꼭 끌어안는다.)

에드먼드 (달래듯이) 왜 그런 쓸데없는 생각을 하세요. 독감에 불과하다는 걸 잘 알면서.

메리 그렇다는 건 나도 알지!

에드먼드 하지만 엄마, 약속해주세요. 설사 나중에 더 심한 병으로 밝혀진다 해도 전 금방 나을 거니까 괜히 제 걱정 때문에 몸져눕지 않겠다고. 엄마 자신을 잘 돌보겠다고······.

메리 (흠칫 놀라며) 그런 바보 같은 소리는 듣고 싶지 않다! 어째서 그렇게 무서운 일이 일어날 것처럼 말하니! 물론 약속은 하마. 내 명예를 걸고 약속하지! (그러고 나서 쓸쓸하고 서글픈 어조로) 내가 전에도 이렇게 명예를 걸고 약속한 적이 있다는 생각을 하고 있겠지.

에드먼드 아니에요!

메리 (괴로운 심경이 체념 어린 무력감으로 바뀌며) 널 나무라는 게 아니야. 너라고 무슨 뾰족한 수가 있겠니? 우리 중에서 누가 잊을 수 있겠어? (묘하게) 이렇게 힘든 건 다 그 때문이지. 우리 모두가 다. 우린 잊을 수가 없어.

에드먼드 (메리의 어깨를 움켜잡고) 엄마! 그만해요!

메리 (억지로 웃으며) 알았다. 이렇게 우울한 이야기를 할 생각이 아니었는데. 내 걱정은 하지 마라. 어디, 네 이마 좀 짚어보자. 어, 아주 말짱하네, 열도 없고. 이젠 열이 떨어졌나보다.

에드먼드 열 같은 건 그만 잊어버려요! 엄마나 잘…….

메리 난 아주 말짱해. (교활하다 할 만큼 계산적인 묘한 시선을 아들에게 재빨리 던지며) 간밤에 잠을 거의 못 자서 오늘 아침에 좀 피곤하고 신경이 날카로워진 것뿐이야. 이제 그만 이층에 올라가서 점심때까지 잠 좀 자야겠다. (에드먼드는 직감적으로 의심이 일어 어머니를 날카롭게 쏘아보다가 그런 자신을 부끄럽게 여기고 재빨리 시선을 돌려버린다. 메리는 불안하게 허둥댄다.) 뭘 할 거니? 여기서 책을 볼 거야? 너도 밖에 나가서 신선한 공기를 마시고 햇볕을 쬐는 게 훨씬 더 좋을 텐데. 그렇다고 해서 햇볕을 너무 많이 쐬지는 마. 모자를 꼭 쓰고. (말을 멈추고 이제 아들을 정면으로 쳐다본다. 에드먼드는 그 시선을 피한다. 잠시 팽팽한 긴장감이 흐른다. 이윽고 그녀는 야유하듯 말한다.) 나를 믿을 수가 없어서 혼자 두고는 못 나가겠니?

에드먼드 (괴로워하며) 아니에요! 제발 그런 식으로 좀 말하지 마세요! 엄만 정말 좀 주무셔야겠어요. (망사문 쪽으로 가면서 농담조로 말하려 애쓰며) 마당으로 가서 형이 잘 참고 일하도록 도와줘야지. 그늘에 누워서 형이 일하는 걸 지켜보는 게 좋아요. (에드먼드가 억지로 웃음을 터트리자 메리도 따라서 웃는다. 그는 베란다로 나가 계단 아래로 사라진다. 메리는 우선 안도하는 표정이 된다. 긴장이 풀리는 듯하다. 그녀는 원탁 뒤편

에 놓인 고리버들 안락의자 중의 하나에 털썩 주저앉아 머리를
뒤로 젖히고 눈을 감는다. 그러나 갑자기 다시 격심한 긴장감에
휩싸인다. 그녀는 발작적인 공포감에 사로잡혀 눈을 번쩍 뜨고
앞으로 몸을 숙인다. 자기 내면의 충동과 절망적인 사투를 벌이
기 시작한다. 관절염으로 뒤틀리고 옹이가 진 긴 손가락들이 그
녀의 의지와는 무관하게 멋대로 의자 팔걸이들을 두드려댄다.)

막

2막

2막 1장

무대

1막과 같은 공간. 12시 45분경. 이제 오른쪽 창들을 통해서 햇빛이 들어오지 않는다. 바깥 날씨는 아직도 좋은 편이지만 강렬한 햇살을 누그러뜨리는 엷은 이내가 끼어 있어 점차 무더워진다.

에드먼드는 원탁 왼편의 안락의자에 앉아서 책을 읽는다. 책에 집중하려 애쓰고 있으나 뜻대로 되지 않는다. 그는 이층에서 들리는 어떤 소리에 귀 기울이는 듯하다. 근심 걱정으로 신경이 날카로워져 1막 때보다도 병색이 더 짙어 보인다.

하녀인 캐슬린이 뒤 응접실에서 들어온다. 그녀는 질 좋은 버번 한 병과 위스키 잔들, 얼음물 주전자가 놓인 쟁반을 들고 온다. 아일랜드 농촌 출신인 그녀는 이십대 초반의 나이에 통통한 몸매, 양 뺨이 발그레한 예쁜 얼굴, 검은 머리, 푸른 눈을 지녔다. 붙임성 있는 성격이지만 무지하고 투박하며, 마음은 착하지만 아둔하다. 그녀는 원탁 위에 쟁반을 내려놓는다. 에드먼드는 책에 몰입한 척하면서 그녀를 본 체도 하지 않는다. 하지만 그녀는 별로 신경 쓰지 않는다.

캐슬린 (스스럼없이 쫑알댄다.) 위스키 가져왔어요. 점심 식사는 금방 준비될 거예요. 제가 주인어른과 제이미 도련님을 부를까요? 아니면 도련님이 부르실래요?

에드먼드 (고개를 쳐들지 않고 책에만 시선을 둔 채) 네가 불러.

캐슬린 어째서 주인어른은 가끔 손목시계를 들여다보지 않으실까? 노상 식사 시간에 늦으신다니까. 그러면 브리지트는 내가 잘못해서 그런 것처럼 나만 들볶아요. 하지만 주인어른은 연세가 드셨어도 참 잘생기셨어요. 도련님은 아무리 세월이 지나도 주인어른을 못 따라갈 걸요. 제이미 도련님도 그렇고. (킬킬거린다.) 제이미 도련님에게 손목시계가 있었다면 위스키 마실 기회를 놓치지 않으려고 얼른 일손을 놓고 달려왔을 텐데! 내기를 해도 좋아요!

에드먼드 (그녀를 무시하려던 태도를 바꿔서 씩 웃는다.) 그럼 네가 이길 거야.

캐슬린 제가 이길 게 또 하나 있어요. 지금 저더러 부르라고 한 건 두 분이 오기 전에 몰래 한 잔 훔쳐 먹으려고 그러는 거예요.

에드먼드 흐음, 나는 그런 생각 안 했는데…….

캐슬린 에이, 했으면서! 저렇게 시치미를 뚝 뗀다니까.

에드먼드 네가 그렇게 권하니 그럼 한잔······.

캐슬린 (갑자기 고상한 척하며 새침하게) 저는 남자한테건 여자한테건 술은 절대로 권하지 않아요, 에드먼드 도련님. 우리 고향의 친척 아저씨 한 분이 술을 너무 마셔 돌아가셨는걸요. (태도를 누그러뜨리며) 하지만 기분이 울적할 때나 독감에 걸렸을 때 가볍게 한잔하는 건 해될 게 없죠.

에드먼드 술 마실 건수를 마련해줘서 고마워. (무심결에 생각이 난 것처럼) 우리 엄마도 불러줬으면 좋겠는데.

캐슬린 뭣 때문에요. 마님은 부르지 않아도 항상 제때 오시는데. 마님에게 하느님의 가호가 깃들길! 마님은 하인들한테 잘해주세요.

에드먼드 주무시고 계셔서 그래.

캐슬린 조금 아까 이층에서 일을 마쳤을 때 보니까 주무시지 않던데. 빈방에서 눈을 번히 뜨고 그냥 누워 계셨어요. 머리가 몹시 아프다고 하시던데요.

에드먼드 (좀 전보다 더 태연한 척하면서) 아, 그럼 아버지만 불러줘.

캐슬린 (망사문 쪽으로 가면서 별다른 악의 없이 종알댄다.) 이러니 밤마다 다리가 쑤시는 것도 당연하지. 이 땡볕에 나갔다간 당장 일사병에 걸리고 말 테니 베란다에서 불러야지. (그녀는 옆 베란다로 나가서 망사문을 요란하게 닫은 뒤 앞 베란다 쪽으로 사라진다.) 어르신! 제이미 도련님! 식사하세요! (에드먼드는 책 같은 것은 까맣게 잊고 두려움에 질린 눈빛으로 앞만 멍하니 바라보다가 발작적으로 벌떡 일어난다.)

에드먼드 참 대단한 계집애야! (그는 위스키 병을 잡고 한 잔 따른 다음 거기다 얼음물을 부어 마신다. 그가 그렇게 하는 동안 누군가가 현관문으로 들어오는 소리가 들린다. 그는 얼른 잔을 쟁반 위에 내려놓고는 다시 의자에 앉아서 책을 펼친다. 앞 응접실에서 제이미가 한쪽 팔에 양복 상의를 걸친 채 들어온다. 셔츠에서 떼어낸 칼라와 넥타이도 한 손에 들고 있다. 그는 손수건으로 이마에 밴 땀을 닦아내고 있다. 에드먼드는 책 읽는 걸 방해받은 사람처럼 고개를 쳐든다. 제이미는 위스키 병과 잔들을 힐끗 쳐다보고는 조롱하듯 웃는다.)

제이미 한 잔 훔쳐 드셨구먼, 응? 시치미 떼지 마라, 막내야. 넌 나보다도 더 연기를 못하니까.

에드먼드 (씁쓸하게 웃으면서) 응, 상황이 고약하게 꼬이기 전에 먼저 한잔했어.

제이미 (에드먼드의 어깨에 다정하게 한 손을 얹으며) 그래야지. 날 속일 이유가 어디 있겠어? 우린 친구 사인데. 안 그러냐?

에드먼드 들어오는 사람이 형인지 알 수가 없어서 그랬지.

제이미 노친네더러 시계 좀 보라고 했지. 그래 내가 걸어오고 있는데 캐슬린이 지저귀시더만. 우리 아일랜드의 야성적인 종달새가! 걔는 열차 안내 방송원 같은 걸 하면 딱인데.

에드먼드 고것 때문에 나도 한잔하게 됐어. 기회가 있을 때 형도 한잔하지 그래?

제이미 그렇지 않아도 그럴 참이었어. (재빨리 오른쪽 창가로 간다.) 노친네가 터너 선장하고 얘기하고 있었거든. 옳지, 아직도 그러고 있네. (돌아와서 한잔한다.) 이젠 노친네의 독수리눈을 속여야지. 그 노친네는 술을 마실 때마다 병에 얼마나 차 있는지 꼭 확인해둔단 말야. (그는 물 두 잔을 따라 위스키 병에 붓고 흔든다.) 됐어. 이걸로 만사형통이야. (잔에 물을 부어 에드먼드 곁의 탁자 위에 놓는다.) 너는 이렇게 점잖게 물을 마시고 있었고.

에드먼드 잘하셨어! 설마하니 이런 걸로 아버지가 속을 거라 생각하는 건 아니겠지?

제이미 속지 않을 수도 있지만 증거가 없는데 어쩔 거야. (셔츠에 칼라를 달고 넥타이를 매면서) 자기 목소리에 취해서 점심 먹는 것까지 잊어버리지 않았으면 좋겠는데. 아, 배고프다. (에드먼드의 맞은편에 앉아, 짜증스럽게) 이래서 집 앞에서 일하기가 싫어. 어떤 멍청이가 지나가기만 하면 붙잡고 서서 연기를 펼친다니까.

에드먼드 (우울하게) 그래도 식욕이 당긴다니 다행이네. 난 먹을 것에 대해서는 아무 생각도 없는데.

제이미 (걱정스런 눈길로 힐끗 쳐다보면서) 내 말 잘 들어, 막내야. 너 나 알지. 이제까지 너한테 설교한 적 없었어. 하지만 하디 선생이 너더러 술 끊으라고 한 건 백번 잘한 거야.

에드먼드 오후에 그 사람이 나쁜 소식을 전하면 그때부터 끊을 작정이야. 그 전에 몇 잔 한다고 해서 큰일 날 건 없겠지.

제이미 (주저하다가 천천히) 나쁜 소식을 들을 마음의 준비가 되어 있다니 다행이다. 뭐 그렇게 대단한 건 아닐 거야. (에드먼드가 자기를 빤히 쳐다본다는 걸 알고) 네가 정말로 병이 난 게 분명하니 자신을 속여봤자 소용없다는 얘기야.

에드먼드 (심난한 기색으로) 속이지 않아. 내 상태는 잘 알아. 밤에 몸이 으슬으슬하면서 열이 나는 게 장난이 아니야. 하디 선생의 짐작이 옳은 것 같아. 망할 놈의 말라리아가 도진 게 분명해.

제이미 그럴지도. 하지만 너무 확신하진 마.

에드먼드 왜? 형이 생각하는 건 뭔데?

제이미 내가 어떻게 알아. 의사도 아닌데. (느닷없이) 엄마는 어디 있어?

에드먼드 이층에.

제이미 (날카로운 눈길로 동생을 쳐다보며) 언제 올라갔지?

에드먼드 아, 내가 울타리 있는 데로 갔을 때쯤이지 아마. 낮잠 좀 자야겠다고 했어.

제이미 왜 진작 말하지 않은 거야…….

에드먼드 (방어적인 태도로) 왜 말해야 하는데? 그게 어때서? 엄마는 녹초가 됐어. 간밤에 잠을 별로 못 잤거든.

제이미 그건 나도 알아. (사이. 형제는 서로의 시선을 피한다.)

에드먼드 그 망할 놈의 무적 때문에 나도 잠을 설쳤어. (다시 사이.)

제이미 엄마는 오전 내내 이층에서 혼자 있었던 거야. 그렇지? 그 뒤로는 전혀 못 봤지?

에드먼드 응. 난 여기서 책을 읽고 있었으니까. 엄마가 푹 주무
시게 가만 내버려두고 싶었어.

제이미 점심 먹으러 내려올까?

에드먼드 당연하지.

제이미 (냉담하게) 당연하긴. 점심을 먹고 싶어 하지 않을 수도
있어. 아니면 앞으로 이층에서 혼자 식사를 하기 시작할 수도
있고. 전에도 그랬잖아. 안 그래?

에드먼드 (겁이 나서 벌컥 화를 내며) 그만해, 형! 왜 툭하면 생
각이 그런 식으로만……? (설득하듯) 뭐든 의심부터 하고 보
는 건 좋지 않아. 좀 전에 캐슬린이 엄마를 봤어. 엄마는 점심
먹으러 내려오지 않는다는 말 같은 건 하지 않았어.

제이미 그럼 낮잠을 자고 있었던 게 아냐?

에드먼드 그때는 안 주무셨나봐. 하지만 캐슬린 말로는 침대에
그냥 누워 있었대.

제이미 빈방에서?

에드먼드 응. 그게 뭐 어때서?

제이미 (버럭 소리친다.) 이 멍청이! 그렇게 오랫동안 엄마를 혼
자 내버려두면 어떻게 해? 왜 옆에 붙어 있지 않았던 거야?

에드먼드 나나, 형, 아버지 모두가 합세해서 엄마를 못 믿고 늘
감시한다고 비난해서……. 그 말을 들으니 부끄러워졌어. 엄마
입장에서는 기분이 아주 고약했을 테니까. 그리고 엄마는 명
예를 걸고 약속했어.

제이미 (지겹다는 듯이) 그런 건 아무 의미도 없는 말이라는 걸

알아야지.

에드먼드 이번에는 그렇지 않아!

제이미 예전에도 우리 모두 그렇게 생각했잖아. (탁자 위로 상체를 기울여 애정 어린 마음에서 동생의 팔을 꽉 잡으며) 잘 들어 막내야! 나를 냉소적인 인간이라고 생각한다는 건 잘 알아. 하지만 나는 이런 게임을 너보다 훨씬 더 많이 봐왔어. 넌 예비학교에 들어가기 전까지만 해도 사태가 얼마나 고약하게 돌아가는지 전혀 모르고 있었어. 아버지와 내가 너한테는 숨겼으니까. 나는 너보다 10년 먼저 알았어. 그리고 나서 아버지와 내가 너한테 얘기해준 거야. 난 엄마의 전력을 훤히 꿰고 있기 때문에 간밤에 엄마가 우리가 잠들었다고 생각했을 때 한 행동을 오전 내내 곰곰이 생각해봤어. 나로서는 그게 별일 아닌 걸로 생각할 수가 없었어. 그리고 이제 엄마가 너를 따돌리고 오전 내내 이층에서 혼자 지냈다는 얘기를 들은 거야.

에드먼드 그렇지 않아! 형은 제정신이 아냐!

제이미 (달래듯) 알았어, 막내야. 나랑 싸우려들지 마. 네 말마따나 내가 돈 거라면 차라리 좋겠다. 이번에는 나도 진심으로 믿기 시작했기 때문에 정말 행복했어. (말을 뚝 그친다. 앞 응접실 너머의 보이지 않는 현관 쪽을 바라보다 목소리를 낮춰 황급히 말한다.) 엄마가 내려오고 있어. 네 말이 맞았어. 난 정말 의심만 가득한 쓰레기인가보다. (그들은 희망과 두려움이 뒤섞인 심정으로 기다리면서 팽팽하게 긴장한다. 제이미가 투덜댄다.) 젠장! 한 잔 더 할 걸.

에드먼드 나도. (에드먼드는 요란하게 기침한다. 그것은 더 요란한 기침 발작으로 이어진다. 제이미는 근심 어린 연민의 눈빛으로 그를 힐끗 쳐다본다. 메리가 앞 응접실에서 들어온다. 얼핏 보면 아까보다 덜 신경질적인 것 같고, 아침 식사 후의 처음 모습에 더 가까워진 것 같다는 점 말고는 별로 다른 점을 찾아볼 수 없다. 그러나 자세히 보면 눈빛이 반짝이고, 현실에서 한 발짝 물러서서 말하고 행동하기라도 하듯 목소리와 태도에 이상하리만치 초연한 기운이 깃들어 있다는 걸 알 수 있다.)

메리 (근심스러운 얼굴로 에드먼드에게 가서 한 팔로 그의 어깨를 감싸 안으며) 이렇게 기침을 하지 말아야 하는데. 목에 좋지 않아. 감기에다 목까지 아프면 곤란하지. (에드먼드에게 키스한다. 에드먼드는 기침을 멈추고 근심 어린 눈빛으로 어머니를 재빨리 살펴본다. 그러나 어머니의 다정한 태도에 의심이 사그라져 잠시 어머니를 믿고 싶어 하는 자신의 마음을 따른다. 그 반면, 제이미는 탐색하는 눈길로 어머니를 지그시 쳐다본 뒤 자신의 의심이 적중했다는 걸 깨닫는다. 그의 눈길이 그만 바닥으로 떨어지고, 얼굴에는 환멸감 어린 방어적인 냉소가 어린다. 메리는 에드먼드가 앉은 의자 팔걸이에 반쯤 걸터앉은 채 한 팔로 그의 어깨를 두르고 있어 에드먼드로서는 뒤에 있는 자기 어머니의 눈을 들여다볼 수가 없다.) 내가 너한테 이거 하지 마라, 저거 하지 마라 하면서 늘 괴롭히는 것 같아서 미안하다. 난 그저 네가 걱정 되어서 그래.

에드먼드 알아요, 엄마. 엄마는 어떠세요? 좀 개운해졌어요?

메리 응. 훨씬 더 나아졌어. 네가 밖에 나간 뒤로 죽 침대에 누워 있었거든. 간밤에 잠을 제대로 못 자서 눈을 좀 붙여야 했어. 덕분에 이제는 신경이 날카롭지 않아.

에드먼드 잘 됐네요. (그는 자기 어깨를 두르고 있는 메리의 손을 토닥여준다. 제이미는 에드먼드의 그 말이 진심인가 하고 의심하면서 경멸에 가까운 묘한 눈빛으로 에드먼드를 쳐다본다. 에드먼드는 그걸 눈치채지 못하지만 메리는 눈치챘다.)

메리 (놀리는 것처럼 가장하면서) 맙소사, 제이미 넌 기운이 하나도 없어 보이는구나. 무슨 일 있었니?

제이미 (쳐다보지 않은 채) 없었어요.

메리 오, 참, 집 앞쪽 울타리 치는 일을 했었지. 그래서 그렇게 푹 꺼져 있구나. 그렇지?

제이미 마음 내키는 대로 생각하세요.

메리 (여전히 같은 투로) 집 앞에서 일하기만 하면 항상 저래. 그렇지? 넌 덩치만 큰 애기야! 그렇지 않니, 에드먼드?

에드먼드 남들의 시선에 연연하는 걸 보면 바보가 분명하죠.

메리 (이상하게 보이는 묘한 태도로) 그럴 때는 그저 신경을 끄는 게 제일이지. (제이미가 처연한 눈빛으로 노려보고 있다는 걸 알아채고 화제를 슬쩍 돌린다.) 아버진 어디 계시니? 캐슬린이 소리쳐 부르는 소리가 들리던데.

에드먼드 터너 선장을 붙잡고 있다고 형이 그랬어요. 여느 때처럼 한참 있다가 들어오실 거예요. (제이미는 메리와 마주보지 않을 구실이 생겨 다행스럽게 여기며 자리에서 일어나 오른쪽 창가로 간다.)

메리 캐슬린한테 네 아버지를 부를 때는 직접 가서 조용히 말씀드리라고 그렇게 일렀는데도 싸구려 하숙집에서마냥 고래고래 소리나 지르고!

제이미 (창밖을 내다보면서) 이제는 내려갔네요. (빈정거리며) 그 유명한 미성이 더 나오지 못하게 가로막다니! 존경심이 영 부족해.

메리 (제이미에 대한 분노를 터트리면서 날카롭게) 존경심이 부족한 건 바로 너야! 제 아버지를 빈정대는 짓은 그쯤 해둬! 이제는 더 두고 보지 않을 테니까! 넌 네 아버지의 아들이라는 걸 자랑스럽게 여겨야 해! 저이도 허물이 있을 수 있지. 누군들 안 그렇겠어? 하지만 저이는 평생 열심히 일해왔어. 가난과 무지를 딛고 일어나 자기 전문분야에서 최정상에 이른 분이야! 너 말고 다른 사람들은 죄다 네 아버지에게 감탄해. 너는 아버지 덕에 이날 평생 힘들게 일하지 않아도 되는 환경에서 살아왔으니 세상 사람들이 죄다 네 아버지를 비웃는다 해도 너만은 그래서는 안 돼! (기분이 상한 제이미, 돌아서서 적의 어린 눈으로 메리를 노려본다. 메리의 눈길이 가책으로 흔들린다. 달래려는 어조로 덧붙인다.) 네 아버지는 늙어가고 있어, 제이미. 그러니 더 배려를 해드려야지.

제이미 그으래요?

에드먼드 (불안해서) 그만둬 형! (제이미, 다시 창밖을 내다본다.)

그리고 엄마는 왜 갑자기 형을 비난하는 거예요?

메리 (신랄하게) 항상 누군가를 비웃고, 모든 사람의 가장 약한 점만 들춰내니까. (곧이어 태도가 이상하게 바뀌어 아무 감정도 없는 초연한 어조로) 세상이 저 아이를 저렇게 만든 거니 저 아이로서도 어쩔 수가 없지. 세상 누구든 간에 자기에게 주어진 삶은 어쩔 수가 없어. 그래, 우리가 미처 깨닫기도 전에 일이 벌어지지. 일이 일단 벌어지면 다른 일들이 연이어 터져서 현실적인 자신과 이상적인 자신 사이에 엄청난 거리가 생겨나. 그래서 우리는 참다운 자신을 영원히 잃어버리고 마는 거야. (에드먼드는 메리의 이상한 태도에 겁을 집어먹는다. 그는 메리의 눈을 올려다보려 애쓰지만 메리는 계속해서 그의 눈길을 피한다. 제이미는 고개를 돌려 메리를 쳐다봤다가 재빨리 창밖으로 시선을 돌려버린다.)

제이미 (멍하니) 배고파. 저 노친네, 빨랑 좀 들어오지. 꼭 저렇게 늑장을 부려서 음식을 식어빠지게 만들어놓고는 맛이 없다고 투덜대요.

메리 (속으로는 무관심하면서도 겉으로는 조건반사적으로 분노하면서) 맞아, 정말 짜증 나는 일이야, 제이미. 얼마나 분통 터지는 일인지 너는 잘 모를 거야. 너는 여름 한철 임시 일자리라고 해서 멋대로 구는 하인들을 데리고 집안 살림을 꾸려갈 필요가 없으니까. 좋은 일꾼들은 하나같이 여름별장이 아니라 정식 저택에서 일하려고 해. 어쩌다 여름별장에서 일하려는 사람들 중에서 그나마 괜찮은 사람들도 네 아버지가 주겠다는 보수가 너무 짜서 올 생각을 하지 않지. 그 바람에 나는 해마다 멍청하고 게으른 풋내기들을 데리고 씨름할 수밖에 없어. 이 얘기는 벌써 천 번도 더 들었을 거다. 네 아버지도 마찬가지일 거고. 그래도 저이는 한 귀로 듣고 한 귀로 흘려버리지. 저이는 집안일에 돈을 들이는 건 낭비라고 생각하니까. 저이는 호텔에서 너무 오래 지냈어. 최고급 호텔은 당연히 아니고 순 싸구려 호텔들에서. 그래서 가정이란 게 뭔지 잘 몰라. 집안에 있어도 편안한 기분을 못 느끼고. 그런데도 집은 갖고 싶어 하지. 이 추레한 집도 자랑스럽게 여긴다니까. 여기 사는 걸 좋아해. (소리 내어 웃는다. 내밀한 절망감이 어린, 그러면서도 재미있어 하는 웃음.) 그런 생각을 하면 정말 우스워. 참 별난 사람이야.

에드먼드 (불안한 마음에 다시 어머니의 눈을 올려다보려고 애쓰면서) 왜 그렇게 말을 많이 하세요, 엄마?

메리 (재빨리 평소의 태도로 돌아와 에드먼드의 한쪽 뺨을 토닥여주면서) 별일 아니다. 바보같은 짓이지. (그녀가 말하는 동안 캐슬린이 뒤 응접실에서 들어온다.)

캐슬린 (수다스럽게) 점심 식사 준비되었어요, 마님. 시키신 대로 주인어른께 직접 가서 말씀드렸어요. 그런데 금방 오신다고 해놓고서는 아직도 저 사람하고 계속 말씀하고 계시네요. 옛날에 있었던 얘기를 하시느라······.

메리 (무관심하게) 알았어, 캐슬린. 브리지트한테 가서 미안하지만 주인어른이 들어올 때까지 조금만 기다려달라고 해. (캐슬린은 "알았어요" 하고는 뒤 응접실로 가면서 혼자 투덜댄다.)

제이미 젠장! 우리 먼저 가서 먹으면 안 돼요? 아버지가 그러라고 했잖아요.

메리 (초연한, 그러면서 재미있다는 듯한 웃음을 머금고) 진심이 아니지. 넌 아직도 네 아버지를 모르니? 그랬다간 아주 기분 나빠할 거야.

에드먼드 (자리를 떠날 구실이 생겨서 다행이라는 듯이 벌떡 일어서며) 제가 가서 모셔올게요. (옆 베란다로 나간다. 잠시 후 그가 베란다에서 성난 목소리로 아버지를 부르는 소리가 들린다.) 아버지! 아버지! 빨리 오세요! 우리를 하루 종일 기다리게 할 셈이세요! (그사이에 메리는 의자 팔걸이에서 일어나 있다. 그녀의 두 손이 원탁 위를 초조하게 헤매 다닌다. 그녀는 제이미를 보고 있지 않지만 그가 비판적인 싸늘한 눈길로 자기 얼굴과 두 손을 관찰하고 있다는 것을 의식하고 있다.)

메리 (긴장된 목소리로) 왜 그렇게 쳐다보니?

제이미 알잖아요. (창 쪽으로 시선을 돌린다.)

메리 난 모르겠는데.

제이미 맙소사, 나를 속일 수 있다고 생각하세요? 난 장님이 아니에요.

메리 (아주 완강하게 부인하는 것 같은 무표정한 모습으로 돌아가서 이제 그를 정면으로 쳐다보면서) 네가 무슨 얘기를 하는지 모르겠구나.

제이미 몰라요? 그럼 거울 앞으로 가서 엄마 눈을 좀 들여다보세요!

에드먼드 (베란다에서 들어오면서) 오시라고 했어요. 좀 있으면 들어오실 거예요. (두 사람을 번갈아 쳐다본다. 그의 어머니는 불편한 듯 그의 눈길을 피한다.) 무슨 일이에요? 왜 그래요, 엄마?

메리 (에드먼드가 들어온 것에 마음이 산란해져 가책과 신경질적인 흥분에 휩싸인다.) 네 형은 부끄러운 줄 알아야 해. 내가 알지도 못하는 일을 갖고 자꾸 나를 못살게 구는구나.

에드먼드 (제이미를 쳐다보며) 이 망할 자식! (제이미를 향해 위협하듯 한 걸음 내딛는다. 제이미는 어깨를 으쓱하면서 시선을 돌려 창밖을 내다본다.)

메리 (한층 더 당황해서 에드먼드의 팔을 잡고 흥분한 어조로) 당장 그만둬! 내 말 안 들리니? 내 앞에서 그런 상스러운 욕을 입에 담다니! (갑자기 그녀의 목소리와 태도에 좀 전과 같이 아주 낯설고 초연한 기운이 어린다.) 네 형한테 뭐라 그러는 건 잘못이야. 과거가 그렇게 만들어놓은 걸 네 형인들 어쩌겠니. 그건 네 아버지도 마찬가지야. 너도, 나도.

에드먼드 (겁이 덜컥 나서 가망 없는 희망에 필사적으로 매달리면서) 형은 거짓말쟁이예요! 그건 거짓말이에요. 그렇죠, 엄마?

메리 (계속 눈길을 피하며) 뭐가 거짓말이라는 거니? 이젠 너도 형처럼 수수께끼 같은 말을 하고 있구나. (그러고 나서 에드먼드의 비통함이 어린, 비난하는 눈길과 마주치자 말을 더듬는다.) 에드먼드! 그만! (외면한다. 그 순간 좀 전의 그 아주 낯선, 초연한 모습이 다시 돌아온다. 아주 고요한 모습이.) 너희 아버지가 계단을 올라오고 있구나. 브리지트한테 가서 알려 줘야겠다. (뒤 응접실로 나간다. 에드먼드는 천천히 자기 의자로 간다. 병색이 짙고 절망감 어린 모습이다.)

제이미 (창가에서 뒤도 돌아보지 않은 채) 어때?

에드먼드 (아직은 형한테 어떤 것도 인정하려들지 않고, 다소 도전적으로) 어떠냐니, 뭐가? 형은 거짓말쟁이야. (제이미는 다시 어깨를 으쓱한다. 앞 베란다의 망사문 닫히는 소리가 들린다. 에드먼드는 멍하니 말한다.) 아버지가 와. 술병 갖고 뭐라 그러지 않았으면 좋겠는데. (타이론이 앞 응접실에서 들어온다. 그는 양복 상의를 그대로 걸치고 있다.)

타이론 늦어서 미안하다. 터너 선장이 이제야 말을 그치는구나. 그 사람은 한번 수다를 떨었다 하면 도무지 사람을 놔주질 않아.

제이미 (돌아보지도 않고 퉁명스럽게) 그 사람이 한번 듣기 시작했다 하면, 이겠죠. (아버지는 혐오하는 눈길로 아들을 쏘아본다. 그는 원탁으로 가서 위스키의 양을 재빨리 살펴본다. 제이미는 돌아보지 않고도 그걸 알아챈다.) 염려마세요. 술 양은 변하지 않았으니까.

타이론 보지도 않았어. (빈정대는 말투로 덧붙인다.) 양만 멀쩡하면 다라고 생각하지. 그 술수를 훤히 꿰고 있는데.

에드먼드 (멍하니) 다 같이 한잔하자는 말씀으로 들어도 돼요?

타이론 (찡그린 얼굴로 쳐다보며) 제이미는 오전에 일을 열심히 했으니 마셔도 되지만 넌 안 돼. 하디 선생이⋯⋯

에드먼드 하디 선생 얘기는 집어치워요! 한잔한다고 죽지는 않을 테니까. 기운이 너무 없어서 그래요, 아버지.

타이론 (염려하는 눈길로 그를 살펴보고는 짐짓 쾌활하게) 그럼 같이 한잔하자. 늘 경험하는 건데, 식사 전에 식욕을 당기게 해주는 질 좋은 위스키를 적당히 마시는 것이야말로 원기를 북돋우는 데는 최고야. (에드먼드는 아버지가 술병을 건네주자 일어나서 받는다. 그가 잔에 가득 따르자 아버지는 나무라듯 이맛살을 찌푸린다.) 내가 적당히, 라고 했지. (타이론은 자기 잔에 술을 따르고 병을 제이미에게 건네면서 투덜댄다.) 너한테는 적당히 따르라고 해봤자 내 입만 아프지. (제이미는 아버지가 에둘러 경고하는 것을 무시하고 가득 따른다. 아버지는 인상을 구긴다. 이윽고 그는 포기하고 쾌활한 태도로 돌아가 잔을 든다.) 자, 건강과 행복을 위하여! (에드먼드, 쓰게 웃는다.)

에드먼드 농담도 잘하시네요!

타이론 뭐가?

에드먼드 아무것도 아니에요. 건강을 위하여. (다 같이 마신다.)

타이론 (분위기를 의식하고) 무슨 일 있어? 왜 이렇게 분위기가 썰렁한 거야? (분개한 얼굴로 제이미를 쳐다보면서) 고대하던 술도 마셨잖아? 그런데 어째서 우거지상이야?

제이미 (어깨를 으쓱하며) 좀 있으면 아버지도 노래하기는 힘들 걸요.

에드먼드 닥쳐.

타이론 (그제야 불안해져서 화제를 바꾸며) 점심 준비가 된 줄 알았는데. 아주 시장하구나. 너희 엄마는 어디 있냐?

메리 (뒤 응접실에서 소리친다.) 나 여기 있어요. (메리, 거실로 들어온다. 그녀는 흥분해 있고 방어적인 태도를 보이고 있다. 그 녀는 가족들 누구하고도 시선을 마주치지 않은 채 괜스레 사방을 두리번거리면서 말한다.) 브리지트를 달래줘야 했어요. 그 여자는 당신이 또 늦는다고 발끈했어요. 그럴 만도 하죠. 기 껏 만들어놓은 음식들이 오븐 속에서 말라비틀어져도 다 우 리가 먹을 거니까 우리가 먹든 말든 자기는 상관하지 않을 거 래요. (점점 더 흥분한다.) 이런 걸 가정인 척하면서 사는 것 도 이젠 지긋지긋해요! 당신은 내가 어떻게 돼도 나를 도와 주지 않을 거예요! 노력하는 기미라고는 손톱만큼도 없죠! 당신은 가정에서 어떻게 행동해야 하는지를 아예 모르는 사 람이에요! 가정을 원하지도 않아요! 생전 원한 적이 없었죠! 결혼한 날부터 줄곧! 당신은 결혼을 하지 말았어야 할 사람 이에요. 그냥 싸구려 호텔이나 전전하면서 바에서 친구들하 고 술이나 퍼마시고 노닥거리며 살았어야 했어요! (이제는 타 이론에게가 아니라 자신에게 이야기하듯 이상한 어조로 말한 다.) 그랬다면 아무 일도 일어나지 않았을 텐데. (식구들은 모 두 그녀를 주시한다. 이제 타이론은 알아챘다. 갑자기 그는 인생 에 지칠 대로 지쳐 통렬한 슬픔에 젖은 늙은이처럼 보인다. 에드 먼드는 아버지를 힐끗 쳐다보고는 아버지도 눈치챘다는 걸 깨닫 는다. 하지만 그래도 어쩔 수 없이 어머니를 말리려 애쓴다.)

에드먼드 엄마! 이제 그만해요. 밥 먹으러 가야죠.

메리 (흠칫한다. 그리고 이내 아주 부자연스러워 보이는 초연한 얼굴로 돌아간다. 혼자서 뭐가 즐거운지 싱글거리기까지 한다.) 그래. 네 아버지하고 형이 배고플 거라는 걸 알면서도 옛날 일이나 들추고 있으니 나도 참 한심하구나. (한 팔로 에드먼드의 어깨를 감싸 안는다. 그런 몸짓에는 아들을 염려하는 어머니의 다정함과 그런 것과는 전혀 무관한 초연한 어떤 태도가 한데 어우러져 있다.) 네가 입맛이 좀 돌았으면 좋겠다. 넌 더 먹어야 해. (그의 곁에 놓여 있는 위스키 잔에 시선이 고정되더니 날카롭게 말한다.) 술잔이 왜 거기 있는 거지? 술 마셨니? 아, 이런 바보 같은 짓을 하다니! 너한테는 술이 제일 나쁘다는 것도 모르니? (타이론에게로 시선을 돌린다.) 당신이 나빠요. 어떻게 애한테 술을 줄 수가 있죠? 애를 죽일 참인가요? 우리 아버지 생각도 안 나요? 아버지는 병에 걸려 몸져누운 뒤에도 술을 끊지 못했잖아요. 의사들은 다 천치들이라고 하면서! 아버지도 당신처럼 위스키를 강장제라고 생각했어요! (공포심 어린 눈빛이 되더니 말을 더듬는다.) 하지만 물론 아버지를 애랑 비교할 순 없죠. 내가 왜 이런 소리를 했는지 모르⋯⋯. 당신한테 뭐라 그래서 미안해요, 여보. 한 잔 정도 한다고 해서 애한테 해가 되진 않을 거예요. 아니, 입맛이 돌게 하면 술이 오히려 약이 되겠죠. (그 이상한 초연함이 되돌아오면서 그녀는 에드먼드의 한쪽 뺨을 장난스럽게 토닥여준다. 에드먼드는 고개를 뒤로 홱 젖힌다. 그녀는 그런 기미를 알아채지 못하는 것 같으나 그 서슬에 놀라 본능적으로 뒤로 물러선다.)

제이미 (신경이 팽팽하게 곤두선 것을 감추기 위해 부러 거칠게) 맙소사, 제발 밥 좀 먹읍시다. 오전 내내 울타리 밑에서 흙을 뒤집어쓰고 일했다고요. 밥값은 했다고요. (어머니는 바라보지 않은 채 아버지의 뒤쪽으로 돌아가 에드먼드의 한쪽 어깨를 움켜쥔다.) 가자, 막내야. 가서 밥 먹자. (에드먼드는 어머니와 계속 눈길을 마주하지 않은 채 자리에서 일어난다. 형제는 어머니의 곁을 지나 뒤 응접실로 향한다.)

타이론 (넋 나간 사람처럼) 그래, 엄마 모시고 먼저 가거라. 난 조금 이따 들어가마. (그러나 형제는 메리를 기다려주지 않고 내처 간다. 메리는 상처받은 난감한 표정이 되어 아들들의 뒷모습을 바라보다가 형제가 뒤 응접실로 들어가자 그들의 뒤를 따라가기 시작한다. 힐난하는 빛이 어린 타이론의 처연한 시선이 그녀의 뒤를 쫓아간다. 그녀는 그걸 감지하고 휙 돌아서지만 남편의 시선을 차마 받지 못한다.)

메리 왜 그렇게 나를 쳐다보세요? (떨리는 두 손이 머리 쪽으로 올라가서 머리 여기저기를 매만진다.) 머리가 늘어졌나요? 간밤에 잠을 못 자서 완전히 녹초가 되었어요. 그래서 오전에 좀 누워 있는 게 좋겠다고 생각했죠. 그런데 깜박 잠이 들어 아주 달게 잤지 뭐예요. 그래도 일어나서 머리를 다시 매만졌는데. (억지로 웃는다.) 이번에도 역시 안경을 찾지 못했지만 말이에요. (날카롭게) 제발 그렇게 쳐다보지 좀 마요! 누가 보면 당신이 나를 나무라는 걸로 알겠……. (사정하듯) 여보! 당신은 이해 못해요!

타이론 (맥없이 화를 내며) 내가 당신을 믿어준 천하에 둘도 없는 멍청이였다는 건 잘 이해하고 있지. (메리에게서 물러나 잔에 술을 가득 따른다.)

메리 (다시 완강하게 맞서는 표정이 되어) '나를 믿어줬다'니, 그게 무슨 소린지 모르겠네요. 내가 느낀 거라곤 날 믿지 못해서 감시하고 의심하는 모습뿐이었는데. (그러고 나서 나무란다.) 왜 또 마시는 거예요? 점심 식사 전에는 한 잔 이상 마시지 않았잖아요. (쓸쓸하게) 어떻게 될지 난 알죠. 당신은 오늘 밤 만취할 거예요. 하기야 처음 그러는 것도 아닐 테니까. 한 천 번쯤? (다시 애원하듯 소리친다.) 아, 여보, 제발요! 당신은 이해 못해요! 에드먼드 때문에 걱정이 되어서 죽겠어요! 걔가 어떻게 될까봐 너무 무서워요.

타이론 당신의 핑계 따위는 듣고 싶지 않아.

메리 (상처받은 표정이 되어) 핑계라고요? 그 말은……? 아, 당신 날 그렇게 생각하면 안 돼요! 그래선 안 된다고요, 여보! (이윽고 예의 그 이상한 초연함으로 살짝 넘어가 아무 일도 없었다는 듯이 태연하게 말한다.) 우리 점심 먹으러 가요, 예? 나는 아무것도 먹고 싶지 않지만 당신은 시장할 거예요. (타이론은 아내가 서 있는 문간으로 천천히 걸어간다. 지친 늙은이처럼 걷는다. 그가 가까이 오자 그녀는 애처롭게 호소한다.) 여보! 나도 정말 노력했어요! 이를 악물고 버텼다고요! 제발 믿어줘요!

타이론 (자기도 모르게 마음이 움직여, 맥없이) 그랬을 거요. (그러고 나서 비통하게) 그런데 어째서 계속 더 버티지 못한 거요?

메리 (다시 고집스럽게 맞서는 표정으로 돌아가며) 무슨 얘기를
   하는지 도통 모르겠네. 뭘 더 버티지 못했다는 거예요?

타이론 (기운 없이) 됐소. 이제 와서 이래봤자 무슨 소용이 있
   겠소. (그는 계속 걸어가고 그녀도 나란히 걸어간다. 두 사람의
   모습이 뒤 응접실로 사라진다.)

막

2막 2장

무대

30분쯤 뒤, 같은 장소. 원탁에 놓여 있었던 술 쟁반은 사라지고 없다. 막이 오르면 점심 식사를 마치고 돌아오는 식구들이 보인다. 메리가 뒤 응접실에서 맨 먼저 나온다. 남편이 뒤따라 들어온다. 1막에서 아침 식사를 마치고 아내와 함께 들어올 때와는 분위기가 전혀 다르다. 그는 아내의 몸을 건드리려고도, 쳐다보려고도 하지 않는다. 그의 얼굴에는 그녀를 힐난하는 기색과 아울러 피곤하고 맥없는 체념의 기색이 뒤섞여 있다. 제이미와 에드먼드가 아버지를 따라 나온다. 제이미의 얼굴은 방어적인 냉소주의로 잔뜩 굳어져 있다. 에드먼드도 형의 그런 모습을 흉내 내보려 하지만 잘 되지 않는다. 그는 신체적인 병뿐만 아니라 마음의 병에도 시달리고 있음을 고스란히 드러내고 있다.

메리는 식구들과 함께 앉아서 점심 식사를 하는 것이 견디기 힘들 정도로 부담스러웠던 일인 것처럼 다시 신경이 팽팽하게 곤두서 있다. 그러나 그와는 정반대로 그녀의 표정은 예의 그 이상한 초연한 기색을 한층 더 뚜렷하게 보여주고 있다. 그 초연함은 마치 그녀의 신경과민 증상과 그런 증상을 부추기는 근심 걱정들에서 빗겨나 있는 것만 같다.

그녀는 거실로 들어오면서 말을 하고 있다. 가족 간에 오가는 일상적인 대화의 형태로 심상하게 쏟아져 나오는 말의 홍수 같은 것이다. 그녀는 식구들은 물론이고 스스로도 자기 말에 귀 기울이고 있지 않다는 사실에 전혀 개의치 않는 것 같다. 그녀는 말을 하면서 원탁 왼쪽으로 가서 정면을 향하고 선 채 한 손으로는 옷 앞섶을 더듬고, 다른 한 손으로는 원탁 위를 분주하게 더듬는다. 타이론은 시가에 불을 붙여 물고 망사문 쪽으로 가서 밖을 내다본다. 제이미는 무대 뒤편의 책장 꼭대기에 있는 단지에서 담배를 꺼내 파이프를 채운다. 그는 파이프에 불을 붙인 뒤 오른쪽 창가로 가서 밖을 내다본다. 에드먼드는 원탁 곁의 한 의자로 가서 어머니와 시선이 마주치지 않게끔 반쯤 돌아앉는다.

메리 브리지트의 잘못을 따져봤자 아무 소용이 없어. 듣지를 않으니까. 겁을 줄 수도 없어. 제 편에서 나가겠다고 거꾸로 겁을 주는 판이니까. 그리고 그 여자는 가끔 최선을 다하기도 해. 그런데 그 여자가 그럴 때마다 하필이면 당신이 늦게 들어오니까 골치예요. 그래도 한 가지 위로가 되는 건 그 여자가 최선을 다하건 엉망으로 하건 간에 음식 맛에 별 차이가 없다는 거예요. (남의 일처럼 초연한 태도를 유지하면서 재미

있다는 듯이 나직하게 웃는다.) 뭐 상관없어요. 좀 있으면 다행히도 여름철이 끝날 테니까. 당신의 연극 시즌이 다시 시작될 거고. 그러면 우리는 싸구려 호텔이나 열차로 돌아갈 수 있어요. 나는 그런 곳들도 역시 싫어해요. 하지만 적어도 그런 데서는 애초부터 가정집 같은 기분을 느껴보려고 애쓸 필요가 없고 살림 걱정을 할 필요도 없죠. 브리지트나 캐슬린이 여기가 마치 가정집인 것처럼 처신해주기를 바라는 건 무리한 일이에요. 그 여자들도 우리 못지않게 잘 알고 있으니까. 여긴 과거에도 즐거운 우리 집이었던 적이 없었고 앞으로도 늘 그럴 거예요.

타이론 (돌아보지도 않고 통렬하게) 그래, 이젠 다 글렀지. 하지만 예전엔 그렇지 않았어. 당신이 그렇게 되기 전까지만 해도……

메리 (즉각 조건반사적인 거부의 표정으로 바뀌면서) 내가 예전에 어쨌다는 거예요? (죽음과도 같은 침묵이 감돈다. 그녀는 초연한 태도로 돌아가서 말을 계속한다.) 아니, 천만에. 무슨 소리를 하려는 건지는 몰라도 결코 그렇지 않아요. 여긴 집다운 집이었던 적이 한 번도 없었어요. 당신은 늘 클럽이나 바를 더 좋아했죠. 그리고 나한테는 여기가 늘 하룻밤 묵는 호텔처럼 더럽고 쓸쓸한 곳이었어요. 당신은 집이라는 데가 어떤 덴지 내가 경험을 통해서 잘 알고 있다는 걸 깜박하고 있네요. 나는 당신과 결혼하기 위해 집을 버렸어요. 우리 아버지 집을. (순간, 머릿속에서 소용돌이치는 생각들의 흐름 속에서 뭔가를 떠올리고는 에드먼드 쪽으로 돌아선다. 그녀는 다정하게 염려해주는 태도를 취하지만 거기에는 기묘한 초연함이 깃들어 있다.) 에드먼드 네가 걱정이다. 점심 식사에는 거의 손을 대지 않더구나. 그래갖고서는 건강을 유지할 수가 없지. 나는 식욕이 없어도 괜찮아. 살이 너무 쪘으니까. 하지만 너는 먹어야 해. (어머니답게 어른다.) 제대로 먹겠다고 약속해다오. 나를 위해서.

에드먼드 (멍하니) 응, 엄마.

메리 (피하지 않으려 애쓰는 아들의 뺨을 토닥여주면서) 그래야 착한 아이지. (죽음과도 같은 침묵이 다시 찾아든다. 이윽고 현관 쪽에서 전화벨이 울리자 모두가 놀라서 몸이 뻣뻣하게 굳어진다.)

타이론 (황급히) 내가 받으마. 맥과이어가 전화한다고 했거든. (앞 응접실을 거쳐서 나간다.)

메리 (무관심하게) 맥과이어라. 너희 아버지 말고는 아무도 사려고 하지 않는 땅뙈기가 또 나왔나보지. 이젠 아무래도 상관없지만, 너희 아버지는 늘 땅 살 돈은 있어도 나한테 집다운 집을 마련해줄 돈은 없었던 것 같았어. (홀에서 타이론의 목소리가 들려오자 말을 그치고 귀 기울인다.)

타이론 여보세요. (쾌활하게 말하려 애쓰면서.) 오, 안녕하세요, 선생님? (제이미가 창가에서 돌아선다. 메리의 손가락들이 원탁 위를 좀 더 빠르게 배회한다. 타이론은 태연하게 말하려 애쓰지만, 그 목소리에서는 좋지 않은 소식을 들었다는 사실이 드러난다.) 알겠습······. (황급히) 그럼, 오후에 걔를 만날 때 자세히 설명해주세요. 예, 틀림없이 갈 겁니다. 4시에. 그 전에 저도 잠시 들를 겁니다. 일 때문에 읍내에 나갈 일이 있으니까요. 안녕히 계세요, 선생님.

에드먼드 (멍하니) 좋은 소식은 아닌 모양이군. (제이미는 연민 어린 눈길로 그를 쳐다보다가 다시 창밖으로 시선을 돌린다. 메리의 얼굴은 공포로 얼어붙었다. 그녀의 두 손이 미친 듯이 떨린다. 타이론이 들어온다. 에드먼드에게 태연한 척하면서 말을 하지만 속으로는 긴장하고 있다는 게 분명히 드러난다.)

타이론 하디 선생이 걸었어. 네가 4시에 꼭 와줬으면 하는구나.

메리 (흥분해서 소리치며) 그 사람이 성경책을 무더기로 쌓아놓고 맹세를 한다 해도 난 그 사람 말은 안 믿어. 에드먼드, 그 사람 말에 신경 쓸 거 하나도 없다.

타이론 (날카롭게) 여보!

메리 (더 흥분해서) 어째서 당신이 그 사람을 좋아하는지 우리는 다 알아요! 싸구려니까! 변명하려고 하지 마요! 난 하디를 너무나 잘 알아요. 그렇게 오랜 세월을 겪어봤으니 잘 알 수밖에. 그 사람은 무식한 멍청이예요! 그런 사람들은 의료행위를 하지 못하게 법으로 막아야 해. 쥐뿔도 모르는 것이······. 사람이 괴로워서 정신이 반쯤 나가 있는데 떡하니 앉아서 손을 잡고 의지력에 관한 설교나 늘어놓고! (과거의 기억이 떠오르면서 격렬한 고통에 휩싸인 얼굴로 변한다. 그 순간 그녀는 조심성을 완전히 잃고 만다. 통렬한 증오심에 사로잡힌다.) 그 인간은 의도적으로 사람을 굴욕스럽게 만들어! 자기한테 빌고 사정하게 만들어! 사람을 꼭 범죄자처럼 취급하고! 그 작자는 아무것도 이해하지 못해! 처음에 약을 줬던 그 싸구려 돌팔이하고 아주 똑같은 인간이야! 그 약이 무슨 약인지 알았을 때는 이미 모든 게 끝났지! (격렬하게) 의사들이라면 이가 갈려! 그것들은 환자들을 끌어들이기 위해서라면 무슨 짓이든 다 해! 그것들은 자기 영혼도 팔아먹을 작자들이야! 더 고약한 건 그것들이 우리 영혼도 팔아먹을 거라는 거야. 우리는 자기가 지옥에 떨어졌다는 걸 안 뒤에나 겨우 그걸 알아채지!

에드먼드 엄마! 제발 그만해요.

타이론 (동요하며) 그래, 여보. 지금은 이럴 때가 아니오.

메리 (갑자기 가책 어린 혼란 상태에 빠져 말을 더듬으며) 난 그저……. 미, 미안해요. 당신 말이 옳아요. 지금 성을 내봤자 소용없는 일이죠. (다시 죽음 같은 침묵이 찾아든다. 이윽고 메리는 씻은 듯이 맑고 고요한 낯으로 다시 말하기 시작한다. 그녀의 목소리와 태도에는 저 기분 나쁜 초연함이 깃들어 있다.) 좀 실례해요. 잠깐 이층에 올라갔다 와야겠어요. 머리를 좀 손질해야 하거든요. (생긋이 웃으면서 덧붙인다.) 안경을 찾을 수만 있다면 그렇게 하려고요. 금방 내려오겠어요.

타이론 (메리가 문밖으로 나가기 시작할 즈음 애원조와 아울러 비난조로) 여보!

메리 (고개를 돌리고 고요한 눈길로 바라보면서) 예? 왜 그래요?

타이론 (힘없이) 아무것도 아니오.

메리 (야릇한 조롱조의 미소를 머금고) 정히 그렇게 의심스러우면 따라 올라와서 지켜보도록 하세요.

타이론 그래봤자 무슨 소용이 있겠소! 하려던 걸 잠깐 미루면 될 텐데. 그리고 난 당신의 간수가 아니야. 여기가 감옥도 아니고.

메리 그럼요. 당신이야 여길 집이라고 생각해야겠죠. (초연한 회개조로 재빨리 덧붙인다.) 미안해요, 여보. 심한 말을 할 생각은 없었는데. 당신 잘못이 아니에요. (돌아서서 뒤 응접실로 사라진다. 거실에 남아 있는 세 사람은 마치 그녀가 이층에 올라갈 때까지는 아무 말도 하지 않으려는 것처럼 침묵만 지키고 있다.)

제이미 (싸늘하게 웃으면서 잔혹하게) 팔에 또 한 방 놓으시겠네!

에드먼드 (성이 나서) 그따위로 말하지 좀 마!

타이론 그래! 너절한 브로드웨이 건달이나 쓰는 그런 잡스러운 소리는 집어치워! 넌 인정이나 예의 같은 것도 없냐? (분노를 터트린다.) 너 같은 놈은 당장 내쫓아서 빈민굴에 처박혀 살게 해야 해. 하지만 그렇게 되면 널 위해 울고불고 사정하고 변명해서 결국 다시 돌아올 수 있게 해줄 사람이 누군지는 잘 알 거다.

제이미 (얼굴에 고통스러운 표정이 스쳐 지나가며) 내가 그걸 모른다고요? 인정머리가 없다고요? 나도 엄마 때문에 가슴이 미어져요. 엄마가 얼마나 힘든 싸움을 해왔는지 아버지 이상으로 잘 알아요. 내가 말을 함부로 했다고 해서 감정까지 없는 인간으로 치부하지는 마세요. 난 그저 우리 모두가 알고 있는 사실을, 이제 우리가 다시 참고 견뎌내야 할 사실을 그대로 까발린 것뿐이에요. (처연하게) 그놈의 치료라는 건 잠깐 동안만 효과를 보인 데 불과했어. 애초부터 치료가 되지 않는 건데 우리는 등신같이 희망을 품었으니……. (차갑게 비웃으며) 이젠 다 글렀어!

에드먼드 (형의 냉소주의를 비아냥거리듯 흉내 내며) 이젠 다 글 렀어! 끝장이야! 죄다 조작된 게임이야! 우린 모두가 희생양들이고 얼간이들이라 절대로 게임에서 이길 수 없어! (경멸 어린 말투로) 어째서 매사가 다 그런 식이냐고!

제이미 (잠시 멍해 있다가 이윽고 어깨를 으쓱하면서 퉁명스럽게) 너도 별로 다르지 않은 것 같은데. 네 시도 과히 밝지 않아. 네가 읽고 찬탄하는 글들도 그렇고. (그는 무대 뒤편의 작은 책장을 가리킨다.) 네가 좋아하는, 그 발음도 요상한 사람 글이 대표적이지.

에드먼드 니체야. 자기가 무슨 얘기를 하는지도 모르면서. 니체 책은 읽은 적도 없잖아.

제이미 죄다 헛소리라는 건 알고 있지!

타이론 둘 다 닥쳐! 네가 브로드웨이 건달들한테서 배운 철학이나 에드먼드가 책에서 얻은 철학이나 오십보백보다. 둘 다 속속들이 썩은 것들이지. 너희 둘 다 지상에서 유일한 참된 신앙인 가톨릭 신앙 속에서 태어나고 자랐으면서도 그걸 비웃어왔어. 그래서 결국 자멸에 이르게 된 거다! (두 아들은 경멸 어린 시선으로 아버지를 쏘아본다. 형제는 자기네가 다퉜다는 걸 깜박 잊어버리고 이제는 하나가 되어 아버지에게 맞선다.)

에드먼드 말도 안 돼요, 아버지!

제이미 최소한 우리는 믿는 척은 하지 않아요. (빈정대며) 아버지가 바지 무릎에 구멍이 날 만큼 미사에 열심히 참석하는 걸 본 적이 없는걸요.

타이론 미사에 꼬박꼬박 나가는 성실한 가톨릭 신자가 아닌 건 사실이야. 주여, 저를 용서해주소서. 하지만 난 믿음은 갖고 있다! (벌컥 성을 내면서) 그리고 엉터리 소리 하지 마! 난 성당에는 안 나가도 이날 평생토록 아침저녁으로 무릎 꿇고 기도 드려왔어!

에드먼드 (날카롭게) 엄마를 위해서 기도했어요?

타이론 했지. 오랫동안 네 엄마를 위해 하느님께 기도 드려왔다.

에드먼드 그럼 니체 말이 맞군요. (《차라투스트라는 이렇게 말했다》의 한 구절을 인용한다.) "신은 죽었다. 인간에 대한 연민 때문에 신은 죽었다."

타이론 (그 말을 무시하고) 네 엄마도 열심히 기도를 했더라면……. 그 사람은 신앙을 버리지 않았지만 까맣게 잊어버리는 바람에 이제는 자기에게 내린 저주와 싸울 수 있을 만한 영적인 힘이 남아 있질 않아. (맥없이 체념한다.) 하지만 이런 얘기해봤자 무슨 소용이 있겠냐? 우리는 전에도 이런 식으로 살았고 앞으로도 이렇게 살아야 해. 어쩔 수가 없어. (비통하게) 희망이나 안겨주지 말 것이지! 다시는 희망 같은 건 갖지 않을 거야!

에드먼드 그렇게 말하지 마세요, 아버지! (도전하듯) 전 희망을 가질 거예요! 엄마는 이제 막 걸음을 떼었을 뿐이에요. 깊이 빠지진 않았어요. 아직은 끊을 수 있어요. 엄마하고 얘기해볼 거예요.

제이미 (어깨를 으쓱하며) 이제는 얘기가 안 돼. 듣는 척만 하지 진짜로 듣지는 않을 테니까. 몸은 여기 있어도 마음은 딴 데가 있을 거야. 어떤 식으로 행동하는지 너도 잘 알잖아.

타이론 맞아. 몸에 독물이 들어가면 늘 그렇게 돼. 이제부터 매일 밤마다 우리한테서 멀어져갈 거다.

에드먼드 (처연하게) 그만두세요, 아버지! (의자에서 벌떡 일어선다.) 옷을 갈아입어야겠어요. (걸어가면서 씁쓸하게) 제가 감시하러 왔다고 의심하지 않게 요란한 소리를 내야겠어요. (앞 응접실로 사라진다. 계단을 요란하게 밟고 올라가는 소리가 들려온다.)

제이미 (잠시 뜸을 들인 뒤) 하디 선생이 막내에 관해 뭐래요?

타이론 (힘없이) 네가 생각한 대로다. 폐결핵이래.

제이미 젠장할!

타이론 의심할 여지가 없다는구나.

제이미 그럼 요양원에 가야겠네요.

타이론 그래. 본인을 위해서나 주위 사람들을 위해서나 빠르면 빠를수록 좋다고 하더라. 의사의 지시를 잘 따르기만 하면 반년에서 일 년 정도면 나을 거래. (한숨을 쉬고는 울적해하면서도 분개한 어조로) 내 자식이 이렇게 될 줄이야……. 이건 우리 집안에서 온 게 아니야. 우리 집안사람들은 죄다 폐가 황소처럼 튼튼하니까.

제이미 지금 그런 얘기가 무슨 상관이에요! 하디 선생은 걔를 어디로 보내고 싶어 한대요?

타이론 그 문제 때문에 그 사람을 만나려는 거야.

제이미 제발 싸구려 말고 좋은 데를 골라주세요!

타이론 (뜨끔해하면서) 하디 선생이 제일 좋다는 데로 보낼 거야!

제이미 그럼, 하디 선생한테 세금이 어떻고 저당이 어떻고 하면서 죽는소리 좀 하지 마세요.

타이론 나는 돈을 길바닥에 뿌리고 다니는 떼부자가 아니야! 그 사람한테 사실대로 얘기하지 못할 게 뭐 있어?

제이미 그러면 그 사람은 싸구려를 골라달라는 얘기로 알아들을 테니까요. 게다가 나중에 아버지가 말만 번드르르한 사기꾼 맥과이어한테 속아서 또 쓸모없는 땅을 샀다는 얘기를 들을 때면 그게 사실이 아니라는 걸 알게 되겠죠!

타이론 (격노해서) 내 일에 참견하지 마!

제이미 이건 에드먼드와 관련된 일이에요. 난 아버지가 폐병이 불치병이라는 아일랜드 늪지대 촌사람 같은 생각을 갖고 있어서 걔를 돕는 일에 돈을 더 쓰는 것은 낭비라고 생각할까봐 걱정이 돼요.

타이론 근거 없는 소리 하지 마!

제이미 좋아요. 그럼 내 말이 근거 없는 소리라는 걸 증명해주세요. 내가 바라는 것도 그거니까. 그래서 한 이야기예요.

타이론 (여전히 분노하면서) 나도 에드먼드가 낫기를 간절히 바라고 있어. 그리고 아일랜드를 모욕하지 마! 얼굴에 아일랜드 지도가 그려진 녀석이 아일랜드를 비웃다니, 한심한 놈 같으니!

제이미 그런 건 씻어내버리면 그만이죠. (다시 조국을 모욕하는 이 말에 아버지가 미처 뭐라고 반응을 보이기 전에 어깨를 으쓱하면서 빈정거리듯이 덧붙인다.) 할 말은 다 했어요. 이제 모든 건 아버지한테 달렸어요. (느닷없이) 오후에 아버지가 읍내에 가시면 나는 뭘 할까요? 울타리 다듬는 일에서 할 수 있는 건 다했는데. 아버지가 할 일을 내가 하는 건 원치 않으실 거예요.

타이론 원하지 않아. 다른 때처럼 일을 다 망쳐놓을 테니까.

제이미 그럼 에드먼드하고 같이 읍내에나 가야겠네. 엄마한테 일어난 일에다 본인의 나쁜 소식까지 겹치면 에드먼드가 심한 타격을 받을 수도 있으니까.

타이론 (방금 전까지의 다툼을 잊고) 그래 에드먼드하고 함께 가거라. 어떻게 해서든 기운을 북돋워줘. (쏴붙이듯 덧붙인다.) 그런 일을 핑계 삼아 술이나 퍼마실 생각하지 말고!

제이미 무슨 돈이 있어서요? 내가 알기로 아직도 술은 공짜로 주는 게 아니라 돈 받고 파는 거라던데. (앞 응접실 문 쪽으로 가면서) 옷을 갈아입어야겠어요. (현관 쪽에서 어머니가 다가

오는 걸 보고 문간에서 걸음을 멈추고 어머니가 들어올 수 있도
록 옆으로 비켜난다. 그녀의 눈빛은 더 빛나고 태도는 더 초연하
다. 극이 진행될수록 이런 변화는 한층 더 두드러진다.)

메리 (멍하니) 어디서 내 안경 못 봤니, 제이미? (그녀는 제이
미를 처다보지 않는다. 제이미는 어머니의 질문을 묵살한 채 외
면한다. 메리 역시 대답을 기대하지 않는 듯하다. 그녀는 앞으로
나와서 남편을 처다보지 않은 채 말을 건다.) 내 안경 못 봤어
요, 여보? (그녀의 뒤에서 제이미는 앞 응접실로 사라진다.)

타이론 (망사문 쪽으로 돌아서서 밖을 내다보면서) 못 봤소.

메리 제이미하고 무슨 일 있었어요? 쟤한테 또 잔소리했어요?
늘 그렇게 쟤를 함부로 대하지 마세요. 쟤 잘못이 아니에요.
쟤가 제대로 된 가정에서 자랐더라면 저렇게 되지는 않았을
거예요. (오른쪽 창가로 가서 명랑하게) 당신의 일기예보 능력
은 신통하질 않네요. 보세요, 날이 자꾸 뿌예지잖아요. 맞은
편 해안이 거의 보이지 않아요.

타이론 (자연스럽게 말하려 애쓰며) 맞아, 내가 성급했소. 오늘
밤에도 안개가 자욱하겠어.

메리 아, 오늘 밤엔 안개 같은 것에는 신경 쓰지 않을 거예요.

타이론 그래, 그렇겠지.

메리 (남편을 힐끗 처다보고는 잠시 후) 제이미가 울타리께로
내려가는 모습이 보이지 않네요. 어디 갔죠?

타이론 에드먼드가 의사한테 갈 때 같이 가겠대. 옷 갈아입으
러 이층에 올라갔지. (그러고는 그녀 곁을 떠날 구실이 생긴 것

에 기뻐하면서) 나도 옷을 갈아입어야겠어. 안 그랬다간 클럽에서 만나기로 한 약속 시간에 늦겠어. (그는 앞 응접실 쪽으로 간다. 그 순간 메리가 충동적으로 재빨리 손을 뻗어 그의 팔을 잡는다.)

메리 (애원조로) 아직 가지 마요, 여보. 혼자 있고 싶지 않아요. (황급히) 당신은 아직 시간이 많지 않느냐는 뜻이에요. 애들보다 열 배는 빨리 옷을 입을 수 있다고 노상 자랑하잖아요. (멍하니) 당신한테 하고 싶은 말이 있었는데⋯⋯. 그게 뭐였지? 아, 생각났다. 제이미가 읍내에 간다니 좋네요. 걔한테 돈을 주진 않았겠죠?

타이론 안 줬어.

메리 걘 돈만 생겼다 하면 술 마시는 데 쓰고, 취했다 하면 입이 험하고 거칠어지니까요. 오늘 밤 난 걔가 무슨 소리를 해도 신경 쓰지 않겠지만 당신은 늘 흥분하잖아요. 술에 취하면 특히 더 그러고요. 그리고 오늘 밤에도 당신은 취할 거잖아요.

타이론 (분개하면서) 취하도록 마시진 않을 거요. 난 생전 취한 적이 없었어.

메리 (별 관심 없이 집적이며) 아, 그거야 취하지 않은 척하는 거죠. 항상 그래왔잖아요. 속 모르는 사람들은 눈치채기 어렵지만 당신하고 35년이나 함께 살아온 나야⋯⋯.

타이론 난 한 번도 공연을 빼먹은 적이 없었어. 그게 증거야! (쓸쓸하게) 설사 취했다 해도 당신이 나한테 뭐라 그럴 순 없어. 나야 그럴 만한 이유가 넘치고도 남는 사람이니까.

메리 이유? 무슨 이유? 당신은 클럽에만 갔다 하면 늘 과음을 해요. 그렇지 않아요? 맥과이어를 만날 때면 유난히 더 마시고. 그 사람이 그렇게 하도록 부추기니까. 당신 잘못을 들출 생각은 없어요, 여보. 마시고 싶으면 마셔요. 난 상관하지 않으니까.

타이론 상관하지 않을 거라는 거 잘 알아요. (빨리 그곳을 벗어나고 싶어 앞 응접실 쪽으로 돌아선다.) 옷을 갈아입어야겠어.

메리 (다시 그의 팔을 잡으며 애원하듯) 조금 더 있다 가요, 여보. 한 애가 내려올 때까지만이라도. 좀 있으면 나만 남겨놓고 모두 떠나버릴 텐데.

타이론 (비통한 슬픔과 함께) 우리 곁을 떠나려 하고 있는 사람은 당신이잖소.

메리 내가? 그 무슨 바보 같은 소리예요. 내가 어떻게 떠날 수가 있어요? 갈 데도 없는데. 내가 누굴 보러 간단 말이에요? 친구도 없는데.

타이론 그거야 제 탓이지. (말을 멈추고 맥없이 한숨을 내쉰다. 달래듯이) 오늘 오후에 당신이 할 수 있는 일이 하나 있어요, 여보. 당신에게 도움이 될 만한 일이. 차를 타고 드라이브를 해요. 모처럼 집을 벗어나서 햇볕을 좀 쐬고 신선한 공기를 마셔봐요. (속상해하며) 그 차는 당신 때문에 산 거요. 난 저 빌어먹을 놈의 물건을 좋아하지 않잖소. 나야 걷거나 전차를 타고 다니는 걸 더 좋아하니까. (점점 더 부아가 치민다.) 저 차는 당신이 요양원에서 나오면 타라고 사둔 거요. 난 당신이 저 차 덕에 즐거워하고 기분을 새롭게 하기를 바랐어. 그런데 전에는 매일 타더니만 요즘에는 거의 타질 않아. 없는 돈을 잔뜩 들여서 산 건데. 게다가 당신이 타든 안 타든 먹여주고 재워주고 높은 봉급까지 줘야 하는 운전기사까지 고용했구면. (씁쓸하게) 헛돈만 나간 거지! 이렇게 돈을 낭비하다간 늙어서 빈털터리가 되어 구빈원에나 들어가고 말 거야! 저 차가 당신한테 무슨 소용이 있겠어? 차라리 그 돈을 창밖으로 날려버리는 게 더 나았을 텐데.

메리 (초연한 고요함이 어린 표정과 함께) 맞아요, 헛돈 쓴 거예요. 저런 고물차를 살 필요가 없었어요. 당신은 언제나 그랬듯이 이번에도 또 사기당한 거예요. 당신은 뭐를 사든 늘 싸구려 고물만 찾으니까.

타이론 최고로 좋은 차 중의 하나야! 다들 새 차보다 더 낫다고 그래!

메리 (들은 척도 하지 않고) 스마이스를 채용한 것도 돈 버리는 짓이었어요. 정비소 조수 노릇만 했지 운전수로는 생전 일해 본 적이 없는 사람인데. 아, 그 사람은 제대로 된 운전기사보다 더 낮은 봉급을 받긴 하지만 차 수리를 맡길 때마다 정비소에서 뇌물을 받아 챙겨 그 이상으로 벌죠. 내가 차를 탈 때마다 늘 고장이 나요. 그 사람이 뭔가 수작을 부리는 거예요.

타이론 그럴 리가 없어! 그 사람은 제복을 입고 운전하는, 갑부집 운전기사는 아닐지 몰라도 정직한 사람이야! 아무나 다 의심을 하다니, 당신도 제이미보다 하등 나을 게 없어!

메리 너무 속상해하지 마세요. 당신이 저 차를 샀을 때 나도 기분이 과히 나쁘지 않았으니까. 날 부끄럽게 만들려고 그런 게 아니라는 걸 알고 있었죠. 원래 그런 사람이니까 그럴 뿐이라는 것도. 그래서 고마웠고 감동하기까지 했어요. 당신 입장에서 저 차를 사는 게 절대로 쉬운 일이 아니라는 사실을 알고 있었고, 그래서 당신이 당신 나름대로 나를 무척이나 사랑한다는 걸 알았죠. 특히 저 차가 내게 도움이 될 거라고 믿지도 않는 상태에서 그렇게 했으니까.

타이론 여보! (갑자기 그녀를 와락 껴안고 애원하듯) 여보! 제발 부탁인데 날 위해서, 아이들을 위해서, 당신 자신을 위해서 이제 그만둬줄 수 없겠소?

메리 (양심의 가책으로 잠시 혼란에 빠져 더듬거리며) 나, 나는……. 여보! 제발! (그 순간 아주 낯선, 완강한 방어 자세로 즉각 돌아가며) 뭘 그만두라는 거예요? 무슨 얘기를 하는 거예요? (타이론, 낙심해서 팔을 떨어뜨린다. 메리, 충동적으로 그를 끌어안는다.) 여보! 우린 서로 사랑해왔어요! 앞으로도 항상 그럴 거예요! 그것만 기억하도록 해요. 우리가 이해할 수 없는 일을 이해하려 애쓰지 말고, 우리 힘으로 할 수 없는 일을 하려고 애쓰지 말자고요. 우리가 살면서 겪는 일들은 모면할 수도 없고 설명할 수도 없다고요.

타이론 (그 얘기를 듣지 못한 것처럼, 통렬하게) 노력도 하지 않을 참이오?

메리 (맥없이 두 팔을 떨어뜨리고 외면한다. 초연한 목소리로) 그러니까 오후에 드라이브하러 가란 말이죠? 당신이 원한다면 그렇게 하죠, 뭐. 여기 있는 것보다 더 외로운 기분이 들긴 하겠지만. 같이 드라이브하러 가자고 청할 만한 사람도 없고, 스마이스에게 가자고 할 만한 데도 없으니까요. 지나가는 길에 들러 잠시나마 웃고 떠들 수 있는 친구 집이라도 하나 있으면 좋을 텐데 당연히 없죠. 친구라곤 생전 없었으니까. (점점 더 아득히 먼 존재가 되어간다.) 수녀원 학교에서는 친구가 아주 많았어요. 멋진 집에서 자란 여자애들. 나는 그 친구들의 집에 놀러갔고 걔네들도 우리 아버지 집에 놀러왔죠. 하지만 내가 배우와 결혼한 뒤 많은 친구들이 내게 등을 돌렸어요. 당신도 알다시피 그 당시에는 배우들에 대한 인식이 좋지 않았으니까. 그리고 우리가 결혼한 직후 당신의 애인이었던 여자가 당신을 고소하는 스캔들이 났어요. 그때부터 예전에 사귀었던 모든 친구들이 나를 동정하거나 관계를 끊어버렸죠. 나로서는 관계를 끊은 친구들보다 동정하는 친구들이 더 미웠어요.

타이론 (가책 때문에 화를 내면서) 맙소사, 고릿적 얘기는 뭐하러 들춰내. 이제 겨우 오후가 시작되는 판에 벌써부터 그렇게 과거 속으로 멀리 들어가버리면 밤에는 어떻게 하려고?

메리 (이제 도전하듯 그를 노려보면서) 그러고 보니 읍내에 나가보긴 해야겠네요. 약국에 들러서 사야 할 게 있으니까.

타이론 (경멸 어린 조로 매섭게) 감춰놓은 게 아직 남아 있는데도 더 들여놓으시겠다! 아예 넉넉하게 사서 쟁여놓으시지. 예전 밤처럼 그게 떨어져서 비명을 지르고, 반쯤 넋이 나간 채 잠옷 바람으로 집을 뛰쳐나가 바다에 뛰어들려고 하지 말고!

메리 (그 말을 무시하려고 애쓰면서) 치약이랑 비누랑 콜드크림을 사야 해요. (비참한 심경이 되어 울음을 터트리며) 여보! 그 애기는 하지 마요! 나를 수치스럽게 만들지 마요!

타이론 (부끄러워하면서) 미안해. 용서해줘, 여보!

메리 (다시 방어적인 초연한 상태로 돌아가) 상관없어요. 그런 일은 일어난 적이 없었으니까. 당신이 꿈을 꾼 거예요. (타이론은 절망 어린 눈빛으로 그녀를 망연히 쳐다본다. 그녀의 목소리는 현실에서 점점 더 멀어져가는 듯하다.) 에드먼드가 태어나기 전까지만 해도 난 아주 건강했어요. 당신도 기억할 거예요. 신경줄도 아주 튼튼했죠. 공연 시즌마다 당신과 함께 오만 데를 다 다니면서 침대칸도 없는 기차 안에서나 너절한 호텔의 더러운 방에서 형편없는 음식을 먹으며 지내고, 호텔 방에서 애들을 낳으면서도 나는 건강했어요. 하지만 에드먼드를 낳으면서 끝장이 났어요. 그 후에 나는 심하게 아팠고 어느 싸구려 호텔에 상주하는 무식한 돌팔이 의사가……. 그 작자가 아는 것이라고는 내가 아프다는 것뿐이었어요. 그리고 그 작자가 내 아픔을 덜어주는 건 쉬운 일이었죠.

타이론 여보! 제발, 옛날 일은 잊어버려요!

메리 (이상하리만치 초연하고 고요한 태도로) 왜요? 어떻게 그럴 수 있어요? 과거는 현재인데. 그렇지 않아요? 미래이기도 하고요. 우리 모두는 거기서 빠져나가려고 몸부림치지만 우

리 인생이 그걸 허용하려들지 않죠. (계속한다.) 난 나 자신
만 나무랐어요. 유진이 죽은 뒤로 다시는 아이를 갖지 않겠다
고 맹세했는데. 걔가 죽은 건 내 탓이었어요. 당신이 내가 보
고 싶다고, 너무 외롭다고 하는 편지를 보내는 바람에 친정엄
마한테 아이를 맡기고 당신한테 가지만 않았더라면 그런 일
은 일어나지 않았을 텐데. 그랬더라면 홍역에 걸린 제이미가
아기 방에 들어가는 일도 없었을 텐데. (얼굴이 굳어지며) 나
는 늘 제이미가 부러 그랬다고 믿어왔어요. 걔는 아기를 질투
했어요. 아기를 미워했어요. (타이론이 반박하려고 한다.) 아,
제이미가 일곱 살에 불과했다는 건 나도 알아요. 하지만 걔는
멍청한 애가 아니었어요. 아기가 죽을 수도 있으니 들어가지
말라는 경고를 받아서 다 알고 있었죠. 그 일 때문에 나는 절
대로 제이미를 용서할 수가 없었어요.

타이론 (혹독한 슬픔에 젖으며) 이제는 유진 얘기로 돌아갈 참
이오? 죽은 아기를 편안히 쉬게 해줄 수는 없겠소?

메리 (그의 얘기를 듣지도 못한 것처럼) 다 내 잘못이에요. 당신
을 사랑한다는 이유 하나만으로 당신의 설득에 넘어가 당신
곁으로 달려가지 말고 유진 곁에 그대로 머물러 있었어야 했
는데. 무엇보다도 잘못한 건 유진의 빈자리를 메워줄 또 다
른 아이를 가져야 한다는 당신의 주장에 넘어간 거였어요. 당
신은 그렇게 하면 내가 죽은 아이를 잊을 수 있을 거라 생각
했더랬죠. 그때 나는 아이들을 제대로 키우려면, 좋은 엄마가
되려면 안정된 집이 있어야 한다는 걸 경험을 통해 알고 있었

는데……. 그래, 에드먼드를 가진 뒤 내내 두렵고 불안했어요. 뭔가 끔찍한 일이 일어나리라는 걸 알고 있었거든요. 유진을 두고 떠난 일로 다시는 아기를 가질 자격이 없는 여자라는 걸 증명한 셈이니 또 임신을 했다간 천벌을 받으리라는 걸 알고 있었어요. 무슨 일이 있어도 에드먼드는 갖지 말았어야 했어요.

타이론 (불안한 기색으로 앞 응접실 쪽을 힐끗 쳐다보며) 여보! 말조심해요. 이 말이 걔의 귀에 들어갔다간 당신이 자기를 낳고 싶어 하지 않았다고 생각할 테니까. 그렇지 않아도 기분이 저조한 앤데…….

메리 (격렬하게) 거짓말하지 마요! 난 걔를 낳고 싶어 했어요! 세상 그 무엇보다도 더! 당신은 이해하지 못해요! 난 걔를 위해서 한 소리였어요. 걔는 한 번도 행복한 적이 없는 애예요. 앞으로도 영원히 그럴 거고. 건강하게 살지도 못할 거예요. 걔는 애당초 너무 민감하고 신경질적인 아이로 태어났고, 그건 내 탓이에요. 그리고 이제 걔가 저리도 아프니 유진과 우리 아버지의 기억이 자꾸 떠오르고, 너무나 무섭고, 죄스럽고……. (타이론은 메리를 멀거니 쳐다보다 난감하다는 듯 한숨을 쉰다. 앞 응접실 쪽으로 고개를 돌리는데 에드먼드가 계단을 내려오는 모습이 보인다.)

타이론 (낮은 목소리로 날카롭게) 에드먼드가 오고 있어. 제발 정신 좀 차려요. 쟤가 나갈 때까지만이라도! 쟤를 위해서 그 정도는 해줄 수 있잖소! (그는 억지로 아버지다운 유쾌한 표정을 지은 채 기다린다. 메리는 다시 신경질적인 두려움에 사로잡힌 채 겁먹은 얼굴로 기다린다. 떨리는 두 손이 가슴 앞섶과 목, 머리 등을 지향 없이 더듬는다. 이윽고 에드먼드가 문간으로 다가오자 그녀는 에드먼드의 얼굴을 마주볼 수 없는 상태가 된다. 그녀는 재빨리 왼쪽 창가로 가서 앞 응접실 쪽에 등을 돌린 채 밖을 내다본다. 에드먼드는 푸른색의 서지로 만든 기성복 슈트 차림에 빳빳한 셔츠 칼라를 달고 넥타이를 맸으며 검은 구두를 신었다.)

(배우답게 울림이 좋은 목소리로 활달하게) 오! 아주 말쑥해 뵈는구나. 나도 옷을 갈아입으러 가야겠다. (에드먼드의 곁을 지나가기 시작한다.)

에드먼드 (무뚝뚝하게) 잠깐만요, 아버지. 이런 얘기 꺼내긴 싫지만 차비가 없네요. 빈털터리가 되어서요.

타이론 (무심코 습관적인 설교를 하기 시작하며) 돈의 가치를 모르면 평생 빈털터리 신세를 면하기 어렵……. (문득 가책을 느끼고 자제한다. 근심과 연민 어린 빛으로 아들의 병색 짙은 얼굴을 쳐다보며) 너야 이미 잘 알고 있지. 아프기 전까지만 해도 열심히 일했으니까. 일을 아주 잘 해냈지. 네가 자랑스럽다. (바지 주머니에서 둘둘 만 작은 지폐 뭉치를 꺼내 조심스럽게 하나를 고른다. 에드먼드는 그 돈을 받는다. 그 지폐를 힐끗 들여다본 그의 얼굴에 놀란 표정이 번진다. 그의 아버지는 다시 습관적으로, 즉 비꼬는 투로 반응한다.) 고맙습니다. (연극 대사를 인용한다.) "독사 이빨보다 더 날카로운 것은……"*

에드먼드 "은혜를 모르는 자식을 두는 것." 저도 알아요. 말할 기회를 주셔야죠. 놀라서 말문을 잃었어요. 1달러가 아니라 10달러라서.

타이론 (선심 쓴 것에 스스로 멋쩍어서) 넣어둬. 읍내에 나가면 친구들도 만날 텐데 주머니에 돈이 있어야 제대로 어울릴 수 있을 것 아니냐.

에드먼드 정말요? 와, 고마워요 아버지. (한순간 진심으로 기뻐하고 고마워하다가 꺼림칙한 의심의 눈길로 아버지의 얼굴을 빤히 쳐다본다.) 한데 왜 갑자기······? (냉소적으로) 하디 선생이 제가 곧 죽을 거라고 했나요? (아버지가 몹시 상심하는 걸 보고) 아니에요! 농담이 지나쳤네요. 그저 장난하려고 그런 거예요. (충동적으로 한 팔을 쳐들어 다정하게 아버지를 끌어안는다.) 정말 감사해요. 진심이에요, 아버지.

타이론 (감동해서 마주 껴안으며) 별말을 다 하는구나.

메리 (두려움 어린 분노의 혼란상태 속에서 부자 쪽으로 홱 돌아서며) 도저히 참고 들을 수가 없어! (한 발을 구르며) 알겠니, 에드먼드! 그런 섬뜩한 소리를 늘어놓다니! 곧 죽을 거라고! 다 네가 읽은 책들 때문이야! 슬픔과 죽음 말고는 아무것도 없는 책들 때문에! 그런 책들을 읽게 가만 내버려두다니, 네 아버지도 나빠. 네가 쓴 몇몇 시는 더 고약해! 살고 싶지 않다는 생각이나 하고! 앞날이 창창한 애가! 네가 책에서 배운

---

*셰익스피어의 《리어왕》 1막 4장 중 대사.

거라고는 흉내 내는 것밖에 없어! 넌 진짜 아픈 게 아니야!

타이론 여보! 그만해!

메리 (즉각 초연한 목소리로 돌아가서) 하지만 에드먼드가 별 거 아닌 일로 저렇게 우울해하면서 난리를 치는 게 우습잖아 요, 여보. (에드먼드에게 고개를 돌리지만 그의 시선은 피한 채 다정하게 놀리듯) 염려마라, 애야. 내가 네 맘 다 아니까. (그 에게 가서) 귀여움 받고 싶고, 응석 부리고 싶고, 모두가 너를 떠받들어줬으면 좋겠지, 응? 천상 아직도 아기라니까. (그를 껴안는다. 그래도 그는 뻣뻣한 자세를 풀지 않는다. 그녀의 목 소리가 떨리기 시작한다.) 제발, 너무 심한 말은 하지 마라. 끔 찍한 소리는 입에 담지 마. 그런 말을 심각하게 받아들이는 건 어리석은 짓이지만 나도 어쩔 수가 없어. 그런 말을 들으 면…… 너무 무서워. (말을 뚝 그치고는 아들의 어깨에 얼굴을 묻고 흐느껴 운다. 에드먼드는 자기도 모르게 마음이 움직여서 여전히 긴장한 채 어색한 태도로 어머니의 어깨를 토닥여준다.)

에드먼드 울지 마세요, 엄마. (그의 시선과 아버지의 시선이 마 주친다.)

타이론 (가망 없는 희망을 그러잡으며 콱 잠긴 목소리로) 아까 엄마하고 얘기해본다고 한 걸 지금 해보는 건……. (손목시 계를 더듬으며 들여다보고는) 맙소사, 시간이 벌써 이렇게! 서 둘러야겠어. (황급히 앞 응접실로 나간다. 메리는 고개를 든다. 다시 초연한 태도로 돌아와 어머니다운 근심 어린 태도를 보인 다. 아직까지도 눈에 맺혀 있는 눈물을 까맣게 잊은 것만 같다.)

메리 좀 어떠니? (에드먼드의 이마를 짚어보고는) 열이 좀 있긴 하지만 좀 전에 밖에서 햇볕을 받아서 그런 것뿐이야. 아침나절보다 훨씬 더 좋아 보이는구나. (아들의 한 손을 잡으며) 좀 앉아. 그렇게 오래 서 있으면 안 돼. 기운을 아낄 줄 알아야지. (아들을 의자에 앉히고 자신은 그 의자의 팔걸이에 비스듬히 걸터앉아 한 팔로 그의 어깨를 두르는 바람에 아들은 그녀의 눈을 볼 수가 없다.)

에드먼드 (이제 가망이 없다고 생각하면서도 무심코 애원하는 말을 하기 시작하며) 엄마, 할 말이 있는데요…….

메리 (재빨리 말을 가로막으며) 자, 자! 말하지 마. 등을 기대고 편히 쉬어. (설득조로) 내 생각에는 오후에 집에서 쉬는 게 훨씬 더 좋을 것 같구나. 내가 보살펴줄게. 이렇게 더운 날에 지저분한 고물 전차를 타고 읍내에 나가는 건 아주 피곤한 일이지. 여기서 나랑 같이 있는 게 훨씬 더 나을 거야.

에드먼드 (맥없이) 제가 하디하고 약속이 있다는 걸 잊으셨네요. (애원하는 말을 다시 하기 시작한다.) 할 말이 있어요, 엄마…….

메리 (재빨리) 전화를 해서 몸이 안 좋아 나갈 수 없다고 해. (흥분해서) 그 사람을 만나봤댔자 돈 낭비, 시간 낭비에 불과해. 너한테 거짓말이나 늘어놓을걸. 심각한 문제를 찾아낸 척하겠지. 그래야 밥벌이가 될 테니까. (비웃는 싸늘한 웃음을 지으며) 멍청한 늙은이! 그 늙은이가 할 줄 아는 거라고는 엄숙한 표정을 하고 의지력을 설교하는 것뿐이야!

에드먼드 (그녀의 시선을 붙잡으려 애쓰며) 엄마! 제발 제 말을 좀 들어줘요! 엄마한테 부탁할 게 있다고요! 엄마는…… 엄마는 이제 막 시작한 것에 불과해요. 그러니 지금부터라도 끊을 수 있어요. 의지력이 있잖아요! 우리 모두 도울게요. 전 뭐든 다 할 거예요! 그렇게 해요 엄마, 응?

메리 (말을 더듬거리며 애원하듯) 제발 그러지 마……. 네가 잘 몰라서 그래!

에드먼드 (힘없이) 알았어요, 그만두죠. 해봤자 쓸데없는 짓이 될 걸 알고 있었어요.

메리 (이제는 노골적으로 부인하며) 네가 무슨 소리를 하는 건지 모르겠구나. 하지만 난 네가 내게 뭐라고 할 자격이 전혀 없다는 건 잘 알고 있다. 내가 요양원에서 돌아오자마자 너는 앓기 시작했어. 거기 의사는 내가 집에서 속 끓이는 일 없이 조용히 안정을 취해야 한다고 경고했는데 이제까지 네 걱정만 하고 지내왔잖니. (마음이 산란해져서) 그렇다고 네 핑계를 대는 건 아냐! 난 그저 설명을 하려는 것뿐이야. 핑계를 대는 게 아니라고! (그를 끌어안고 애원하듯) 약속해다오. 내가 네 핑계를 댄 게 아니라고 믿어주겠다고.

에드먼드 (매섭게) 달리 어떻게 믿어주라는 얘기예요?

메리 (아들을 끌어안았던 팔을 천천히 내리고, 다시 초연하고 냉정한 태도가 되어) 그래, 그렇게 생각할 수밖에 없겠구나.

에드먼드 (부끄러워하기는 하나 여전히 매섭게) 저한테 뭘 기대하세요?

메리 아무것도. 널 탓하는 게 아니다. 나도 나를 못 믿는데 네가 어떻게 날 믿어줄 수 있겠니? 난 천하의 거짓말쟁이가 되었어. 옛날에는 거짓말이라고는 전혀 할 줄 몰랐는데. 이제는 거짓말을 해야 해. 특히 나 자신에게. 나도 나를 이해하지 못하는데 네가 어떻게 이해할 수 있겠니. 그 일에 관해서는 전혀 이해가 가지 않아. 오래전 어느 날 내 영혼이 더 이상 내 것이 아니라는 것 말고는. (잠시 뜸을 들였다가 목소리를 낮춰 내밀한 자신감을 내비치는 이상한 말투로) 하지만 언젠가는 내 영혼을 다시 찾을 거야. 식구들 모두가 잘되고, 네가 건강하고 행복하고 성공한 모습을 보게 될 때면, 그래서 내가 더 이상 죄책감을 느끼지 않게 될 때면. 성모마리아께서 나를 용서해주시고 수녀원 학교에 다니던 시절처럼 그분의 사랑과 연민에 대한 믿음을 되찾게 해주실 때면. 내가 다시 그분께 기도 드릴 수 있을 때면. 이 세상 모든 사람이 단 한순간도 나를 믿지 못할 때도 그분은 나를 믿어주실 거고 그분의 도우심으로 나는 아주 쉽게 내 영혼을 되찾게 될 거야. 나는 나 자신의 고통 어린 비명을 들으면서도 스스로에 대한 확신에 넘쳐 있어서 소리 내어 웃을 거야. (에드먼드가 절망 어린 침묵 속에 잠겨 있자 서글픈 어조로 덧붙인다.) 물론 넌 이 말도 믿을 수 없겠지. (그녀는 에드먼드가 앉아 있는 의자 팔걸이에서 일어나 오른쪽 창가로 가서 그에게 등을 돌린 채 밖을 내다보면서 심상하게 말한다.) 다시 생각해보니 너는 그냥 읍내에 가는 게 좋겠구나. 나도 드라이브하러 나간다는 걸 깜박했어. 약국에 가야 하거든. 나랑 같이 거기 가고 싶어 하지는 않겠지. 창피할 테니까.

에드먼드 (비통하게) 엄마! 제발!

메리 네 아버지가 준 10달러를 제이미하고 나눠 갖겠구나. 너희는 뭐만 생겼다 하면 항상 그렇게 나누지? 착한 아이들처럼. 제이미가 제 몫의 돈으로 뭘 할지 나는 알지. 저랑 잘 통하거나 제 취향에 맞는 여자하고 적당한 데 가서 술이나 마시겠지. (에드먼드 쪽으로 돌아서서 두려움에 질린 목소리로 애원한다.) 에드먼드! 너는 마시지 않겠다고 약속해다오! 너무 위험해! 하디 선생이 그렇게 말한 거 잊지 않고…….

에드먼드 (매섭게) 전 그 사람, 멍청한 늙은이라 생각해요. 어쨌거나 이따 밤이 되면 엄마가 뭐엔들 신경을 쓰겠어요?

메리 (가련하게) 에드먼드! (현관에서 "어이, 막내, 빨리 가자"라고 하는 제이미의 목소리가 들린다. 메리의 태도는 이내 초연한 태도로 돌변한다.) 가거라, 에드먼드. 제이미가 기다리잖니. (앞 응접실 쪽으로 가면서) 아버지도 내려오는구나. ("가자, 에드먼드"라고 외치는 타이론의 목소리가 들린다.)

에드먼드 (벌떡 일어나며) 나가요. (메리의 곁에서 걸음을 멈추고는 쳐다보지도 않은 채) 다녀올게요, 엄마.

메리 (초연한 애정을 보이면서 아들에게 키스한다.) 잘 갔다 오렴. 집에서 저녁을 먹으려거든 늦지 않도록 해. 아버지한테도 그렇게 말씀드리고. 브리지트가 어떤 여잔지 잘 알잖니. (에드먼드는 돌아서서 서둘러 나간다. 타이론이 현관에서 "다녀오겠소"라고 소리치고, 제이미도 "안녕, 엄마"라고 소리친다. 메리도 소리쳐서 응답한다.) 잘들 다녀와요. (현관의 망사문이 닫히는 소리가 들린다. 그녀는 원탁 곁으로 와서 선다. 한 손은 탁자를 초조하게 두드리고 위로 올라간 다른 한 손은 머리 여기저기를 지향 없이 두드린다. 두려움 어린 고독한 눈빛으로 실내를 돌아보며 속삭인다.) 여기는 너무 쓸쓸해. (쓰디쓴 자기 경멸 때문에 얼굴이 굳어진다.) 또 너 자신에게 거짓말을 하고 있지. 저네들이 나가기를 바랐으면서. 저네들이 내비치는 경멸감과 혐오감 때문에 함께 있는 게 싫었으면서. 저네들이 나가서 기쁘잖아. (절망감 때문에 나직하게 웃으며) 그런데 성모님, 전 왜 이렇게 외로울까요?

막

3막

무대

같은 공간. 저녁 6시 반경. 만(灣)에서 흘러든 안개가 창밖에 하얀 커튼처럼 드리워져 있어 거실 안은 때 이르게 어두워지고 있다. 항구 어귀 너머에 있는 등대에서 산고를 겪고 있는 고래의 신음을 닮은 무적 소리가 일정한 간격을 두고 연이어 들려오고, 항구에서는 정박하려는 요트들이 내는 경보 종소리가 간헐적으로 들려온다.

2막 1장에서 그랬던 것처럼 위스키 병, 잔들, 얼음물 주전자가 놓인 쟁반이 원탁 위에 자리 잡고 있다.

메리와 하녀 캐슬린이 보인다. 캐슬린은 원탁 왼쪽에 서 있다. 그녀는 빈 위스키 잔을 들고 있는데 자신이 그걸 들고 있다는 것을 잊어버린 것 같은 모습이다. 그녀는 술 마신 효과를 고스란히 드러내고 있다. 그녀의 아둔하고 사람 좋아 보이는 얼굴에는 흥겨워하고 우쭐해하는 것 같은 멍청한 미소가 어려 있다.

메리의 얼굴은 아까보다 더 창백하고 두 눈은 부자연스럽다 할 만큼 유난히 더 반짝인다. 이상해 보이는 초연한 태도는 더 심해졌다. 그녀는 자기 내면으로 더 깊이 숨어들어가 일종의 몽환경 속에서 피난처와 해방을 발견한 것이다. 그 몽환경 속에서 현실은 받아들여도 되고 냉혹하게—아주 냉소적으로—물리쳐버려도 되는, 혹은 완전히 무시해버려도 상관없는 가상의 세계에 지나지 않는다. 이따금 그녀는 수녀원 학교 시절의 순진하고 행복하고 재잘거리기 좋아하는 여학생으로 돌아가기라도 한 것처럼, 괴기스럽다 할 만큼 명랑하고 자유분방한 젊음이 넘치는 태도를 보이곤 한다. 그녀는 읍내로 드라이브하러 나갈 때 갈아입은 옷을 그대로 입고 있다. 그 옷은 심플해 뵈면서도 아주 값비싼 옷으로 그녀가 신경 쓰지 않고 아무렇게나 걸치지만 않았더라면 아주 잘 어울렸을 것이다. 머리는 이제 약간 헝클어져 있고 한쪽으로 좀 몰려 있어 아까만큼 단정해 뵈지 않는다. 그녀는 캐슬린이 마치 오랜 친구나 되는 것처럼 허물없이 이야기한다. 막이 오르면, 메리는 망사문 곁에 서서 밖을 내다보고 있다. 무적이 신음처럼 들려온다.

메리　(흥겨워서 여자애처럼) 저 무적 소리! 끔찍하지 않니, 캐슬린?

캐슬린　(평소보다 더 무람없이 말하기는 하나 여주인을 진심으로 좋아하고 있기에 일부러 무례하게 구는 것은 절대로 아니다.) 그러게요. 꼭, 밴시* 울음소리 같아요.

118

메리 (캐슬린의 대답을 듣지 못한 것처럼 말을 계속한다. 이어지는 거의 모든 대화에서 그녀는 그저 말을 계속 이어나갈 수 있는 디딤돌이 필요해서 캐슬린을 붙잡고 있다는 느낌이 든다.) 오늘 밤에는 아무 상관없어. 간밤에는 저 소리 때문에 미치는 줄 알았어. 더 이상 참을 수 없을 때까지 잠도 못 자면서 계속 근심 걱정에 시달렸지.

캐슬린 젠장. 읍내에서 돌아올 때 겁나서 죽을 뻔했어요. 그 못생긴 원숭이 스마이스가 차를 도랑에 처박거나 나무에 들이박는 줄 알았다니까요. 안개 때문에 뭐가 보여야 말이죠. 저를 마님과 함께 뒷좌석에 앉게 해주셔서 고마워요. 그 원숭이 옆자리에 앉았더라면 그놈은 그 더러운 손을 가만두지 않았을 거예요. 조금만 틈을 주면 제 허벅지를 꼬집지 않나, 거기를 더듬지 않나……. 죄송해요, 마님. 하지만 사실이에요.

메리 (꿈꾸듯) 난 안개를 싫어하지 않아, 캐슬린. 사실 나는 안개를 좋아해.

캐슬린 얼굴 피부에 좋다던데요.

메리 안개는 세상으로부터 우리를 숨겨주고 우리로부터 세상을 숨겨주지. 안개가 끼면 모든 게 변한 것 같고, 그대로인 건 하나도 없는 것 같은 느낌이 들어. 아무도 우리를 찾아내지 못하고 건드리지도 못해.

캐슬린 스마이스가 전에 본 적이 있는 제대로 된 기사들처럼 잘

---

*식구 중에서 누가 죽을 때 미리 운다는 아일랜드의 여자 유령.

생기고 근사한 사람이라면, 순전히 장난으로 그런 거라면 저도 그냥 넘어갈 수 있어요. 저는 조신한 처녀니까요. 그런데 스마이스처럼 주름이 쪼글쪼글한 난쟁이가 그러는 건······! 그래, 그 인간한테 그랬어요. 내가 너 같은 원숭이를 상대할 정도로 궁색한 줄 아느냐고. 그리고 경고했죠. 자꾸 그렇게 집적거렸다간 일주일간 일어나지도 못할 만큼 나한테 호되게 한 방 얻어맞을 거라고. 전 정말 그렇게 할 거예요!

메리 내가 싫어하는 건 저 무적 소리야. 저 소리는 사람을 가만 내버려두지 않아. 자꾸 옛날 일들을 떠올려주고, 섬뜩한 경고를 해대니까. (기묘한 미소를 지으며) 하지만 오늘 밤에는 어림없을걸. 그냥 거슬리는 소리에 불과하지. 어떤 것도 떠올려주지 못할 거야. (소녀처럼 장난스럽게 웃으며) 그 사람이 코 고는 소리는 좀 다를 거야. 그 사람이 그러는 걸 갖고 놀려먹는 건 정말 재미있어. 아주 옛날부터 코를 골았지. 너무 오래되어서 언제부터 그랬는지 기억도 안 나. 과음을 했을 때는 특히 더 심해. 하지만 그 사람은 어린애 같아서 자기가 그러는 걸 인정하려들질 않아. (원탁께로 가면서 소리 내어 웃는다.) 인정하고 싶진 않지만 나도 가끔 코를 고는 것 같아. 그러니 그 사람을 놀려먹을 권리가 없지. 안 그래? (원탁 오른쪽에 있는 흔들의자에 앉는다.)

캐슬린 아, 그럼요. 건강한 사람은 누구나 다 코를 골죠. 그건 몸이 멀쩡하다는 증거래요. (그러고 나서 걱정스럽게) 몇 시나 됐어요, 마님? 주방에 가봐야겠어요. 브리지트는 습기 때문에 관절염이 심해지면 생난리를 피워대요. 가면 공연히 트집 잡을 거예요. (들고 있던 잔을 탁자 위에 놓고 뒤 응접실 쪽으로 간다.)

메리 (불안감에 휩싸이면서) 아니, 가지 마, 캐슬린. 아직은 혼자 있고 싶지 않아.

캐슬린 잠깐이면 되는데요. 주인어른하고 도련님들이 곧 오실 거예요.

메리 저녁 먹으러 오지 않을 거야. 바에서 편안하게 노닥거릴 만한 좋은 핑계거리가 생겼으니까. (캐슬린은 무슨 소린지 몰라 당혹해하면서 멍하니 메리를 쳐다본다. 메리는 생글거리면서 말을 잇는다.) 브리지트 걱정은 하지 마. 내가 널 붙잡아뒀다고 얘기할 테니까. 그리고 이따 주방에 갈 때 위스키를 한 잔 가득 따라다 줘. 그러면 아무 말 안 할 거야.

캐슬린 (씩 웃고는 다시 마음을 놓으며) 그럼요, 마님. 술만 보면 얼굴이 환해지죠. 술을 워낙 좋아하니까.

메리 너도 한 잔 더 하고 싶으면 해, 캐슬린.

캐슬린 그래도 되는지 잘 모르겠네요. 벌써 술기운이 올라오는데. (술병에 손을 뻗으며) 뭐 한 잔 더 한다고 어떻게 되겠어요. (잔에다 따른다.) 마님의 건강을 위하여. (독한 술을 마신 뒤 찾는 물 같은 건 챙길 생각도 하지 않고 들이킨다.)

메리 (꿈꾸듯이) 예전엔 나도 건강했단다, 캐슬린. 하지만 오래 전 이야기지.

캐슬린 (다시 걱정이 되어) 주인어른이 병을 보면 술이 빈 걸 금방 아실 거예요. 그런 면에서는 눈이 아주 매서우신데.

메리 (흥겨워하며) 아, 그럼, 제이미가 쓰는 수법을 쓰자꾸나. 물 몇 잔을 계량해서 따라 부으면 돼.

캐슬린 (그렇게 하면서 바보처럼 킬킬거린다.) 아이고, 물 반 술 반이 되겠네. 맛을 보면 금방 아실 텐데.

메리 (무관심하게) 아니, 집에 돌아올 때쯤이면 너무 취해서 맛도 모를 거야. 그 사람은 술로 슬픔을 달랠 아주 좋은 핑계거리가 생겼거든.

캐슬린 (달관한 사람처럼) 멋쟁이 사내들의 약점이 그거죠. 저 같으면 술을 입에 대지 않는 사람은 상대도 하지 않을 거예요. 그런 사람들은 패기가 없거든요. (그러고 나서 맹한 얼굴로 당혹해하며) 좋은 핑계거리라고요? 에드먼드 도련님 말씀이세요? 주인어른이 도련님 때문에 걱정하시는 것 같던데.

메리 (긴장해서 방어적인 태도가 된다. 그런데 묘하게도 그런 반응은 진짜 감정에까지는 파고들어가지 못한 것처럼 표면적인 변화에 그친다.) 바보 같은 소리 하지 마, 캐슬린. 걔가 어쨌기에? 감기 기운 좀 있는 걸 갖고. 그리고 그 사람은 돈하고 땅하고, 늙어서 가난뱅이가 되면 어쩌나 하는 것 말고는 어떤 것에도 신경 쓰지 않는 사람이야. 진심으로 걱정하지는 않는다는 소리지. 그 세 가지 말고는 제대로 아는 게 없으니까. (초연한 애정이 담긴 흥겨운 표정으로 나직하게 웃는다.) 우리 남편은 아주 별난 사람이야.

캐슬린 (약간 분개하면서) 그래도 주인어른은 훤칠한 미남이고 친절한 신사분이기도 하세요. 단점 같은 건 신경 쓰지 마세요.

메리   아, 신경 안 써. 36년 동안이나 그 사람을 끔찍이 사랑해 왔는걸. 그것만 봐도 그 사람이 바탕은 좋은 사람인데 상황 때문에 어쩔 수 없이 이렇게 되었다는 걸 내가 알고 있다는 증거가 되지. 안 그래?

캐슬린   (몽롱하게 취한 상태에서 안심을 하며) 그럼요 마님. 주인어른을 많이 사랑해주세요. 주인어른이 마님을 끔찍이 사랑하신다는 건 어떤 바보라도 다 알 수 있는 일이니까요. (마지막으로 마신 술의 취기와 싸우면서 맑은 정신으로 이야기를 나누려 애쓴다.) 연극 얘긴데 말이에요, 마님은 왜 무대에 서지 않으셨어요?

메리   (분개해서) 나? 왜 그런 엉뚱한 생각을 하니? 나는 좋은 집안에서 자라났고, 중서부에서 제일 좋은 수녀원 학교를 다닌 사람이야. 그 사람을 만나기 전까지만 해도 나는 세상에 극장이라는 게 있는 줄도 몰랐어. 신앙심이 아주 깊은 소녀였지. 커서 수녀가 되고 싶어 하기까지 한 걸. 배우가 되고 싶은 생각은 추호도 없었어.

캐슬린   (퉁명스럽게) 마님이 수녀님이 된다는 건 상상도 할 수 없어요. 성당에 나가지도 않잖아요.

메리   (그 말을 무시하고) 극장에서는 마음 편한 적이 한 번도 없었어. 그이는 순회공연을 다닐 때마다 나를 데리고 다녔지만 난 극단 사람들이나 배우들하고 제대로 어울리지를 못했지. 그 사람들이 싫어서 그랬던 건 아니야. 그 사람들은 늘 나한테 친절하게 대해줬고, 나도 그랬지. 하지만 그 사람들하고 있으면 편하질 않았어. 나하고는 사는 방식이 달랐으니까. 그게 그 사람들하고 나하고 사이에 항상 벽이 되어서⋯⋯. (불쑥 일어난다.) 말해봤자 소용없는 옛날 얘기들은 하지 말자. (베란다 문 쪽으로 가서 밖을 내다본다.) 안개가 얼마나 자욱한지 길도 보이지 않아. 세상 사람들이 죄다 지나가도 모르겠어. 항상 이랬으면 좋겠네. 고맙게도 곧 밤이 올 거야. (돌아서서 건성으로) 오늘 오후 나랑 같이 나가줘서 고마웠어, 캐슬린. 나 혼자 나갔더라면 쓸쓸했을 거야.

캐슬린 뭘요. 저도 여기서 브리지트가 친척들에 관해서 늘어놓는 허풍이나 듣고 있으니 좋은 차를 타고 나가는 게 더 나았죠. 꼭 휴가 같았어요, 마님. (사이. 멍청하게) 마음에 들지 않았던 게 하나 있었지만.

메리 (멍하니) 뭐가?

캐슬린 제가 마님의 처방전을 내밀었을 때 약사가 보인 태도 말이에요. (분연히) 아주 무례했다고요!

메리 (계속 멍한 상태로) 무슨 소리를 하는 거야? 무슨 약국? 어떤 처방전? (캐슬린이 놀라서 멍하니 쳐다보자 황급히) 아, 그거. 깜박했네. 손가락 관절염 약. 그 사람이 뭐라고 그랬는데? (그러고 나서 무관심하게) 처방전대로 약을 지어줬으니 뭐라 그랬든 아무 상관없지.

캐슬린 저한테는 상관있어요! 전 도둑 취급 받는 건 딱 질색이라고요. 그 사람은 저를 뚫어지게 한참 쳐다보더니 기분 나쁜 말투로 "이거 어디서 났어?" 그러는 거예요. 그래 제가 그랬죠. "그건 댁이 알 바 아니잖아요. 군이 알아야겠다면 가르쳐주죠. 제가 일하는 댁 마님 거예요. 저기 저 차 안에 앉아 계시는 타이론 부인 것." 그랬더니 재까닥 입을 닫더라고요. 고개를 빼고 마님을 보더니만 "아." 그러고는 그냥 약을 지으러 가던데요.

메리 (멍하니) 그래, 그 사람은 나를 알지. (탁자 오른편 뒤쪽에 있는 안락의자에 앉는다. 고요하고 초연한 목소리로 덧붙인다.) 그건 특별한 약이야. 통증을 없애주는 다른 약이 없기 때문에 꼭 그 약을 써야 해. 내 손의 통증 말이야. (두 손을 들고 서글픈 연민의 눈빛으로 들여다본다. 이제 그 손들에는 떨리는 증상이 없다.) 가여운 내 손! 믿기지 않겠지만 예전에는 이 손이 내 매력 포인트 중의 하나였단다. 머리랑 눈과 함께. 몸매도 잘 빠졌었고. (그녀의 목소리는 현실에서 점점 더 아득히 멀어져가 꿈결처럼 젖어든다.) 음악가의 손이었어. 난 피아노 치는 걸 좋아했어. 수녀원 학교에서 음악 공부를 참 열심히 했더랬지—자기가 하고 싶은 일을 하는 걸 공부라고 부를 수 있다면 말이야. 엘리자베스 원장 수녀님과 음악 선생님 모두 나처럼 재능이 뛰어난 학생은 처음 본다고 하셨어. 그리고 우리 아버지는 특별 레슨을 받게 해주셨지. 아버지는 나를 끔찍이 사랑하셔서 내가 원하는 거면 뭐든 다 들어주셨어. 내가 그 학교를 졸업한 뒤에는 유럽 유학도 보내주려고 하셨어. 그이하고 사랑하는 사이가 되지만 않았더라면 유럽에 갔을지도 몰라.

아니면 수녀가 되었거나. 내겐 두 가지 꿈이 있었거든. 하나는 수녀가 되는 것. 그게 더 아름다운 꿈이었지. 다른 하나는 피아노 연주자가 되는 거였고. (말을 멈추고 손을 뚫어지게 들여다본다. 캐슬린은 졸음과 취기하고 싸우느라 연신 눈을 끔벅거린다.) 피아노를 치지 않은 지도 참 오래되었지. 치고 싶어도 손가락들이 이렇게 흉하게 틀어져 칠 수가 없어. 결혼하고 나서 얼마 동안은 음악을 계속하려고 했지. 하지만 가망 없는 일이었어. 순회공연에, 싸구려 호텔에, 지저분한 열차에, 아이들도 내팽개치고 집도 없이 떠돌아다니는 판에……. (혐오감 어린 눈빛으로 손을 응시하며) 봐, 캐슬린, 얼마나 흉측한가! 불구에다, 기형에다! 누가 보면 끔찍한 사고라도 당한 줄 알 거야! (이상한 웃음을 나직하게 흘리며) 사고라면 사고랄 수도 있지. (갑자기 두 손을 등 뒤에다 감추며) 보지 말아야지. 무적 소리보다 이게 더 고약해. 자꾸 그때 일들을……. (그러더니 자신만만한 자세로 도전하듯) 하지만 이제는 이것들도 나를 어쩌지 못해. (등 뒤에서 두 손을 앞으로 가져와 부러 자세히 들여다본다. 차분하게) 멀리 가버렸으니까. 보이긴 하지만 통증은 없거든.

캐슬린 (당혹해서 멍청하게) 약을 드셨어요? 약을 드시니 마님도 재미있으시네. 속 모르는 사람이 본다면 한잔 걸치신 줄 알겠어요.

메리 (꿈꾸듯) 그건 통증을 없애줘. 드디어 통증이 미치지 않는 곳으로 되돌아가는 거지. 행복했던 과거만 존재하는 곳으로. (사이. 자신의 말이 행복을 불러내는 환기 작용을 하기라도 한 것처럼 태도와 표정이 완연히 변한다. 더 젊어 보인다. 순진한 수녀원 학교 여학생 같은 분위기를 물씬 풍기면서 수줍게 미소 짓는다.) 지금 네 눈에 그이가 멋지게 보인다면 내가 그이를 처음 만났을 때는 어땠겠니. 그이는 우리나라에서 가장 잘생긴 사람 중의 하나로 소문났더랬어. 그이가 연기하는 걸 봤거나 사진을 본 수녀원 학교 여학생들은 몸살을 앓았지. 너도 알다시피 당시 그이는 대중의 우상인 대스타였거든. 그이가 나오는 걸 보려고 여자들이 무대 출입구 앞에서 장사진을 쳤어. 우리 아버지가 제임스 타이론하고 친구가 되었으니 부활절 휴가 때 내가 집에 오면 그 사람하고 만나게 해주겠다는 편지를 보내왔을 때 내가 얼마나 흥분했을지는 상상이 갈 거야. 나는 그 편지를 모든 여학생들한테 보여줬어. 그랬더니 얼마나 질투를 해대던지! 아버지는 그이의 공연을 먼저 보여주셨어. 프랑스대혁명에 관한 연극이었는데 한 귀족이 주인공이었어. 나는 그 사람한테서 눈길을 뗄 수가 없었지. 그리고 그 사람이 감옥에 들어갔을 때는 울었어. 그러고 나서 내 눈과 코가 빨개졌을까봐 얼마나 속상하던지. 그 전에 아버지가 연극이 끝난 뒤 그 사람을 만나러 분장실에 찾아갈 거라고 말씀하셨거든. 그래, 우리는 분장실에 갔었지. (약간 흥분해서 수줍게 웃으며) 난 너무나 수줍어서 바보처럼 말을 더듬거리고 얼굴을 붉혔지. 하지만 그 사람은 날 바보로 생각하지 않는 것 같았어. 난 우리가 처음 소개받은 순간부터 그이가 날 좋아한다는 걸 알았어. (교태를 부리며) 걱정했던 것과는 달리 내 눈과 코가 빨개지지 않았던가봐. 당시 난 정말로 예뻤다, 캐슬린. 그이는 내가 상상도 할 수 없으리만치 멋지게 생겼고. 분장한 모습이랑 귀족 의상이 어쩜 그렇게 잘 어울리던지. 그이는 여느 사람들하고 너무나 달라 마치 다른 세상에서 온 사람만 같았어. 그러면서도 수수하고 친절하고 겸손했어. 거만하거나 허영심에 사로잡힌 것 같은 구석은 전혀 찾아볼 수 없었지. 나는 그때 바로 사랑에 빠졌어. 그이가 나중에 그러는데 자기도 그랬대. 나는 수녀나 피아니스트가 되겠다는 꿈 같은 건 까맣게 잊어버리고 말았어. 그저 그이의 아내가 되고 싶은 마음뿐이었지. (잠시 말을 멈추고 비정상적이라 할 만큼 유난히 빛나는, 몽롱하게 꿈꾸는 눈으로 전면을 응시하며 황홀경에 빠진 소녀처럼 살포시 미소 짓는다.) 36년 전 일인데도 마치 오늘 밤에 일어난 일처럼 생생하게 떠올라! 그때 이후 우리는 늘 서로를 사랑해왔어. 그리고 그 36년 동안 그이에겐 스캔들 비슷한 것조차도 없었어. 다른 여자하고 어떤 일도 없었다는 얘기야, 나를 만난 뒤로는 전혀. 그래서 나는 정말 행복했어, 캐슬린. 그 때문에 다른 많은 걸 다 용서해줄 수가 있었지.

캐슬린 (취기에서 오는 졸음기와 싸우면서 감상적으로) 주인어른은 멋진 신사시고 마님은 운이 좋은 분이세요. (그러고 나서 불안해하며) 브리지트에게 술을 갖다 줘도 될까요, 마님? 저녁 식사 시간이 다 되었을 테니 이제 그만 주방에 가서 그 여자를 도와줘야 해요. 성깔 죽일 만한 뭔가를 갖다 주지 않으면 칼 들고 제 뒤를 쫓아올 거예요.

메리 (멍한 상태임에도 꿈에서 현실로 돌아오게 한 것 때문에 벌컥 화를 내며) 그래, 그래 가. 이제 넌 필요 없어.

캐슬린 (안도하며) 고맙습니다, 마님. (술을 한 잔 가득 따른 뒤 그걸 들고 뒤 응접실 쪽으로 향해 가며) 조금만 기다리면 주인어른과 도련님들이······.

메리 (성마르게) 아니, 안 올 거야. 브리지트한테 그 사람들 기다릴 필요 없다고 전해. 6시 반이 되면 바로 식사를 차려. 난 배고프진 않지만 식탁에는 앉을 거니까. 빨리 먹고 치워야지.

캐슬린 뭘 좀 드셔야죠. 식욕을 달아나게 하다니 이상한 약이네요.

메리 (다시 꿈결 속으로 흘러들어가기 시작하면서 기계적으로 반응한다.) 무슨 약? 무슨 소리를 하는지 모르겠구나. (빨리 내보내려고) 브리지트한테 그 술이나 갖다 줘.

캐슬린 예, 마님. (캐슬린은 뒤 응접실로 사라진다. 메리는 주방문이 닫히는 소리가 들릴 때까지 기다렸다가 느긋한 꿈결로 되돌아가 허공을 망연히 응시한다. 그녀는 두 팔을 의자 팔걸이 위에 길게 늘어뜨리고 있는데, 그 때문에 관절이 부어오르고 뒤틀린 길고 섬세한 손가락들 역시 미동도 하지 않고 축 늘어져 있다. 실내는 점차 어두워진다. 죽음과 같은 침묵이 이어진다. 이윽고 바깥세상에서 무적의 서글픈 신음이 들려오고, 안개 때문에 항구에 닻을 내린 배들이 한꺼번에 발하는 종소리들이 그 뒤

를 잇는다. 그 소리는 안개의 벽 때문에 훨씬 더 둔중하게 들린
다. 메리의 얼굴은 그런 소리를 들었다는 기미를 전혀 보여주지
않는다. 하지만 그녀의 두 손은 그때마다 움찔움찔하고 손가락
들은 허공에서 자동적으로 흔들거린다. 그녀는 마치 파리 한 마
리가 내면을 기어 다니기라도 하는 것처럼 이맛살을 찌푸리고
머리를 기계적으로 흔든다. 그러다 갑자기 소녀 같은 모습을 모
조리 잃어버리고는 나이 들고 냉소적인 슬픔에 젖은 비참한 여
자의 모습으로 돌변한다.

메리 (성마르게) 감상적인 바보 같으니. 멍청하고 로맨틱한 여
학생과 스타 배우가 처음으로 만난 게 뭐 그리 대단해? 그 사
람을 만나기 전 수녀원 학교에서 성모마리아께 기도 드리면
서 살 때가 훨씬 더 행복했잖아. (그리움에 젖어) 잃어버린 신
앙심을 되찾을 수만 있다면 다시 기도 드릴 수 있을 텐데!
(사이. 이윽고 단조롭고 공허한 목소리로 성모송을 낭송하기 시
작한다.) "은총이 가득하신 마리아님, 기뻐하소서! 주님께서
함께 계시니 여인 중에 복되시며." (스스로를 비웃으며) 거짓
말쟁이 마약중독자가 기도 드린다고 해서 성모마리아께서 속
으실 것 같아? (벌떡 일어선다. 두 손을 머리 위로 올려 이리저
리 머리를 대충 두드려 다듬는다.) 이층에 올라가야 해. 양이
충분하질 않았어. 다시 시작할 때는 필요한 양이 얼만지 제대
로 알 수가 없다니까. (앞 응접실로 간다. 그러다 앞뜰에서 사
람들 목소리가 들려오자 문간에서 걸음을 멈춘다. 죄책감 때문
에 흠칫한다.) 식구들의 소리가 분명해. (서둘러 돌아와 앉는

다. 표정이 고집스럽게 방어하는 자세로 굳어지면서 분개한다.)
왜 벌써 돌아온 거야? 그러고 싶지도 않으면서. 나도 혼자 있
는 게 훨씬 더 좋은데. (돌연, 태도가 싹 바뀐다. 애처롭다 할
만큼 안도하고 식구들을 간절히 보고 싶어 하는 모습이 된다.)
아, 식구들이 와서 너무 좋아! 너무나 쓸쓸했는데! (현관문
닫히는 소리가 들리더니 타이론이 현관에서 불안해하는 기색으
로 소리친다.)

타이론 당신 거기 있소? (현관 불이 켜지면서 그 빛이 앞 응접실
을 거쳐 메리에게 쏟아져 들어온다.)

메리 (애정 어린 빛이 가득한 밝은 얼굴로 일어나며 정감이 담뿍
어린 흥분한 목소리로) 나 여기 있어요, 여보. 거실에. 당신을
기다리고 있었어요. (타이론, 앞 응접실을 통해서 들어온다. 에
드먼드가 뒤이어 들어온다. 타이론은 술을 많이 마셨지만 눈빛
이 좀 흐려지고 말이 좀 어눌해진 것 말고는 취한 기미가 거의
없어 보인다. 에드먼드도 꽤 마신 편이지만 움푹 꺼진 뺨이 불그
레해지고 두 눈이 열에 들뜬 것처럼 빛나는 것 말고는 평소와 별
로 달라 보이지 않는다. 그들은 문간에 멈춰 서서 탐색하듯 메리
를 응시한다. 그리고 그들은 자신들이 예상한 최악의 결과와 맞
닥뜨린다. 그러나 그때 메리는 그들이 비난하는 눈길로 쳐다보
고 있다는 사실을 알아채지 못한다. 그녀는 남편과 에드먼드에
게 차례로 키스한다. 그녀는 부자연스러운 감정 과잉의 태도를
보인다. 그들은 움츠러든 자세로 그녀의 키스를 받는다. 그녀는
흥분해서 이야기한다.) 이렇게들 오니 너무 기뻐요. 포기하고

있었는데. 안 올까봐 걱정했어요. 안개가 자욱한 음산한 저녁이에요. 친구들하고 이야기하고 농담할 수 있는 읍내 바에 있는 게 훨씬 더 즐거울 텐데. 아니라고 하지 마세요. 나도 당신 기분 잘 아니까. 조금도 원망하지 않아요. 집에 와준 것만 해도 얼마나 고마운데. 난 쓸쓸하고 우울한 기분으로 앉아 있었어요. 이리 와서 앉아요. (그녀는 탁자 왼쪽 뒤편에 앉는다. 에드먼드는 탁자 왼쪽에, 타이론은 오른쪽 흔들의자에 앉는다.) 저녁 식사는 좀 기다려야 할 거예요. 좀 이르게 돌아왔으니까. 참 별일도 다 많지. 위스키 있어요, 여보. 한 잔 따라드릴까요? (대답을 기다리지 않고 따른다.) 에드먼드 넌? 널 부추기고 싶진 않다만 식사 전에 식욕촉진제로 한잔하는 건 나쁘지 않지. (에드먼드가 마실 술을 따라준다. 두 사람 다 꼼짝하지 않는다. 그녀는 그들의 침묵을 의식하지 못하기라도 한 것처럼 혼자 이야기한다.) 제이미는 어디 있니? 하기야 개는 돈이 다 떨어지기 전에는 절대로 안 돌아오겠지. (남편의 손을 꼭 잡으며, 서글프게) 제이미가 우리한테서 너무 오래 떨어져 있는 것 같아 걱정이 돼요, 여보. (표정이 굳어지며) 하지만 개가 제 의도대로 에드먼드까지 타락시키게 가만 내버려둬서는 안 돼요. 개는 우리가 늘 에드먼드를 예뻐하는 것 때문에 샘을 내요. 유진에게도 그러더니만. 개는 에드먼드를 자기처럼 가망 없는 낙오자로 만들어야 직성이 풀릴 거예요.

에드먼드 (서글프게) 말 좀 그만해요, 엄마.

타이론 그래요, 여보. 지금은 말을 적게 할수록……. (약간 취기 어린 목소리로 에드먼드에게) 네 엄마 말도 일리가 있어. 네 형을 조심해. 안 그러면 그 빌어먹을 놈의 냉소적인 독사 혓바닥으로 네 인생을 망쳐놓을 게다!

에드먼드 (방금 전처럼) 아, 그런 소리 하지 마세요.

메리 (이제까지 어떤 말도 하지 않은 것처럼 천연덕스럽게 말을 계속한다.) 지금의 제이미를 보고 있으면 내 속으로 난 애라는 사실이 좀처럼 믿기질 않아요. 걔가 아기 적에 얼마나 건강하고 밝았는지 기억해요, 여보? 당신이 순회공연 다닐 때 지저분한 기차나 싸구려 호텔에서 형편없는 음식만 먹으면서도 걔는 보채거나 앓은 적이 없었어요. 항상 방긋방긋 웃었고 우는 적이 거의 없었죠. 유진도 제 형처럼 밝고 건강했어요. 내가 제대로 돌보지 않는 바람에 목숨을 잃기 전 2년 동안은.

타이론 아, 제발! 집에 온 내가 잘못이지!

에드먼드 아버지! 그만해요!

메리 (에드먼드에게 초연한, 애정이 어린 미소를 보내며) 어렸을 때 까탈이 많았던 애는 에드먼드였어요. 아무것도 아닌 일로 늘 긴장하고 겁먹었더랬죠. (아들의 손을 토닥이며 놀리듯) 다들 널 두고 모자만 떨어져도 우는 애라고 했단다.

에드먼드 (더 이상 참지 못하고 성마르게) 웃지 말아야 할 확실한 이유가 있었던 모양이죠.

타이론 (나무라고 싶기도 하고 가엾기도 해서) 자, 자, 애야. 잘 알잖아, 신경 쓸 거 없다는 거…….

메리 (아무 소리도 듣지 못한 것처럼 다시 서글프게) 제이미가 자라서 이렇게 집안 망신을 시킬 줄 누가 알았어요? 개가 기숙학교에 들어가고 나서 처음 몇 년 동안 성적이 정말 좋았던 거 기억해요? 모두 다 개를 좋아했죠. 선생들마다 개가 머리가 비상해서 공부를 잘한다고 칭찬했잖아요. 개가 술을 마시기 시작해 학교에서 쫓겨난 뒤에도 재능이 뛰어나고 참 호감가는 학생인데 안됐다는 편지들을 보냈죠. 개가 인생을 진지하게 여기는 법만 배운다면 앞으로 크게 성공할 거라고 했고요. (사이. 예의 그 이상한, 슬픔 어린 초연한 태도로 덧붙인다.) 정말 딱해요. 가여운 제이미! 정말 이해하기 어려워요. (갑자기 태도가 돌변한다. 얼굴이 굳어지면서 적개심 어린 눈빛으로 남편을 노려본다.) 아니, 그게 아니에요. 당신이 개를 술꾼으로 만든 거예요. 개는 세상에 나와서 처음 눈뜰 때부터 줄곧 당신이 술 마시는 걸 보면서 자랐으니까. 싸구려 호텔 방 경대 위에는 늘 술병이 놓여 있었죠! 개가 어렸을 때 악몽을 꾸거나 배가 아프다고 하면 당신은 위스키를 찻숟갈로 떠먹였어요.

타이론 (뜨끔해서) 그래서, 그 덩치 큰 게으름뱅이가 술주정뱅이 건달이 된 게 다 내 탓이란 말이오? 내가 고작 이런 소리나 들으려고 집에 들어온 건가? 이럴 줄 미리 알았어야 했는데! 그놈의 독물이 몸에 들어가기만 하면 모든 사람을 비난하고 싶어 하지! 저만 쏙 빼놓고!

에드먼드 아버지! 저보고는 신경 쓰지 말라고 해놓고선. (그러고 나서 성마르게) 어쨌거나 사실이긴 하잖아요. 아버지는 저한테도 그랬어요. 제가 가위눌려서 깨어날 때마다 찻숟가락으로 술을 떠먹여줬던 거 기억나요.

메리 (초연한 회상조로) 맞아, 어렸을 때 너는 자주 악몽을 꿨더랬지. 넌 두려움에 가득 찬 상태로 태어났어. 내가 널 낳기 두려워해서 그렇게 된 거야. (사이. 여전히 초연한 태도로 말을 계속한다.) 네 아버지를 원망한다고 생각하지 말렴, 에드먼드. 저이도 잘 몰라서 그런 거야. 열 살이 넘어서는 학교에도 다니지 못했으니까. 집안 식구들이라고 해봐야 지지리 가난하고 무식한 아일랜드 사람들뿐이었고. 그래서 아프거나 놀란 아이에게는 위스키가 제일 좋은 약이라고 굳게 믿었을 거야. (타이론이 부아가 나서 가족을 옹호하려고 하는데 에드먼드가 끼어든다.)

에드먼드 (날카롭게) 아버지! (화제를 돌리며) 이 술 마실까요, 말까요?

타이론 (자제하고는 침통하게) 네 말이 맞다. 상대하는 내가 바보지. (맥없이 잔을 들며) 죽 들이켜라. (에드먼드 마신다. 그러나 타이론은 손에 든 잔을 물끄러미 들여다보고만 있다. 에드먼드는 위스키에 물을 잔뜩 탔다는 걸 금방 알아챈다. 그는 이맛살을 찌푸리고는 술병을 힐끗 쳐다봤다가 어머니 쪽으로 시선을 돌린다. 그는 뭔가 말하려 하다가 그만둔다.)

메리 (달라진 목소리로 뉘우치며) 말이 지나쳤다면 미안해요, 여보. 그럴 생각은 아니었는데. 먼 옛날 일인데. 하지만 당신이 집에 괜히 들어왔다고 말했을 때는 기분이 좀 상했어요.

당신이 왔을 때 무척 안심이 되고, 기쁘고 고맙고 그랬거든요. 이렇게 안개 낀 날에 밤이 찾아올 때 여기 혼자 있으면 기분이 아주 을씨년스럽고 슬퍼져요.

타이론 (마음이 움직여) 당신이 당신답게 행동한다면야 집에 오는 게 좋지.

메리 너무 외로워서 말동무나 하려고 캐슬린을 붙잡고 있었어요. (다시 수줍은 여학생의 태도와 분위기로 돌아가서) 내가 걔한테 무슨 얘기를 했는지 알아요? 우리 아버지랑 당신의 분장실을 찾아갔다가 첫눈에 당신에게 반한 얘기요. 기억나요?

타이론 (깊이 감동해 허스키한 목소리로) 어떻게 잊을 수 있겠소? (에드먼드는 서글프기도 하고 당혹스럽기도 해서 외면한다.)

메리 (다정하게) 그렇겠죠. 당신이 여전히 나를 사랑한다는 거 알아요, 여보.

타이론 (얼굴이 실룩거린다. 눈물을 참으려고 연신 눈을 껌벅인다. 조용하면서도 열정적으로 말한다.) 그럼! 하늘이 알지! 항상, 그리고 영원히 사랑할 거요, 여보!

메리 나도 당신을 사랑해요. (사이. 에드먼드, 민망해서 몸을 움직인다. 메리는 멀리 보이는 사람들에 관해 아무 감정 없이 이야기하기라도 하듯 다시 그 이상한, 초연한 태도로 말한다.) 하지만 솔직히 말해야겠어요, 여보. 당신을 사랑하지 않을 수 없었지만 당신이 그렇게 술을 많이 마시는 사람인 줄 알았더라면 절대로 결혼하지 않았을 거예요. 밤늦은 시간에 당신의 술친구들이 당신을 부축해서 호텔 방 문 앞까지 데려온 다음 노크를 하고는 내가 나오기 전에 내뺐던 기억이 나요. 우리는 아직 신혼이었는데. 그때 일 기억나요?

타이론 (가책을 느끼면서도 강경하게) 기억 안 나! 우리 신혼 때는 그런 일 없었어! 그리고 나는 평생 남의 부축을 받으며 침대에 누운 적도, 공연을 빼먹은 적도 없었어!

메리 (타이론의 말을 전혀 듣지 못한 사람처럼) 그 전에 나는 그 살풍경한 호텔 방에서 몇 시간을 기다렸더랬어요. 그럴 만한 이유들이 있어서 못 오는 거라고, 연극과 관련된 일이 있어서 그럴 거라고 생각하면서. 나는 연극판에 관해 아는 게 거의 없었어요. 그러다 갑자기 겁이 덜컥 났어요. 머릿속에서 온갖 끔찍한 사고가 다 떠올랐어요. 그래, 무릎을 꿇고 당신한테 아무 일도 없게 해달라고 기도를 드렸어요. 그런데 그 사람들이 당신을 부축해 데려와서 문밖에 놔두고 간 거예요. (서글픈 한숨을 내쉬며) 그때는 앞으로 그런 일이 얼마나 자주 벌어질지, 내가 더러운 호텔 방에서 얼마나 많은 밤을 기다려야 할지를 미처 몰랐어요. 결국에는 그런 일에 이골이 났지만.

에드먼드 (적개심 어린 눈빛으로 아버지를 노려보며 소리친다.) 맙소사! 그랬으니……! (지그시 자제하고는 퉁명스럽게) 언제 밥 먹어요, 엄마? 시간이 된 것 같은데.

타이론 (부끄러워 쥐구멍을 찾고 싶은 심정을 감추려고 애쓰면서 손목시계를 더듬거리며) 맞아. 시간이 됐을 거야. 어디 보자. (손목시계를 들여다보지만 정작 시계는 눈에 들어오지 않는다. 사정하듯 말한다.) 여보! 이젠 좀 잊어줄 수 없겠소?

메리 (초연한 태도로 동정심을 표하며) 잊을 수 없어요. 하지만 용서해주겠어요. 난 항상 당신을 용서해줘요. 그러니 그렇게 죄스러워하는 표정 짓지 마요. 이렇게 옛날 일을 들춰내서 미안해요. 난 슬퍼지고 싶지 않고 당신을 슬프게 만들고 싶지도 않아요. 그저 행복했던 일들만 떠올리고 싶어요. (수줍고 명랑한 여학생의 모습으로 돌아간다.) 우리 결혼식 기억나요, 여보? 내 웨딩드레스가 어떻게 생겼는지 당신은 완전히 잊어버렸을걸요. 남자들은 그런 데 관심이 없으니까. 남자들은 그런 것들이 중요하다고 생각하지 않아요. 하지만 나한테는 아주 중요했어요! 그때 얼마나 안달을 하고 걱정을 했던지! 너무나 들뜨고 행복해했었죠! 우리 아버지는 돈이 얼마가 들어도 좋으니 내가 사고 싶은 건 죄다 사라고 하셨어요. 최고로 근사한 드레스를 맞춰주는 것 정도는 아무것도 아니라고 하시면서. 아버지는 날 공주처럼 떠받들면서 키우셨어요. 엄마는 그렇지 않았죠. 엄마는 신앙심이 깊고 엄격했어요. 내 생각에 엄마는 날 좀 질투하지 않았나 싶어요. 엄마는 우리 결혼을 마뜩잖게 여겼어요. 특히 연극배우와 결혼하는 걸. 엄마는 내가 수녀가 되기를 바랐던 것 같아요. 엄마는 노상 아버지에게 잔소리를 해댔어요. "내가 뭘 살 때는 돈이 얼마가 들어도 좋다는 소리 같은 건 생전 안 하더니만! 애를 저 모양으로 버릇없이 키워놨으니, 나중에 쟤랑 결혼할 남자가 얼마나 힘들까. 저것은 제 남편한테 달도 따달라고 할 거야, 아마. 좋은 아내가 되기는 애초에 글렀지." (애정이 담뿍 담긴 웃음과 함께) 가여운 우리 엄마! (어울리지 않는 교태와 함께 타이론을 향해 생긋이 웃으며) 하지만 엄마 말은 틀렸어요. 그렇지 않아요, 여보? 난 그렇게 나쁜 아내가 아니었죠?

타이론 (억지로 웃으려고 애쓰면서 허스키한 목소리로) 별 불만 없지.

메리 (얼굴에 희미한 가책의 그림자가 어리며) 적어도 나는 당신을 끔찍이 사랑했고 나 나름으로 최선을 다했어요. (가책의 그늘이 사라지고 수줍어하는 여학생의 표정이 되돌아온다.) 그 웨딩드레스 때문에 나랑 드레스 디자이너 모두 초주검이 되었죠! (깔깔거리고 웃는다.) 내가 너무 까다로웠죠. 어떻게 해도 도무지 성에 차질 않았어요. 결국 디자이너는 더 손을 댔다간 드레스를 망칠 것 같다면서 이젠 더 못하겠다고 했어요. 그래, 나는 그 여자를 내보내고는 혼자 거울을 들여다봤죠. 거울에 비친 내 모습을 보니 마음이 흡족해지고 달떴어요. 나는 생각했어요. "코랑 입이랑 귀는 좀 크지만 눈이랑 머리랑 몸매랑 손이 그걸 보완해주고 있지. 너는 그이가 만난 어떤 여배우에 못지않게 예쁘니 화장할 필요도 없어." (사이. 기억을 되살려내느라 미간을 찡그리며) 그런데 내 웨딩드레스가 어디 있지? 얇은 종이로 싸서 트렁크에 넣어뒀는데. 딸이 하나 있었으면 했어요. 그리고 그 애가 결혼할 때가 되면 내 드레스를……. 당신은 돈이 얼마가 들어도 좋다는 소리 같은 건 절대로 안 할 사람이라 걔는 그보다 더 예쁜 드레스는 살 수 없을 테니까. 당신은 걔가 싸구려를 사기를 바랄 사람이잖아요. 그 드레스는 보드랍게 반짝이는 공단으로 짓고, 뒤셰스 레이스*로 목과 소매에 아름다운 주름 장식을 달고, 스커트 뒷부분이 봉긋하게 부풀어 오르도록 주름을 잡은 부분들에도 레이스를 달았죠. 윗도리는 심을 넣어 몸에 꼭 끼게 지었고요. 가봉을 할 때는 허리를 최대한 줄이려고 한참 동안 숨을 참고 있었어요. 아버지는 하얀 공단으로 지은 신에도 뒤셰스 레이스를 달게 하셨고, 또 면사포는 오렌지색 꽃들로 장식하게 하셨어요. 아, 그 드레스는 얼마나 마음에 들던지! 너무 아름다웠어요! 지금 그게 어디 있더라? 외로울 때마다 틈틈이 꺼내서 들여다봤는데. 하지만 그걸 보고 있자면 자꾸 눈물이 쏟아지곤 해서 결국 오래전에 어디다……. (다시 이맛살을 찌푸린다.) 그걸 어디다 숨겨놨지? 다락에 있는 낡은 트렁크들 중의 하나에 들어 있을 거야. 나중에 한번 찾아봐야지. (말을 그치고 전면을 망연히 응시한다. 타이론은 가망 없다는 듯이 고개를 절레절레 흔들며 한숨을 내쉰다. 위로 받고 싶은 마음에 에드먼드와 시선을 맞춰보려 하지만 에드먼드는 바닥만 내려다보고 있다.)

타이론 (억지로 태연한 척하며) 저녁 시간 다 되지 않았소, 여보? (나름대로 농담을 하려고 애를 쓰며) 식사 시간에 늦는다고 노상 잔소리하더니 막상 제시간에 오니까 식사 준비가 늦네. (메리는 그의 말을 듣고 있는 것 같지 않다. 그는 여전히 쾌활한

---

*'공작부인의 레이스'라는 뜻으로 섬세하고 장식적인 디자인의 고급 레이스.

어조로 덧붙인다.) 밥은 못 먹어도 술은 마실 수 있지. 이걸 따라놓고 깜박했네. (술을 마신다. 에드먼드는 유심히 지켜본다. 타이론은 오만상을 찌푸리고 의혹 어린 눈빛으로 아내를 날카롭게 쏘아본다. 사나운 어조로) 내 위스키를 갖고 장난을 친 게 누구야? 반은 물이잖아! 제이미는 나갔고, 또 집에 있다 해도 걔는 이 정도로 심하게 하지는 않아. 어떤 바보라도 금방 알겠네. 여보, 대답해봐! (분노와 역겨움이 뒤섞인 어조로) 설마 하니 이 판에 알코올 중독까지 겸한 건 아니겠……

에드먼드 그러지 마세요, 아버지! (어머니를 쳐다보지 않은 채) 캐슬린과 브리지트한테 준 거죠, 엄마?

메리 (무관심하게, 지나가는 듯이) 응, 물론이지. 푼돈만 받고 열심히 일하니까. 난 안주인이니 보따리 싸갖고 나가지 못하게 해야지. 게다가 캐슬린은 나랑 같이 읍내에 나가 처방전대로 약을 지어오는 일을 해서 한 잔 주고 싶었어.

에드먼드 제발, 엄마! 걔를 어떻게 믿어요? 세상 모든 사람이 다 알았으면 좋겠어요?

메리 (얼굴이 고집스럽게 굳어지며) 뭘 안다는 거니? 손에 관절염이 생겨서 통증을 없애려고 약을 쓴다는 거? 그게 왜 부끄러워해야 할 일이지? (강한 적개심이 어린 눈빛, 앙심을 품은 증오심에 가까운 것이 어린 눈빛으로 에드먼드를 노려보며) 네가 태어나기 전까지만 해도 난 관절염이 뭔지도 몰랐어! 네아버지한테 물어봐! (에드먼드는 움찔하고는 외면해버린다.)

타이론 그런 말에 신경 쓸 것 없다. 아무 뜻도 없는 말이야. 손이 그렇게 된 것에 관해서 말도 안 되는 이유들을 들춰내기 시작할 때는 이미 맛이 가버린 거야.

메리 (타이론에게 고개를 돌리고 묘한 승리감에 도취한, 조롱기 어린 미소를 지으며) 당신이 그걸 깨달았다니 기쁘네요! 그럼 두 사람 다 이제 쓸데없이 그 얘기를 끄집어내는 짓은 그만두겠네! (돌연, 초연하고 건조한 투로) 어째서 불을 안 켜는 거죠? 자꾸 어두워지는데. 당신이 불 켜기 싫어한다는 건 잘 알아요. 하지만 에드먼드가 전구 하나 켜는 건 돈이 별로 들지 않는다는 사실을 입증해 보여줬잖아요. 나중에 구빈원에 들어갈까봐 그렇게 인색하게 구는 건 터무니없는 짓이에요.

타이론 (조건반사적으로 반박한다.) 전구 하나 켠다고 해서 전기세가 많이 나온다고 주장한 적 없어! 여기 하나 저기 하나 해서 여러 개를 켜놓으니까 그렇지. 그래봤자 전기회사 좋은 일만 시키는 거잖아. (자리에서 일어나 독서등을 켠 뒤 퉁명스럽게) 당신한테 이치를 따지는 내가 바보지. (에드먼드에게) 새 술을 가져와서 제대로 한잔하자. (뒤 응접실로 나간다.)

메리 (초연한 태도로 흥겨워하며) 고용인들이 보지 못하게 몰래 돌아서 지하실 바깥문으로 갈 거야. 위스키를 지하실에 저장하고 맹꽁이자물쇠를 채우는 걸 창피하게 여기거든. 네 아버지는 이상한 사람이야, 에드먼드. 난 오랜 세월이 지나서야 비로소 네 아버지를 이해하게 됐어. 너도 아버지를 이해하고 용서하려고 노력해야 해. 구두쇠라고 해서 경멸하지 말고. 네 할아버지는 미국에 온 지 1년쯤 지났을 때 아내와 여섯 자식을 버리고 떠났다는구나. 식구들한테 자기가 곧 죽을 것 같은데 아일랜드가 너무 그리워서 거기 가서 죽고 싶다고 했대. 그리고 아일랜드로 가서 정말로 돌아가셨대. 그분도 별난 분이었나봐. 그래서 네 아버지는 열 살밖에 안 되었을 때 기계공장에 들어가서 일해야만 했단다.

에드먼드 (맥없이 항의한다.) 아, 제발, 엄마! 기계공장 얘기는 아버지한테서 천 번도 더 들었어요.

메리 그래, 많이 들었겠지. 하지만 아버지를 이해하려는 노력은 하지 않았을 거야.

에드먼드 (어머니의 말을 무시하고, 처연하게) 제 말 좀 들어줘요, 엄마! 아직 그렇게 멀리 가지 않았는데도 모든 걸 다 잊어버렸네요. 엄마는 오늘 오후에 제가 의사한테서 어떤 얘기를 들었는지 물어보지도 않았어요. 걱정도 안 되세요?

메리 (움찔하며) 그렇게 말하지 마! 마음 아프게!

에드먼드 제 병은 심각한 병이래요. 하디 선생은 이제 확실히 알고 있어요.

메리 (경멸 어린, 방어적인 완강한 자세가 되어) 그 거짓말쟁이 늙은 돌팔이! 내 경고했지, 다 그 작자가 지어낸 얘기라고!

에드먼드 (애처롭다 할 만큼 끈질기게) 그분은 전문의까지 불러서 검사를 하게 했어요. 그래서 이제는 절대로 틀릴 수가 없는 진단을 내렸어요.

메리 (그 말을 묵살하고) 내 앞에서 하디 얘기는 하지도 마! 실력 있는 요양원 의사가 내가 하디한테서 치료받은 이야기를 들더니 뭐라 그랬는지 아니? 그런 의사는 감옥에 처넣어야 한다는 거야! 내가 미치지 않은 게 용하대! 그래, 한 번 미친 적이 있었다고 했지. 내가 잠옷 바람으로 뛰쳐나가 바다에 몸을 던지려 했을 때. 너도 기억나지, 응? 그런데도 하디 얘기를 들으라는 거니? 천만에!

에드먼드 (성마르게) 기억나고말고요. 그 일이 난 직후에 아버지와 형은 더 이상 나한테 진상을 숨길 수 없다는 판단을 내렸죠. 그래, 형이 다 얘기해줬어요. 저는 형한테 거짓말쟁이라고 소리쳤어요. 형의 콧잔등을 후려치려 했고. 하지만 형이 거짓말하는 게 아니라는 걸 알고 있었어요. (목소리가 떨리고 두 눈에는 눈물이 그렁그렁해지기 시작한다.) 그 뒤로 세상 모든 게 다 싫어졌어요!

메리 (가련하게) 아, 그만. 우리 아가! 이 가슴이 찢어지는구나!

에드먼드 (맥없이) 미안해요, 엄마. 하지만 엄마 쪽에서 먼저 그 얘기를 꺼냈어요. (그러고는 가차 없이 완강하게) 엄마가 듣고 싶어 하거나 말거나 간에 얘기할 거예요. 전 요양원에 가야 해요.

메리 (자기에게 일어나지 않은 일이라도 되는 양 멍한 상태가 되어) 가버린다고? (사납게) 안 돼! 그런 건 용납 못해! 하디가 나하고 의논도 하지 않고 어떻게 그렇게 제멋대로 권하는 거지! 네 아버지는 어떻게 그 사람 말을 그렇게 고스란히 받아들일 수가 있지! 제가 무슨 권리가 있다고? 너는 내 아기야! 네 아버지는 제이미한테나 신경 쓰라고 해! (점점 더 흥분해서 사나워지며) 네 아버지가 왜 널 요양원으로 보내고 싶어 하는지 난 알아. 나한테서 떼어놓으려는 거야! 그 사람은 예전부터 늘 그랬어. 내가 아이를 낳을 때마다 애한테 질투했어! 그래, 온갖 핑계를 다 찾아내서 나를 애들한테서 떼어놨어. 유진이 죽은 것도 다 그 때문이었어. 그 사람이 제일 질투한 건 너였어. 내가 널 가장 사랑한다는 걸 잘 알고 있었기 때문에…….

에드먼드 (처연하게) 아, 그런 말도 안 되는 얘기는 그만해요, 엄마! 그리고 아버지 탓 좀 그만하세요. 왜 이제 와서 제가 떠나는 것에 그렇게 반대하세요? 과거에 집을 떠난 게 한두 번도 아니고, 그럴 때마다 엄마가 애통해하는 걸 본 적이 없는데!

메리 (쓸쓸하게) 너도 그렇게 예민한 애는 못 되는가보다. (서글프게) 너도 짐작했겠지만 네가 내 일에 관해서 안다는 걸 눈치챈 뒤 나로서는 네가 나를 볼 수 없는 곳으로 가는 걸 반길 수밖에 없었어.

에드먼드 (가슴이 미어져서) 엄마! 그만! (무턱대고 손을 내밀어 엄마의 손을 잡는다. 하지만 다시 서운한 마음이 올라와 금방 놔버린다.) 입으로는 사랑한다는 말을 잘도 하면서 제 병이 얼마나 심한지 얘기하려 하면 들으려고도 하지 않아…….

메리 (냉정하고 강압적인 어머니로 돌변하여) 자, 자, 그쯤 해 둬! 그건 다 하디의 뻔뻔한 거짓말에 불과하니 더 듣고 싶지도 않다. (에드먼드, 찔끔해서 움츠러든다. 메리, 놀리는 투로 말하려 애쓰지만 말하는 동안 점점 더 분개하는 마음이 된다.) 어쩜 그렇게 네 아버지를 똑 닮았니. 극적이고 비장하게 보이려고 아무것도 아닌 일로 난리 치기 좋아하고. (얕잡아 보듯이 웃으며) 조금 오냐오냐 해주면 금방, 곧 죽을 거라고 엄살이나 피우고…….

에드먼드 그 병으로 죽는 사람도 있어요. 외할아버지도…….

메리 (날카롭게) 왜 외할아버지를 들먹여? 너하고는 전혀 비교 거리가 되지 않는데. 그분은 폐결핵을 앓으셨어. (성이 나서) 네가 그렇게 음침하고 병적으로 구는 거 나 딱 질색이다! 우리 아버지 돌아가신 일을 떠올리는 얘기 같은 건 일절 하지 마. 내 말 알아들었니?

에드먼드 (얼굴이 굳어지면서 사납게) 예, 잘 알아들었어요, 엄마. 못 알아듣는 게 더 나을 텐데 유감스럽게도! (자리에서 일어나 메리를 사납게 노려보다 씹어뱉듯이) 마약중독자 엄마를 둔 게 가끔 너무 힘들어! (메리, 움찔한다. 얼굴에서 핏기가 싹 가셔 석고상 같은 모습이 된다. 순간, 에드먼드는 내뱉은 말을 도로 주워 담고 싶은 심경이 된다. 참담한 표정으로 말을 더듬는다.) 용서해주세요, 엄마. 화가 나서 그랬어요. 엄마 말에 기분이 상해서……. (사이. 무적 소리와 배들에서 울리는 종소리들이 들려온다.)

메리 (자동인형 같은 모습으로 오른쪽 창가를 향해 천천히 걸어간다. 창밖을 내다보면서 공허하고 삭막한 목소리로) 저 끔찍한 무적 소리를 들어봐. 종소리들도. 안개만 끼었다 하면 왜 이렇게 모든 소리가 다 서글프고 공허하게 들리는 걸까?

에드먼드 전, 전 여기 더 못 있겠어요. 밥 생각도 없네요. (앞 응접실로 황급히 나가버린다. 메리는 창밖을 망연히 바라보다가 앞 응접실 문이 닫히는 소리가 나자 돌아와서 의자에 앉는다. 여전히 멍한 표정이다.)

메리 (멍하니) 이층에 올라가야 해. 양이 부족했어. (사이. 간절히 소망하듯이) 언제고 나도 모르게 잔뜩 주입했으면 좋겠어. 일부러 그렇게는 못해. 성모마리아께서 절대로 용서해주시지 않을 테니까. (타이론이 돌아오는 소리가 들리자 그쪽으로 고개를 돌린다. 타이론이 방금 전에 코르크를 뽑아버린 위스키 병을 들고 뒤 응접실에서 들어온다. 그는 성이 나서 씨근거린다.)

타이론 (분노하면서) 맹꽁이자물쇠를 잔뜩 긁어놨어. 그 술주정뱅이 건달 놈이 자물쇠를 열려고 철사로 쑤셔댄 거야. 전에도 그러더니. (마치 장남과 끝없는 머리싸움이라도 벌이는 중인 양 흐뭇해하면서) 이번에는 녀석이 보기 좋게 당했지. 전문 털이꾼도 열 수 없는 특수 자물쇠를 달아놨으니까. (쟁반에 술병을 내려놓는다. 갑자기, 에드먼드가 사라진 것을 의식하고) 에드먼드 어딨지?

메리 (꿈꾸듯 몽롱한 표정으로) 나갔어요. 제이미를 찾으러 다시 읍내로 나간 것 같아요. 수중에 돈이 좀 남아 있어 기필코 다 쓰고 싶어서 좀이 쑤시나 봐요. 저녁은 먹고 싶지 않대요. 요즘에는 식욕이 도통 없는 모양이에요. (그러고는 완강하게) 그냥 여름 감기일 뿐인데. (타이론은 아내를 멀거니 쳐다보다 구제불능이라는 듯이 고개를 절레절레 흔든다. 잔에 술을 잔뜩 따라 마신다. 메리는 더 이상 견디지 못하고 갑자기 울음을 터트리더니 흐느껴 운다.) 아, 여보, 난 너무 무서워요! (그녀는 벌떡 일어나 두 팔로 타이론을 끌어안고는 그의 어깨에 얼굴을 파묻고 흐느껴 운다.) 걔는 죽을 거예요!

타이론 그런 소리 하지 마요! 죽기는 무슨! 의사들 말로는 반년 안에 다 나을 거래.

메리 당신도 그 말을 믿지 않잖아요! 당신 연기엔 안 속아요! 다 내 잘못이에요. 걔를 낳지 말았어야 했는데. 걔한테는 그 편이 더 나았을 텐데. 그럼 내가 걔한테 상처를 주는 일도 없었을 텐데. 제 어미가 마약중독자라는 걸 알고 미워할 일도 없었을 거고!

타이론 (떨리는 목소리로) 쉬잇, 여보, 제발! 갠 당신을 사랑해. 그게 당신이 알지도 못했고 의도하지도 않은 상태에서 일어난 일이었다는 걸 걔도 잘 알고 있어. 걔는 당신이 자기 엄마라는 걸 자랑스럽게 여겨. (주방 문 열리는 소리가 들리자 황급히) 이제 조용히 해요! 캐슬린이 와. 걔한테 우는 모습을 보이고 싶진 않을 거요. (메리, 재빨리 타이론에게서 떨어져 오른쪽 창가로 간 뒤 황급히 눈가를 훔친다. 잠시 후 캐슬린이 뒤 응접실 문간에 나타난다. 걸음걸이가 불안정하고 얼빠진 사람처럼 히죽거린다.)

캐슬린 (타이론을 보고는 찔끔한다. 공손하게) 저녁 식사 준비 됐습니다, 주인어른. (불필요하게 목청을 높여) 저녁 식사 준

148

비웠습니다, 마님. (방금 전까지의 공손한 태도를 버리고 친근한 태도로 타이론에게 무람없이 말을 건다.) 돌아와 계셨네요. 이를 어쩌나. 브리지트가 화내지 않았으면 좋겠는데! 마님이 주인어른이 돌아오지 않을 거라고 그러셔서 브리지트한테 그렇게 말했거든요. (타이론의 눈에서 나무라는 빛을 읽고) 그런 식으로 절 쳐다보지 마세요. 한잔하기는 했지만 훔쳐 먹은 건 아니에요. 마님이 주신 거예요. (화가 나서 부루퉁하면서도 예의를 잃지 않은 자세로 돌아서서 뒤 응접실로 사라진다.)

타이론 (한숨을 쉰다. 그러고는 기운을 내서 배우답게 울림이 좋은 목소리로) 갑시다, 여보. 가서 저녁 먹어야지. 난 아주 시장해.

메리 (타이론에게 간다. 다시 석고상같이 변한 표정에다 생경한 목소리로) 미안하지만 사양해야겠네요. 아무것도 먹을 수가 없어요. 손이 몹시 아파요. 그만 침대로 가서 쉬는 게 상책일 것 같아요. 잘 주무세요. (기계적으로 남편에게 키스하고는 돌아서서 앞 응접실 쪽으로 간다.)

타이론 (사납게) 그 망할 놈의 독약을 더 주입하시겠다 그 말이오? 그래서 이 밤이 다 가기 전에 미친 유령처럼 날뛸 작정이고!

메리 (걸어가기 시작하면서 단호하게) 무슨 말을 하는 건지 잘 모르겠네요. 당신은 잔뜩 취하고 나면 늘 그렇게 야비하고 사납게 말해요. 제이미나 에드먼드하고 하등 다를 바가 없어요. (앞 응접실로 나간다. 그는 어찌할 바를 모르는 사람처럼 잠시

우두커니 서 있다. 서글프고 망연자실하고 낙담한 늙은이의 모습. 그는 식당으로 가기 위해 지친 다리를 끌고 뒤 응접실로 향한다.)

막

4막

무대

전 막과 같다. 자정 무렵. 현관등이 꺼져 있어서 이제 앞 응접실에서 어떤 빛도 들어오지 않는다. 거실에는 탁자 위에 있는 독서등만 켜져 있다. 창밖에는 안개의 벽이 더욱 두터워진 듯하다. 막이 오르면 무적 소리가 들리고 뒤이어 항구에 있는 배들의 종소리가 들려온다.

타이론은 탁자 곁에 앉아 있다. 그는 코안경을 걸치고 혼자서 카드놀이를 하고 있다. 양복 상의는 벗고 후줄근해 뵈는 갈색 가운을 걸치고 있다. 쟁반에 놓인 위스키 병은 4분의 3이 비어 있다. 지하실에서 가져온, 손대지 않은 새 병이 탁자 한 곁에 놓여 있어서 마실 양은 충분하다. 그는 취했다. 그래, 취한 사람답게 올빼미처럼 눈을 크게 뜨고 모든 카드를 하나하나 세심하게 들여다보면서 카드놀이를 하지만 별 목적 없이 하는 것처럼 보인다. 눈은 기름이 낀 것처럼 번들거리고 뿌옇게 흐려 있으며 입은 벌어져 있다. 위스키를 잔뜩 마셨는데도 번민에서 헤어나지 못해 3막이 끝날 무렵처럼 좌절해서 절망 어린 체념에 사로잡힌 서글픈 늙은이처럼 보인다.

막이 오르면 그는 게임을 끝내고 카드를 한데 모은다. 서툴게 카드를 섞다가 두어 장을 바닥에 떨어뜨린다. 힘겹게 주워 다시 섞기 시작한다. 그때 누군가가 현관으로 들어오는 소리가 들린다. 그는 코안경 너머로 앞 응접실 쪽을 빠끔히 바라본다.

타이론 (쿡 잠긴 목소리로) 거기 누구야? 에드먼드냐? (에드먼드가 "예" 하고 퉁명스럽게 대답한다. 그러고는 어두운 현관 안에서 뭔가에 부딪쳤는지 혼자 욕지거리를 하는 소리가 들린다. 잠시 후 현관등이 켜진다. 타이론은 이맛살을 찌푸리고 소리친다.) 들어올 때 불 꺼라. (그러나 에드먼드는 끄지 않고 앞 응접실을 통해서 들어온다. 이제는 그도 취했다. 하지만 아버지처럼 술기운을 잘 다스려 눈이 좀 충혈되고 공격적인 태도가 엿보이는 것 말고는 별로 표가 나지 않는다. 처음에 타이론은 안심이 되어 따뜻하게 맞아주는 말을 한다.) 잘 왔다. 혼자 쓸쓸했는데. (그러고 나서는 벌컥 성을 내며) 사정을 뻔히 알면서 나 혼자 내버려두고 저 혼자 내빼버리다니 잘하는 짓이다. (짜증을 내면서) 내가 불 끄라고 했지! 무도회라도 열 참이냐. 이 밤중에 왜 집 안을 대낮처럼 밝혀놔! 돈 나가게시리!

에드먼드 (발끈해서) 대낮처럼이라고요! 등 하나 켰는데! 젠장, 어느 집이나 다 자기 전까지는 현관등을 켜놓는다고요. (무릎을 문지르며) 모자걸이에 부딪쳐 무릎이 깨질 뻔했잖아요.

타이론 여기 불빛이 현관까지 가. 취하지만 않았다면 앞을 말짱하게 잘 봤을 거다.

에드먼드 제가 취해서 그랬다고요? 기가 차서!

타이론 남들이 어떻게 하든 난 신경 안 써. 다른 사람들에게 과시하고 싶어서 돈을 펑펑 쓰고 싶다면 그렇게 하라고 그래!

에드먼드 겨우 등 하나 켰어요! 지지리 궁상 좀 떨지 마세요! 등 하나 밤새 켜놔 봤댔자 술 한 잔 값도 안 된다는 걸 숫자로 입증해드렸잖아요!

타이론 숫자 따위는 꺼지라 그래! 내가 갚아야 하는 청구서들이 제대로 말해주고 있으니까!

에드먼드 (아버지 맞은편에 앉으며 경멸하듯) 그래요, 사실 같은 건 아무 의미 없죠? 아버지가 믿고 싶어 하는 것만이 진실이죠! (비웃으며) 예컨대 셰익스피어는 아일랜드 출신의 가톨릭 신자라는 것.

타이론 (완강하게) 그래. 그분의 희곡들에서 그 증거를 찾아볼 수 있어.

에드먼드 셰익스피어는 아일랜드 사람이 아니었고 그 사람이 쓴 희곡들에도 그런 증거 같은 건 없어요! 아버지만 그렇다고 우기는 거지! (희롱하듯) 웰링턴 공작도 아일랜드 출신의 훌륭한 가톨릭 신자였죠!

타이론 그 사람을 훌륭한 사람이라고 한 적 없어. 변절자니까. 그래도 가톨릭 신자였던 건 사실이야.

에드먼드 그렇지 않아요. 아버지는 오로지 아일랜드 출신에다 가톨릭 신자 출신의 장군만이 나폴레옹을 물리칠 수 있었다고 믿고 싶어 하는 것뿐이에요.

타이론 너랑 입씨름하고 싶지 않다. 난 그저 현관등을 끄라고 했을 뿐이야.

에드먼드 아버지 말씀 들었는데요, 그냥 켜둘래요.

타이론 버릇없이 굴지 마! 내가 시키는 대로 할래 안 할래?

에드먼드 안 할래요. 그렇게 돈이 아까우면 직접 가서 끄세요.

타이론 (사납게 화내며) 내 말 잘 들어! 난 네가 가끔 미친 짓을 하는 걸 보고 네 머리가 온전하지 않다고 생각했기 때문에 무슨 짓을 해도 참아왔다. 매번 용서하고 일절 손을 대지 않았어. 하지만 참는 데도 한계가 있는 법이야. 순순히 가서 불 꺼. 안 그러면 다 큰 놈이라 해도 가만두지 않을 거야! (문득, 에드먼드가 폐결핵 환자라는 사실을 떠올리고는 이내 가책을 느끼고 부끄러워하며) 미안하다, 애야. 내가 깜박했다. 그러게 내 성질을 건드리지 말았어야지.

에드먼드 (역시 부끄러워하며) 됐어요, 아버지. 저도 사과드릴게요. 별거 아닌 일로 심통 부릴 권리가 없었는데. 좀 취했나 봐요. 불 끌게요. (일어서려고 한다.)

타이론 아냐, 그대로 앉아 있어. 그냥 켜놔. (벌떡 일어나 약간 비틀거리며 샹들리에의 전구 세 개를 차례로 켜기 시작한다. 그리고 어린애처럼 극적인 자기연민에 빠져서) 모조리 켜버리자! 휘황찬란하게! 까짓것 아무려면 어때! 어차피 구빈원에 들어갈 거 빨리 가건 늦게 가건 무슨 상관이야! (샹들리에 켜는 일을 끝낸다.)

에드먼드 (유머 감각이 살아나서 그 광경을 흥미롭게 지켜본다. 히죽이 웃으며 다정하게 놀려댄다.) 기막힌 마무리 대사네요. (깔깔거리고 웃으며) 정말 대단한 분이세요.

타이론 (쑥스러워 하면서 앉는다. 자조적으로 투덜댄다.) 그래, 이 늙은 광대를 비웃어라! 싸구려 늙은 배우를! 그래봤자 어차피 구빈원에서 인생 종 치는 건 마찬가지니까! 그건 코미디가 아니지! (에드먼드가 여전히 싱글거리고 웃자 화제를 돌린다.) 자, 자, 입씨름은 그만하자. 넌 아니라고 기를 쓰고 부인하지만 넌 머리가 좋은 녀석이야. 넌 결국 돈이 얼마나 소중한 것인가를 배우게 될 거다. 그 빌어먹을 놈의 백수건달 형하고는 다르니까. 그놈이 행여 정신 차릴지도 모른다는 희망 같은 건 진작 버렸다. 그런데 그 녀석 지금 어디 있지?

에드먼드 제가 그걸 어떻게 알아요?

타이론 그 녀석 만나러 다시 읍내로 간 줄 알았는데.

에드먼드 아니에요. 해변에 나갔더랬어요. 아까 오후에 보고 더 못 봤어요.

타이론 흐음, 아까 내가 준 돈을 바보같이 그 녀석하고 나눴다면……

에드먼드 당연히 나눠가졌죠. 형도 뭐가 생기면 항상 나눠주니까.

타이론 그럼 보나마나 창녀집으로 달려갔겠군.

에드먼드 그럼 뭐 어때요? 안될 거 없잖아요?

타이론 (경멸조로) 뭐 안 될 거 없지. 그 녀석한테 딱 맞는 데니까. 속으로는 어땠는지 몰라도 아무튼 겉보기에 그 녀석은 큰 꿈을 꿔본 적이 없었던 것 같아. 기껏해야 술에 취해 창녀들하고 어울리는 일로만 시간을 보냈지.

에드먼드 아, 아버지, 제발! 또 그 얘기를 꺼낼 작정이라면 그만 꺼지겠어요. (일어서기 시작한다.)

타이론 (달래며) 아, 알았다, 알았어. 그만할게. 나도 그 얘기 하는 건 좋아하지 않아. 같이 한잔할래?

에드먼드 이제야 말이 좀 통하는군요!

타이론 (에드먼드에게 술병을 건네준다. 자동적으로 말이 튀어나온다.) 이러면 안 되는데. 넌 벌써 충분히 마셨는데.

에드먼드 (한 잔 가득 따르면서 취기가 좀 돈 목소리로) 꼭지가 돌 만큼 마시진 않았어요. (병을 돌려준다.)

타이론 지금의 몸 상태로는 과해.

에드먼드 제 상태에 대해서는 신경 *끄세요!* (잔을 쳐들며) 건강을 위하여.

타이론 쫙 들이켜라. (둘 다 마신다.) 해변을 산책했으면 몸이 축축하고 으슬으슬하겠다.

에드먼드 아, 가는 길에 술집에 들렀어요.

타이론 나라면 이런 날 밤에 멀리까지 산책 나가지 않는다.

에드먼드 전 안개가 좋아요. 안개 속을 걷고 싶었어요. (표정과 목소리에서 좀 더 취기가 도는 기색이 엿보인다.)

타이론 좀 더 분별 있게 행동해야지. 괜히 위험하게…….

에드먼드 분별 따위는 엿 먹으라 그러세요! 다들 미쳐 돌아가는 판에 분별 있어서 뭐하게요? (조소 어린 투로 다우슨의 시를 낭송한다.)

"울음과 웃음,
사랑과 욕망과 미움은 오래가지 않는다.
우리가 그 문을 지나고 나면
그것들은 아무 의미 없는 것이 되리니.

술과 장미의 나날들은 오래가지 않으리.
우리의 길은
아스라한 꿈속에서 잠시 나타났다가
꿈속에서 끝나리니."

(무대 전면을 응시하며) 전 안개 속에 있고 싶었어요. 정원 길을 반쯤만 가도 이 집은 보이지 않아요. 이 집이 여기 있다는 것도 알 수 없게 되죠. 마을 길가에 있는 다른 집들도 마찬가지예요. 바로 코앞의 길 말고는 아무것도 보이지 않아요. 가는 길에 아무도 만나지 않았어요. 모든 게 다 비현실적인 것들처럼 보이고 들렸어요. 실체는 하나도 없었죠. 제가 원했던 게 바로 그거였어요. 진실이 진실이 아니고 삶이 저 자신을 피해 달아날 수 있는 또 다른 세계 속에 홀로 있는 것. 항구

저 너머, 해변을 따라 길이 난 곳에 이르렀을 때는 땅바닥을 밟고 있다는 느낌조차도 사라졌어요. 안개와 바다는 한 몸인 것 같았죠. 그건 마치 심해 밑바닥을 걷는 것과 흡사한 기분 이었어요. 마치 오래전에 익사한 것 같은 느낌. 저는 안개에 속한 유령이고, 안개는 바다의 유령인 것 같은……. 유령 속 의 유령이 되니 마음이 더할 수 없이 편안하더라고요. (아버 지가 걱정을 하면서도 마뜩잖은 눈길로 자기를 쳐다보고 있다는 걸 의식하고, 조롱하듯 히죽이 웃으며) 미친놈 보듯이 그렇게 쳐다보지 마세요. 온당한 이야기를 하고 있으니까. 우리 삶을 있는 그대로 보고 싶어 하는 사람이 어디 있어요? 있는 그대 로의 삶을 감당할 수 있는지도 의문이지만. 우리네 삶은 고르 곤* 셋을 하나로 합쳐놓은 것이나 같아요. 얼굴을 보면 돌로 변해버린다는 그 괴물들 말이에요. 아니면 판** 신 같죠. 판 을 보면 우린 죽어요, 우리 안의 우리 자신이. 그렇게 해서 우 리는 유령으로 살아가게 되죠.

타이론 (감탄하면서도 동시에 마뜩잖아 하면서) 너는 시인 기질 이 다분하긴 하지만 병적인 냄새가 너무 짙어! (억지로 미소 지으며) 고약한 염세주의지. 그렇지 않아도 기분이 저조하구 먼. (한숨을 쉰다.) 그런 삼류 시들은 집어치우고 셰익스피어 의 대사들이나 외우렴. 그 대사들 속에서는 네가 하고 싶은

---

*그리스신화에 나오는 스테노, 에우리알레, 메두사의 괴물 세 자매.
**그리스신화에 나오는 목양신. 공황을 의미하는 패닉(panic)의 어원이다.

말들을 다 찾아낼 수 있으니까. 근사한 잠언들은 거기 다 있어. (낭랑한 목소리를 구사해서 낭송한다.) "우리는 꿈같은 존재요, 우리네 짧은 생애는 잠으로 마무리되리니."*

에드먼드 (빈정대며) 근사해요! 아름다워요. 하지만 제가 말하려고 했던 건 그게 아니에요. 우리는 똥 같은 존재들이니 실컷 퍼마시고 다 잊어버리자. 이게 제 생각에 더 가깝죠.

타이론 (역겨워하며) 저런! 그런 생각은 너나 해라. 네게 술을 먹이지 말았어야 했는데.

에드먼드 술기운이 팍 오르네요. 아버지도 그런 것 같고. (애정 어린 장난기와 함께 이죽거리며) 그래도 아버지는 공연을 빼먹은 적이 한 번도 없었죠! (시비하듯) 술에 취하는 게 뭐가 잘못이죠? 어차피 취하려고 마시는 거 아니에요? 우리 서로 속이지 마요, 아버지. 오늘 밤만은. 우리 둘 다 잊고 싶은 게 있잖아요. (황급히) 하지만 그 얘긴 하지 말자고요. 그래봤자 아무 소용이 없으니까.

타이론 (맥없이) 그렇지. 우리가 할 수 있는 건 체념하는 것뿐이지, 또다시.

에드먼드 아니면 잔뜩 취해서 다 잊어버리든지. (시먼스가 번역한 보들레르의 산문시를 역설적인 열정을 갖고서 쓸쓸하게, 그러나 근사하게 낭송한다.)

---

*셰익스피어의 《템페스트》 4막 1장 중 대사.

"항상 취해 있어라. 다른 건 아무 상관없다. 중요한 건 그것뿐이다. 그대의 어깨를 눌러 땅바닥에 사정없이 짓뭉개는 시간의 끔찍한 중압감에 시달리고 싶지 않다면 계속 취하도록 하라. 무엇에 취하느냐고? 술, 시, 미덕, 그리고 그대의 마음이 끌리는 것이면 뭐든 다 좋다. 아무튼 취하도록 하라.

그리고 가끔 왕궁의 계단에서나 도랑가 풀밭에서나 끔찍하게 황량하고 고적한 그대 방에서 눈을 떴을 때, 취기가 반쯤 혹은 완전히 가셨거든 바람에게, 파도에게, 별에게, 새에게, 시계에게 물어보라. 하늘을 날거나 한숨짓거나 흔들리거나 노래하거나 말하는 것들에게 물어보라. 지금이 뭘 해야 할 시간인지를. 바람과 파도, 별, 새, 시계는 대답하리라. '지금은 취할 시간이다! 시간의 학대를 받는 노예가 되지 않으려거든 취하라. 끊임없이 취하라! 술, 시, 미덕, 그리고 그대의 마음이 끌리는 것이면 뭐든 다 좋다'."

(아버지를 약 올리듯 싱글거리고 웃는다.)

타이론 (자못 익살스럽게) 내가 너라면 미덕에 관해서는 아무 걱정도 안 할 텐데. (역겹다는 듯이) 흥! 죄다 병적인 헛소리야! 그 속에 일말의 진실이라도 숨어 있다면 셰익스피어가 이미 그걸 고상하게 표현했을 거다. (이해하려는 태도로) 그래도 낭송은 훌륭했다. 누가 쓴 거냐?

에드먼드 보들레르.

타이론 처음 듣는 이름인데.

162

에드먼드 (도발하듯 씩 웃으며) 그 사람은 제이미 형과 불야성*
에 관한 시도 썼어요.

타이론 그 날건달 놈! 막차를 놓쳐서 읍내에 그냥 처박혀 있으
면 좋겠다!

에드먼드 (그 말을 무시하고 계속 말한다.) 그 사람은 프랑스 사
람이고 브로드웨이를 본 적도 없고, 형이 태어나기 전에 죽은
사람이지만 말이에요. 그런데도 그 사람은 형과 뉴욕을 알고
있었어요. (시먼스가 번역한 보들레르의 시《파리의 우울》중에
서 〈에필로그〉를 낭송한다.)

"느긋한 마음으로 가파르게 치솟은 성채에 올라
탑에서 내려다보듯 그 도시를 내려다봤다.
병원, 사창가, 감옥, 그리고 그 비슷한 지옥 풍경들을.

악이 꽃처럼 살포시 피어나는 곳.
오 사탄이여, 내 고통의 후원자여, 그대는 알리라.
그 시간에 내가 헛된 눈물을 흘리기 위해 올라간 게 아니라는
것을.

세월에 찌들고 우울해 보이는 충실한 호색한처럼
끔찍한 아름다움으로 나를 다시 젊게 해줄

*브로드웨이의 별칭.

저 거대한 창녀에게서 환락을 맛보기 위해서임을.

그대가 낮의 짙은 안개 속에서 잠들어 있든
저녁의 아름다운 금빛 베일을 두르고
새로 단장한 모습으로 서 있든 간에,

나는 그대를 사랑한다, 수치스러운 도시여!
창녀들과 쫓기는 자들도
그들 나름의 쾌락을 제공해줄 수 있거늘,
속된 무리는 결코 알지 못한다."

타이론 (혐오스럽다는 듯이) 병적인 외설물이로구나! 도대체 어디서 그런 문학 취미를 얻은 거냐? 온통 외설, 절망, 염세주의 일색이니! 이 사람도 무신론자일 거다. 신을 부정하는 건 희망을 부정하는 거야. 그게 바로 네 문제야. 경건하게 무릎 꿇고……

에드먼드 (듣지 못한 것처럼, 냉소적으로) 이 시는 자기 자신과 위스키에 쫓겨 어느 뚱뚱한 창녀와 함께 브로드웨이의 호텔 방으로 숨어들어간 형의 모습을 떠올려주지 않아요? 형은 원래 뚱뚱한 창녀들을 좋아하거든요. 그리고 형이 그 뚱보 여자한테 다우슨의 시 〈시나라(Cynara)〉를 들려준다고 생각해보세요. (조롱하듯, 그러나 깊은 감정을 넣어가며 낭송한다.)

"내 가슴에 닿은 그녀의 따뜻한 심장이 밤새 내 고동치는 걸
느꼈다.
밤새 내 그녀는 내 품 안에서 사랑과 잠에 취해 누워 있었다.
돈으로 산 그녀의 붉은 입술이 제공해주는 키스는 달콤했지만,
잠에서 깨어나 새벽 여명이 밝아오는 것을 봤을 때
난 외로웠고 옛사랑이 그리웠다.
시나라여, 나는 그대에게 충실했다, 나 나름대로!"

(조롱하듯) 그리고 익살맞게 생긴 그 가여운 뚱보 여자는 그
시를 전혀 알아먹지 못해 그저 자기를 모욕하는 시라고만 생
각하는 거예요! 형은 평생 시나라 같은 창녀들을 한 번도 사
랑해본 적이 없었고 어떤 여자에게도 충실해본 적이 없었죠!
자기 나름의 방식으로라도 말이에요! 그러면서도 침대에 누
워 우월감에 빠진 채 "속된 무리는 결코 알지 못하는" 쾌락을
즐긴다고 자기를 기만하는 거예요! (소리 내어 웃는다.) 맛이
간 사람이죠, 완전히!

타이론 (탁한 목소리로, 건성으로) 맞아, 미친 짓이야. 네가 무
릎 꿇고 기도 드릴 수 있다면 좋으련만. 하느님을 부정하는
건 온전한 정신을 부정하는 거다.

에드먼드 (그 말을 무시하고) 그럼 전 누구한테 우월감을 느끼
는 걸까요? 저도 똑같은 짓을 해왔는데. 그래도 다우슨보다
는 나아요. 그 사람은 압생트를 퍼마시고 숙취에 시달리다 영
감을 얻어 어떤 멍청한 바 여급한테 이 시를 써 바쳤대요. 그

런데 그 여급은 그 사람을 넋 나간 가난뱅이 술고래라 생각해
서 차버리고 웨이터랑 결혼했대요! (깔깔거리고 웃는다. 그러
다 정색을 하고는 진심으로 동정을 하면서) 불쌍한 다우슨. 폭
음과 폐병으로 죽었죠. (움찔하더니 잠시 비통해하고 두려워하
는 표정이 된다. 이윽고 스스로를 방어하기 위해 빈정거리는 투
로) 아무래도 화제를 바꾸는 게 현명한 일이겠죠.

타이론 (탁한 목소리로) 어디서 좋아하는 작가들이라는 게
꼭……. 저놈의 책들도 그렇고! (무대 뒤편의 작은 책장을 가
리키며) 볼테르, 루소, 쇼펜하우어, 니체, 입센! 죄다 무신론
자에 얼간이에 미친놈들이야! 시인들도 마찬가지고! 방금 전
에 네가 읊은 다우슨과 보들레르, 스윈번, 오스카 와일드, 휘
트먼, 포! 창녀들이나 찾아다니는 타락한 놈들! 흥! 제 놈들
읽으라고 (큰 책장을 턱으로 가리키며) 셰익스피어 전집을 세
질이나 들여놨구먼.

에드먼드 (약 올리려) 셰익스피어도 술주정뱅이였다던데요.

타이론 거짓말이야! 물론 셰익스피어도 술을 즐기긴 했을 거
다. 진짜 사내들의 약점이 그거니까. 하지만 그 사람은 제대
로 마시는 법을 알고 있어서 병적인 생각이나 음탕한 생각에
탐닉하지 않았어. 셰익스피어를 네가 저기다 모셔둔 저 쓰레
기들과 비교하지 마라. (다시 작은 책장을 가리키며) 너절한
졸라! 마약중독자인 단테 가브리엘 로세티! (놀라서 찔끔하고
는 자책하는 표정이 된다.)

에드먼드 (방어하려는 마음에서 차갑게) 아무래도 화제를 바꾸

는 게 좋을 것 같네요. (사이) 제가 셰익스피어를 모른다고 말하긴 어려울 걸요. 전에 한번 아버지랑 내기를 해서 5달러를 딴 적이 있잖아요. 그때 아버지는, 내가 연기를 할 때는 일주일 안에 주인공의 대사를 다 외웠다, 너는 어림도 없을 거다, 라고 하셨죠. 하지만 전 아버지의 큐에 맞춰서 《맥베스》의 대사를 한 대목도 틀리지 않고 완벽하게 다 외웠어요.

타이론 (인정하며) 맞아, 그랬지. (놀리듯 히죽이 웃고는 한숨을 내쉬며) 네가 그 빛나는 대사들로 개죽 쑤는 소리를 듣고 있자니 끔찍하더구나. 고문도 그런 고문이 없었지. 차라리 중간에 그만두게 하고 그냥 돈을 주고 싶은 마음이 굴뚝같았다. (그는 킬킬거리고 에드먼드는 빙긋이 웃는다. 그러고 나서 타이론은 이층에서 무슨 소리가 들리자 움찔한다. 두려워하며) 들었냐? 네 엄마가 걸어 다니고 있어. 잠이나 잤으면 했는데.

에드먼드 신경 끄세요! 한 잔 더 어때요? (술병을 잡고 한 잔 따른 뒤 병을 아버지에게 돌려준다. 아버지가 술을 따를 때, 속으로는 긴장하면서도 겉으로는 태연하게) 엄마가 언제 이층에 올라갔죠?

타이론 너 나가고 난 직후에. 저녁 식사도 하지 않았어. 넌 뭣 때문에 그렇게 내뺐냐?

에드먼드 아무 일도. (갑자기 술잔을 쳐들고) 자, 건강을 위하여.

타이론 (기계적으로) 기분 좋게 한잔. (두 사람, 마신다. 타이론, 이층에서 나는 소리를 듣고 두려워한다.) 많이도 걸어 다니는군. 제발 여기로 내려오지는 말았으면 좋겠다.

에드먼드 (멍하니) 그러게요. 지금쯤은 정신없이 과거를 뒤쫓는 유령이 되어 있을 거예요. (사이. 서글프게) 제가 태어나기 전 무렵으로…….

타이론 나한텐 뭐 다른 줄 아냐? 항상 나랑 만나기 전으로 거슬러 올라가지. 네 엄마가 행복했던 시절이라고는 아버지 집에서나 여학교에서 기도하고 피아노 치면서 지냈던 때밖에 없는 것 같다. (질시 어린 분노로 쓸쓸하게) 전에도 말했지만 네 엄마는 옛날 일들을 좀 과대 포장하는 경향이 있어. 친정집이 대단했던 것처럼 말하지만 사실은 별거 아니었어. 아버지가 훌륭하고 너그럽고 고상한 아일랜드 신사였던 것처럼 말하지만 별로 그렇지도 않았고. 뭐 나름대로 괜찮은 분이긴 했다. 만나면 사람을 편하게 해주고 말씀도 잘하셨지. 나는 그분을 좋아했고, 그분도 나를 좋아했어. 식품 도매상을 운영해서 그런대로 부유한 편이었고 능력도 있었지. 하지만 결점도 있었어. 네 엄마는 내가 술 마신다고 뭐라 그러면서 친정 아버지 술 좋아하는 건 그냥 넘어가. 그분이 마흔 살이 될 때까지 술을 한 방울도 입에 대지 않은 건 사실이야. 하지만 그 뒤에는 그동안 안 마신 것까지 다 마셨지. 노상 샴페인만 마셨는데 상태가 심각했어. 샴페인만 마시는 걸 대단한 일로 여겨 과시하듯이 마셔댔지. 그 때문에 일찍 돌아가셨어. 그런 습관하고 폐병 때문에……. (가책하는 눈빛으로 아들을 쳐다보면서 말을 뚝 끊는다.)

에드먼드 (빈정대며) 유쾌하지 않은 화제를 피할 수가 없는 것 같네요. 그죠?

타이론 (서글프게 한숨을 쉬며) 그러게나 말이다. (즐거운 분위기를 조성하기 위한 안간힘으로) 카지노 게임*이나 하는 게 어떠냐?

에드먼드 좋아요.

타이론 (서툴게 카드를 섞으며) 어차피 제이미가 막차를 타고 올 때까지는 문 잠그고 못 자니까……. 차라리 안 들어왔으면 좋겠는데. 어쨌거나 네 엄마가 잠들기 전까지는 이층에 올라가고 싶지 않다.

에드먼드 저도 그래요.

타이론 (카드 돌리는 걸 까먹고 서툰 솜씨로 계속 섞기만 하며) 아까도 말했지만 네 엄마의 옛날 얘기에는 과장이 좀 섞였어. 피아노 치는 걸 좋아했고 피아니스트를 꿈꿨다는 얘기도 그래. 수녀들이 추어올리는 바람에 헛바람이 들어간 거야. 수녀들이 네 엄마를 귀여워했거든. 네 엄마가 신앙심이 깊어서 수녀들이 좋아했지. 아무튼 수녀들은 세상 물정에는 어두운 사람들이야. 그 여자들은 재능이 있는 사람들 중에서 피아니스트로 성공하는 사람이 백만 명에 하나 꼴도 안 된다는 걸 모르지. 네 엄마는 여학생치고는 그런대로 피아노를 잘 쳤겠지만, 그렇다고 그게 장차 피아니스트가 되리라는 것을 보장해 주는 건 절대로…….

---

*카드놀이의 일종.

에드먼드 (날카롭게) 게임을 할 거면 빨리 돌리세요.

타이론 엉? 그래. (거리 감각이 좀 흐려진 상태에서 카드를 돌리며) 수녀가 됐을지도 모른다는 생각도 그래. 그건 정말 말도 안 되는 이야기야. 네 엄마는 빼어나게 예쁜 처녀들 중의 하나였어. 본인도 그걸 알고 있었지. 겉으로는 수줍어하고 얼굴을 잘 붉혔지만 속에는 바람기가 좀 있었어. 그 사람은 세상을 등질 만한 위인이 못 돼. 건강한 기운과 열정과 사랑하고픈 마음이 철철 넘쳤는걸.

에드먼드 아버지! 왜 아버지 패를 안 집으세요?

타이론 (집고 나서 멍하니) 흐음, 뭐가 들어왔나 보자. (두 사람다 카드를 들여다보기는 하지만 패들이 제대로 눈에 들어오지는 않는다. 이윽고 게임을 시작한다. 타이론이 속삭인다.) 들어봐!

에드먼드 내려오고 있어요.

타이론 (황급히) 게임을 계속하는 거야. 신경 안 쓰는 척하면 금방 다시 올라갈 거다.

에드먼드 (앞 응접실을 통해 그 너머를 바라보다가 안도하면서) 안 보여요. 내려오다가 도로 올라갔나봐요.

타이론 다행이다.

에드먼드 그러게요. 지금쯤 엉망이 됐을 텐데. 그런 모습을 보는 건 정말 끔찍해요. (비통하게) 제일 참기 힘든 건 보이지 않는 벽 속에 들어가 있는 거예요. 안개의 벽 속에 숨어 그 속을 헤집고 다닌다는 게 더 정확한 표현일 거예요. 그것도 의도적으로. 그게 제일 고약해요! 엄마 내면에 있는 뭔가가 의도적으로 그런 짓을 벌여요. 우리 손이 닿지 않는 곳으로 멀찌감치 벗어나 우리가 살아 있다는 것을 잊어버리려는 식으로! 그건 마치 우리를 사랑하면서도 미워하는 것과 비슷해요!

타이론 (부드럽게 타이른다.) 자, 자, 얘야. 그건 네 엄마 탓이 아니야. 망할 놈의 독물 때문이지.

에드먼드 (씁쓸하게) 그런 효과를 얻으려고 그걸 주입하는 거잖아요. 적어도 이번에는 그래요! (느닷없이) 제가 할 차례죠? 여기요. (카드 한 장을 내놓는다.)

타이론 (기계적으로 게임을 하면서 부드럽게 나무란다.) 네 엄마는 겉으로는 안 그런 척하지만 사실 네 병 때문에 잔뜩 겁을 집어먹었어. 그러니 엄마한테 너무 심하게 굴지 마라. 네 엄마 탓이 아니잖니. 그 빌어먹을 독물의 마수에 일단 걸렸다 하면 누구도……

에드먼드 (표정이 굳어지고, 맹렬히 비난하는 것 같은 눈빛으로 아버지를 노려보며) 그러기에 애초에 엄마한테 그런 일이 없게 했었어야죠! 엄마 탓이 아니라는 건 저도 잘 알아요! 누구 탓인지도 잘 알고 있고요! 아버지의 그 빌어먹을 인색함 탓이죠! 제가 태어나고 나서 엄마가 몹시 아팠을 때 제대로 된 의사를 부르는 데 돈을 썼더라면 엄마는 이 세상에 모르핀이라는 게 있는 줄도 몰랐을 거예요! 그런데 아버지는 호텔에 전속된 돌팔이한테 엄마를 맡겼고, 그놈은 제가 무식하다는 걸 인정하기 싫어 환자야 나중에 어찌 되든 상관하지 않고 제일 쉬운 방법을 써먹었죠! 그 모든 게 다 그놈의 수가가 싸기 때문에 빚어진 일이었어요! 아버지는 노상 싸구려만 좋아하니까!

타이론 (뜨끔해한다. 그러고는 버럭 성을 내면서) 시끄러워! 어디서 잘 알지도 못하는 소리를 지껄이고 있어! (노기를 다스리려 애쓰면서) 내 입장에서도 생각해보려고 노력해야지. 그자가 그런 의사인줄 내가 어찌 알았겠냐? 그저 평판이 좋기에 불렀지…….

에드먼드 호텔 바의 주정뱅이들 사이에서나 평판이 좋았겠죠!

타이론 그게 아냐! 그 호텔 주인한테 제일 솜씨 좋은 의사를 소개해달라고 부탁했어.

에드먼드 그랬겠죠! 그러면서 이러다 구빈원에 가겠다고 징징 짜서 싸구려를 불러달라는 얘기로 알아듣게 만들었겠죠! 아버지의 수법은 훤히 알아요! 아까 그런 일을 직접 겪고 났는데도 모르면 바보지!

타이론 (찔끔해서 방어적인 태도로) 아까 그 일이라니?

에드먼드 그 얘기는 됐어요. 지금은 엄마 얘기를 하는 중이니까! 아버지가 입으로는 열심히 변명을 해도 결국 인색함 때문에 엄마가 저 지경이 됐다는 걸 아버지 자신이 잘 알고 있다는 얘기를 하는 거예요.

타이론 난 그게 말도 안 되는 소리라고 하는 거다! 당장 닥쳐. 안 그랬다간…….

에드먼드 (그 말을 무시하고) 엄마가 모르핀에 중독되었다는 걸 알고 나서 왜 치료를 받게 해주지 않았어요? 아직 고칠 기회가 있었던 초기에? 당연히 돈이 들까봐 그랬겠죠! 엄마한테 의지력으로 이겨내는 수밖에 없다고 했겠죠! 그리고 약물중독에 대해서 잘 아는 의사들이 제아무리 상세히 설명을 해줬어도 아버지는 아직까지도 내심 그렇게 믿고 있을 거예요!

타이론 또 말도 안 되는 소리를! 나도 이제는 약물중독이 어떤 건지 알아! 하지만 그때야 어떻게 알았겠어? 모르핀에 대해서 내가 뭘 알았겠냐고! 네 엄마가 모르핀 중독이라는 것도 몇 년 지나서야 알았다. 난 그저 네 엄마 병이 낫지 않았다고만 생각했을 뿐이야. 왜 치료받게 해주지 않았냐고? (비통하게) 내가? 네 엄마 치료받게 하느라 엄청난 돈을 썼는데! 그래봤자 번번이 헛일이 되었지만.

에드먼드 엄마가 중독에서 벗어나고 싶다는 마음이 들 만한 일을 하나도 하질 않았으니 그럴 수밖에요! 집이라고는 엄마가 좋아하지도 않는 곳에 지어놓은 이 별 볼일 없는 여름별장뿐이고, 그나마도 돈이 아까워 제대로 꾸며놓지도 않았잖아요! 그저 땅만 자꾸 사들이고 금광이나 은광이 있다느니, 떼돈을 벌게 해주겠다느니 하면서 꼬드기는 사기꾼들에게 당하기나 하고! 게다가 순회공연 다닐 때마다 온 데 사방으로 끌고 다니면서 말동무도 없는 지저분한 호텔 방에 사람을 처박아놓고 밤마다 술집 문 닫는 시간이 된 뒤에야 겨우 고주망태가 되어서 돌아왔잖아요! 젠장, 그러니 낫고 싶은 마음이 들지 않는 것도 당연하지. 그런 생각만 하면 아버지가 정말 싫어져요!

타이론 (괴로워하며) 에드먼드! (그러고 나서 격노하며) 애비한테 그따위로 지껄이다니, 버르장머리 없는 놈! 저한테 해준 공도 모르고.

에드먼드 그럼 그 얘기를 한번 해볼까요! 아버지가 지금 나한테 어떻게 하려고 하는지를!

타이론 (다시 찔리는 표정이 되면서 에드먼드의 말을 무시하고) 네 엄마가 몸에 독물만 들어가면 지껄이는 그 말도 안 되는 비난을 너한테서 다시 들어야겠냐? 네 엄마가 싫어하는데 내가 굳이 끌고 다닌 적은 한 번도 없었다. 물론 나야 네 엄마랑 같이 있고 싶었지. 사랑했으니까. 그리고 그 사람도 날 사랑하고 나랑 같이 있고 싶어서 따라온 거야. 네 엄마가 제정신이 아닐 때 뭐라 하든지 간에 그게 진실이야. 그리고 네 엄만 굳이 외롭게 지내지 않아도 됐어. 우리 극단에는 그 사람이 원하기만 했다면 말동무가 되어줄 만한 사람들이 항상 있었으니까. 게다가 너희도 있었지. 내가 굳이 우겨서 돈이 드는데도 불구하고 보모까지 고용해서 데리고 다녔어.

에드먼드 (사납게) 그래요, 아버지가 모처럼 돈을 좀 쓰셨죠. 엄마가 우리한테만 신경 쓰는 게 질투가 나 우리를 치워버리려고! 하지만 그것도 실수한 거예요! 엄마가 혼자 힘으로 절 보살펴야 할 입장이어서 어쩔 수 없이 그 일에 집중했더라면 중독에서 벗어났을 수도…….

타이론 (보복하고 싶은 심정에 몰려서) 네 엄마가 정상이 아닐 때 하는 말을 갖고서 자꾸 날 심판하려 드니까 하는 말인데 네가 태어나지만 않았더라면 네 엄마는 절대로 그렇게…….

(자신이 부끄러워져 말을 멈춘다.)

에드먼드 (갑자기 기진하고 비참한 모습이 되어) 그래요. 엄마가 그렇게 생각하고 있다는 거 알고 있어요, 아버지.

타이론 (후회하면서 반박한다.) 네 엄마는 그렇게 생각하지 않아! 네 엄마는 어떤 엄마 못지않게 너를 사랑해! 네가 자꾸 옛날 일들을 들추면서 내가 미우니 어쩌니 하는 바람에 부아가 나서 그렇게…….

에드먼드 (힘없이) 저도 진심으로 그렇게 말한 게 아니었어요, 아버지. (갑자기 싱긋이 웃으며 취기 어린 목소리로 농담한다.) 저도 엄마랑 비슷해요. 그 모든 일에도 불구하고 아버지를 좋아하지 않을 수가 없어요.

타이론 (빙긋이 웃으며 취기 어린 어조로 응수한다.) 나도 비슷한 말을 해야겠구나. 넌 아들치고 대단한 아들은 못 돼. 하지만 "변변치는 못해도 내 자식이니", 에 해당된다고나 할까. (둘 다 취한 상태에서나마 진심으로 서로에게 애정을 품은 채 킬킬거리고 웃는다. 타이론은 화제를 바꾼다.) 게임이 어떻게 됐지? 누가 할 차례냐?

에드먼드 아버지가 할 차례죠, 아마. (타이론이 카드 한 장을 내놓자 에드먼드가 집어간다. 그러고서 둘 다 다시 게임하는 걸 잊어버린다.)

타이론 아까 병원에서 나쁜 소식을 들었다고 너무 낙담하지 마라. 의사 둘이 내게 장담을 했어. 네가 거기 들어가서 시키는 대로 하기만 하면 반년 안에 낫는다고 하더라. 길어봤자 1년

이래.

에드먼드 (얼굴이 다시 굳어진다.) 속이지 마세요. 아버지 자신
도 안 믿으면서.

타이론 (지나치게 열을 내며) 왜 안 믿어! 하디 선생뿐만 아니
라 전문의까지도 그렇게 말하는데 내가 믿지 않을 이유가 어
디 있냐?

에드먼드 아버지는 제가 죽을 거라고 생각해요.

타이론 말 같지 않은 소리! 너 미쳤구나!

에드먼드 (더욱 씁쓸하게) 그러면서 뭐하러 돈을 낭비해요? 절
주립 요양원으로 보내려는 것도 그렇게 생각하기 때문일 텐
데…….

타이론 (죄책감에 당황해서) 주립 요양원이라니? 나는 그저 힐
타운 요양원이라고만 알고 있는데. 두 의사가 이구동성으로
그곳이 너한테 딱 맞는 곳이라고 말했어.

에드먼드 (가차 없이) 돈이 안 드니까요! 거긴 무료거나 무료에
가까운 곳일 거예요. 거짓말하지 마세요, 아버지! 힐타운 요
양원이 주립 시설이라는 걸 아버지가 모르긴 왜 몰라요! 형
은 아버지가 또다시 하디한테 구빈원 타령을 하지 않았을까
의심했어요. 그래, 하디한테 캐고들어 진상을 밝혀냈다고요.

타이론 (불같이 화를 내며) 그 술주정뱅이 건달 놈! 내 이놈을
당장 내쫓아버려야지! 그놈은 네가 말귀를 알아들을 나이가
됐을 때부터 노상 널 붙들고 내 욕을 해댔어!

에드먼드 주립 요양소 얘기는 사실이잖아요. 안 그래요?

타이론 네가 잘못 생각하고 있는 거야! 주에서 운영하는 게 어디가 어때서? 나쁠 거 하나도 없어. 주는 어떤 사설 요양원보다도 더 나은 곳을 만들 만한 재정을 갖고 있어. 그 혜택을 이용하는 게 뭐가 나빠? 내게 그럴 권리가 있는데. 네게도 있고. 우리는 주에 속한 사람들이야. 나는 땅을 가진 사람이고. 그런 시설이 다 우리 같은 사람들이 내는 세금으로 운영되는 거야. 내가 세금을 얼마나 많이 내는데······.

에드먼드 (신랄하게 비꼬며) 그럼요, 25만 달러어치나 되는 땅인데.

타이론 헛소리! 그 땅들은 죄다 저당 잡혀 있어!

에드먼드 하디와 그 전문의도 아버지 재산이 얼마나 되는지 다 알고 있어요. 아버지가 이러다 구빈원에 가고 말 거라고 징징짜면서 절 무료 요양원에 맡기고 싶어 한다는 기색을 비쳤을 때 그 사람들이 아버지를 어떻게 생각했을지 참 궁금하네요!

타이론 누가 그런 소리를 했다는 거야! 난 그저 땅은 좀 있어도 가난뱅이라 백만장자들이나 가는 요양원에 보낼 형편이 못 된다고 했을 뿐인데! 그게 진상이야!

에드먼드 그런 뒤 클럽에 가서 맥과이어의 감언이설에 넘어가 또 형편없는 땅을 비싼 값에 사들였죠! (타이론이 부인하려고 하자) 거짓말할 생각하지 마세요! 아버지가 맥과이어랑 헤어진 뒤 형이랑 나랑 호텔에서 그 사람을 만났으니까. 형이 아버지를 제대로 낚았느냐고 농담했더니만 그 사람은 윙크를 하면서 웃더라고요!

타이론 (자신 없이 거짓말하며) 그 사람이 그런 말을 했다면 그건 거짓말이야.

에드먼드 거짓말하지 마세요! (점점 더 사납게) 제발요, 아버지. 저도 배를 타고 바다에 나가 제 힘으로 벌어먹고 살기 시작하면서 푼돈을 벌기 위해 중노동을 하는 게 어떤 건지, 빈털터리가 되어 배를 쫄쫄 굶고, 잠잘 데가 없어서 공원 벤치에서 잠을 자는 게 어떤 건지 알았다고요. 아버지가 어렸을 때부터 어떤 어려움을 겪었는지 알고 있었기 때문에 아버지를 이해해보려고도 애썼고요. 아버지의 입장에서 이해해보려고 노력했다고요. 이놈의 집구석에서 그렇게 하지 않았다간 돌아버리죠! 예전에 제가 저질렀던 형편없는 짓거리들이 떠오를 때면 나 자신에 대해서도 너그러워지려고 노력했어요! 돈 문제가 걸린 일에서만큼은, 아버진 달리 어쩔 수가 없는 분이라는 걸 어머니처럼 받아들여보려고 애썼어요. 하지만 아버지가 이번에 하는 짓은 너무 심해요! 구역질이 나요! 아버지가 절 아무렇게나 취급하는 것 때문에 그런 게 아니에요. 그런 건 아무래도 좋아요! 저도 아버지에게 못되게 군 적이 여러 번 있었으니까. 하지만 아들이 폐병에 걸린 마당에 꼭 온 동네 사람들 앞에서 그렇게 역겨운 노랭이짓을 벌여야겠어요? 하디가 여기저기 떠들고 다녀서 온 동네 사람들이 다 알게 될 거라는 것도 생각하지 못했어요! 아버지에게는 자존심도 없고 수치심도 없나요? (분노를 터트리며) 제가 그냥 넘어갈 줄 알아요? 아버지가 그 구린 돈푼 아껴서 거지 같은 땅을 사라고 제가 주립 요양원 같은 데로 갈 줄 아느냐고요! 이 지독한 노랭이 늙은이 같으니! (목이 메어 억눌린 목소리가 분노로 떨린다. 발작적인 기침이 그 뒤를 잇는다.)

타이론 (에드먼드가 이렇게 공격을 해대자 분노보다는 가책 어린 참회의 마음이 더 커서 잠자코 움츠리고 있다가 더듬거리며 말한다.) 조용히 해! 나한테 그런 식으로 말하지 마! 넌 취했어! 네 말은 마음에 담아두지 않겠다. 기침 좀 그만해. 별것도 아닌 일로 열을 내고 있어. 누가 꼭 힐타운에 가랬냐? 네가 가고 싶은 데는 어디든 갈 수 있어. 돈이 얼마가 들건 난 개의치 않으니까. 네 몸만 좋아지면 돼. 날 지독한 노랭이라고 부르지 마. 나는 그저 의사들이 날 자기네 멋대로 등쳐먹을 수 있는 백만장자라고 여기는 게 싫어서 그런 것뿐이니까. (에드먼드, 기침을 그친다. 영락없이 병들고 쇠약한 모습이다. 타이론은 겁먹은 눈빛으로 아들을 바라본다.) 기운 없어 보이는구나. 술을 한잔하는 게 좋겠다.

에드먼드 (병을 움켜쥐고 잔에 가득 따르고는 맥없이) 고마워요. (술을 꿀꺽꿀꺽 마신다.)

타이론 (술병이 빌 때까지 가득 따른 뒤 마신다. 고개를 숙이고 탁자 위의 카드들을 멍하니 내려다보다가 지나가는 듯이 말한다.) 누구 차례지? (분개한 기색 없이 멍하니 말을 계속한다.) 지독한 노랭이 늙은이라. 그래 어쩌면 네 말이 맞을지도 몰라. 돈이 좀 생긴 뒤로 바에서 모든 사람에게 한 잔씩 돌리고 갚을 능력도 없는 술주정뱅이들한테 돈을 빌려주기도 하면서 돈을 펑펑 쓰기도 했지만 난 구제불능의 노랭이인지도…….
(느슨하게 벌어진 입에 자조적인 비웃음을 띠고) 물론 그건 내
가 술집에서 술이 잔뜩 올랐을 때 얘기지. 집에서 맨정신으
로 있을 때는 도저히 그렇게 안 돼. 돈 귀한 줄을 처음 안 것
도 집에서였고, 늙어서 구빈원에 들어가는 게 끔찍한 일이라
는 걸 안 것도 집에서였으니까. 그때 이후로 운이라는 걸 믿
을 수가 없었지. 운이 바뀌어 가지고 있던 모든 게 하루아침
에 다 날아갈까봐 늘 조마조마했어. 하지만 땅은 다르지. 많
이 가지면 가질수록 안심이 되거든. 이치에 맞지 않는 얘긴지
몰라도 내 기분에는 그래. 은행이 망하면 돈은 다 날아가지만
내가 밟고 있는 땅은 어디로 가지 않으니까. (갑자기 말투가
우월한 위치에서 깔보듯이 말하는 투로 변한다.) 내가 어렸을
때 어떤 어려움을 겪었는지 잘 알겠더라고 했지. 알긴 개뿔을
알아! 네가 어떻게 알아? 뭐 하나 부족한 게 없이 컸는데. 보
모들에, 중고등학교에, 대학에. 대학은 본인이 싫어서 관뒀지
만. 먹을 거 제대로 먹고 입을 거 제대로 입고. 아, 막노동을
좀 해보긴 했다지. 남의 나라 땅에서 집도 절도 없는 상태에
서 고생도 좀 하고. 그건 내가 높이 산다. 하지만 그건 어디까
지나 낭만적인 모험 같은 것에 지나지 않아. 재미 삼아 해본
것에 불과했어.

에드먼드 (맥없이 빈정거리며) 그래요, '지미 더 프리스트'*라는

---

*맨해튼에 있었던 여관 겸 술집. 실제로 유진 오닐은 이곳에서 자살을 기도했었다.

데서 자살을 기도해 죽을 뻔했을 때는 특히 더 그랬죠.

타이론 그때 넌 제정신이 아니었어. 내 아들이라면 절대로 그런 짓은……. 넌 취해서 그랬어.

에드먼드 아주 말짱했어요. 그게 문제였죠. 너무나 오랫동안 생각의 흐름이 끊어졌으니까.

타이론 (취한 상태에서 벌컥 역정을 내며) 또다시 무신론자의 병적인 궤변을 늘어놓을 생각일랑은 마! 듣고 싶지 않으니까. 내 말인즉슨……. (깔보듯) 네가 돈의 소중함에 관해서 뭐 아는 게 있냐? 내가 열 살 때 우리 아버지는 어머니를 버리고 아일랜드로 돌아가서 죽었어. 가자마자 곧바로 죽었지. 천벌을 받은 거야. 지옥 불구덩이에나 떨어졌으면 좋겠다. 그 인간, 쥐약을 밀가루나 설탕 같은 것으로 잘못 알고 먹었다나 봐. 실수로 그런 게 아니라는 소문도 있지만 다 헛소리야. 우리 집안에서는 어떤 사람도 그런 짓을 한 적이…….

에드먼드 틀림없이 실수가 아니었을 거예요.

타이론 또 그놈의 병적인 궤변을! 네 형이 널 이렇게 물들여놓은 거야. 그놈은 무슨 일에서든지 가장 안 좋은 쪽으로만 생각하고 그걸 진실이라고 여기지. 뭐 그 얘기는 집어치우자. 그렇게 해서 우리 어머니는 나랑 나보다 몇 살 위인 누나랑 내 밑의 동생 둘로 이루어진 어린 사남매를 데리고 낯선 나라에서 살아가야 했어. 형 둘은 다른 지역으로 떠나갔고. 형들은 본인들 먹고살기도 힘들어 우리한테 아무 도움도 줄 수 없었지. 우리는 너무 가난해서 낭만 따위는 끼어들 틈도 없었다. 우리 식구들은 돼지우리같이 형편없는 집에서 두 번이나 쫓겨났어. 그때마다 어머니의 몇 개 되지도 않는 가구들은 길바닥에 나뒹굴었고, 어머니와 누이들은 울음을 터트렸지. 나도 울었어. 나는 가장 역할을 하는 입장이어서 울지 않으려 했지만 참을 수가 없었다. 겨우 열 살 때 그런 일들을 겪었다고! 그러니 학교를 더 이상 다닐 수 없었지. 기계공장에서 하루 열두 시간씩 일하면서 서류철 만드는 기술을 배웠어. 천장에서 빗물이 뚝뚝 떨어지는 더러운 헛간 같은 작업장에서. 거긴 여름에는 푹푹 찌고 겨울에는 난방이 전혀 되질 않아, 손이 곱아 제대로 일하기도 어려웠지. 거기다 빛이 들어오는 데라고는 지저분한 유리창 두 개뿐이어서, 흐린 날이면 서류철들이 제대로 보이질 않아 그것들에 얼굴이 거의 닿을 만큼 허리를 잔뜩 구부리고 일해야 했어! 그런데 네가 일 운운해! 내가 그렇게 일해서 얼마를 받았을 거 같으냐? 일주일에 50센트였어! 진짜야! 일주일에 50센트! 불쌍한 우리 어머니는 낮에 미국 사람들 집에 가서 빨래랑 청소를 했고, 누나는 재봉일을 했고, 두 동생은 집을 봤어. 우리는 제대로 입지도, 먹지도 못했어. 그러다 어느 추수감사절 때였던가, 크리스마스 때였던가, 아무튼 그런 날에 어머니가 청소를 해주던 집 주인이 명절 선물로 1달러를 더 줬고, 어머니는 집으로 돌아오는 길에 그 돈으로 몽땅 먹을 걸 샀어. 그때 어머니가 우리를 끌어안고 키스하고, 피곤에 찌든 얼굴에 기쁨의 눈물을 줄줄 흘리면서 말했던 게 아직까지도 기억에 생생해. "하느님의 은총

덕에 우리가 생전 처음으로 배불리 먹어보겠구나!"(눈물을 훔치며) 우리 어머니는 훌륭하고 용감하고 싹싹한 분이셨다. 그렇게 훌륭하고 용감한 분은 다시없었지.

에드먼드 (감동해서) 맞아요. 그러셨을 거예요.

타이론 어머니가 딱 한 가지 무서워했던 건 늙고 병들어서 구빈원에서 최후를 맞는 거였어. (사이. 음울한 농담조로 덧붙인다.) 바로 그 시절에 구두쇠로 사는 버릇이 몸에 배어버렸다. 그 당시에는 1달러가 너무 큰돈이었으니까. 그런 버릇이 몸에 배면 떨쳐버리기가 참 어려워. 자꾸 싼 것만 찾게 돼. 그러니 내가 값이 싸서 주립 요양원을 택했다고 하더라도 날 용서해줘야 한다. 의사들은 거기가 좋은 데라고 했어. 내 말을 믿어다오, 에드먼드. 그리고 네가 원하지 않는다면 굳이 널 거기로 보낼 생각은 없었어. (열렬하게) 어디든 네 마음에 드는 데를 고를 수 있다! 돈은 얼마가 들어도 좋아! 어디든 다 보내줄 수 있으니까. 네 마음에 드는 곳이라면 어디든지. 무리하지 않은 한도 내에서. (그 조건이 우스워 에드먼드는 입술을 비죽이며 웃는다. 분노는 사라졌다. 그의 아버지는 무심코 생각나기라도 한 것처럼 말을 계속한다.) 그 전문의가 다른 요양원도 추천하더라. 국내 어느 요양원 못지않게 치료 성과가 좋은 곳이래. 부유한 공장주 단체가 자기네 직원들을 위해서 기금을 모아 설립한 곳인데 너도 이곳 주민이기 때문에 자격이 된다는구나. 그 요양원은 두둑한 기금을 바탕으로 해서 세워진 곳이라 돈을 많이 받을 필요가 없지. 일주일에 고작 7달러를 받으면서도 그 가치의 열 배나 되는 치료와 서비스를 제공하는 것 같더라. (황급히) 널 설득할 생각은 전혀 없으니 오해는 하지 마라. 난 그저 들은 대로 말하는 것뿐이야.

에드먼드 (웃음을 참으면서 아무렇지도 않게) 알아요, 아버지. 괜찮은 데 같네요. 거기로 가고 싶어요. 그럼 그 문제는 이것으로 낙착이 된 셈이네요. (갑자기 또다시 깊은 절망감에 빠져 힘없이) 아무튼 이제 그런 건 어찌 되건 아무 상관없어요. 그 얘긴 그만해요! (화제를 돌려서) 게임이 어떻게 된 거죠? 누구 차례예요?

타이론 (기계적으로) 몰라. 내 차례 같은데. 아니, 네 차례다. (에드먼드가 카드 한 장을 내놓는다. 아버지가 그걸 받는다. 그는 플레이를 하려다가 다시 게임을 잊고 딴생각에 빠져든다.) 어쩌면 그때 너무 호된 교훈을 받는 바람에 돈의 가치를 지나치게 과대평가했는지도 몰라. 그 때문에 좋은 배우로서의 경력을 망치는 결과를 빚어냈고. (서글프게) 전에는 누구한테도 이런 속내를 털어놓은 적이 없었지만 오늘 밤에는 인생이 끝장난 것처럼 참담한 기분이라, 공연히 자존심 내세우며 아닌 척 꾸며봐야 뭐하겠니. 내가 헐값으로 사들인 그놈의 희곡이 무대에서 대성공을 거두고 큰 수입도 얻는 바람에 손쉽게 떼돈을 벌 수 있다는 유혹에 빠져 장래를 망치고 말았어. 다른 작품들에는 출연하고 싶지도 않았어. 나중에 내가 그 빌어먹을 것의 노예가 되었다는 사실을 깨닫고 다른 작품들에 출연해봤지만 때는 이미 늦었지. 그 역의 이미지가 너무 굳어져서 다른 역들을 해봤자 먹히질 않는 거야. 그럴 만도 했어. 여러 해 동안 새 역할은 전혀 익히지 않고 편하게 같은 역만 하면서 제대로 노력도 하지 않다 보니 예전에 지녔던 뛰어난 재능을 다 잃고 말았지. 누워서 떡 먹기 식으로 한 시즌에 순수익만 3만 5천에서 4만 달러를 올리는 판이었으니! 그건 너무나 큰 유혹이었어. 그 망할 놈의 작품을 사들이기 전까지만 해도 나는 미국에서 앞날이 촉망되는 가장 뛰어난 젊은 배우서너 명 중의 한 명으로 인정받았는데……. 정말 피눈물 나게 노력했어. 연극이 좋아서 기계공이라는 안정된 직업도 내팽개치고 단역들을 기꺼이 맡았지. 그때 난 야망에 불타 있었어. 희곡이란 희곡은 죄다 읽어봤어. 셰익스피어를 성경 공부하듯이 공부했지. 혼자 힘으로. 아일랜드 사투리도 칼로 베어내듯 싹 없애버렸어. 난 셰익스피어를 사랑했어. 그의 위대한 시 속에서 생생하게 살아 숨 쉬는 기쁨 때문에 그의 연극이라면 돈 한 푼 못 받는다 해도 어느 작품이든 마다하지 않고 출연하고 싶어 했지. 그리고 그의 연극을 할 때 내 연기는 빛났어. 그는 내게 영감을 주는 것 같았어. 그렇게만 계속했더라면 난 위대한 셰익스피어 전문 연기자가 될 수 있었을 거야, 틀림없이! 1874년에 시카고에서 내가 주역을 맡고 있던 연극에 에드윈 부스가 참여했을 때, 하루는 내가 카시우스 역을 맡고 그분은 브루투스 역을, 다음 날에는 그분이 카시우스 내가 브루투스, 내가 오셀로 그분은 이아고, 이런 식으로 무대에 섰지. 내가 오셀로 연기를 하던 첫날 밤 그분이 우리 무대감독에게 뭐라고 했는 줄 아냐? "저 젊은 친구가 나보다 오셀로 역을 더 잘하네요!" (자랑스럽게) 당대 최고 연기자, 아니 모든 시대를 통틀어 가장 위대한 배우였던 부스가 그렇게 말했어! 그리고 그건 사실이었어! 나는 고작 스물일곱 살이었는데! 지금 돌이켜보면 그날 밤이야말로 내 연극계 이력의 최정점이었어! 그런 것이야말로 내가 원했던 삶이었으니까. 그 후로도 한동안은 큰 야망을 갖고서 계속 앞으로 나아갔어. 네 엄마와 결혼도 했고. 그 시절에 내가 어땠는지 네 엄마한테 물어봐라. 네 엄마의 사랑은 내 야망을 더욱 부채질했지. 하지만 몇 년이 지난 뒤 행운처럼 보이는 불운이 내게 큰돈을 벌 기회를 안겨줬어. 처음에는 그게 불운으로 보이지 않았어. 그건 그저 아주 근사하고 로맨틱한 배역이었고, 나는 그 역을 그 누구보다도 더 잘해낼 수 있었지. 그런데 그게 초장부터 흥행에서 대박을 터트린 거야. 그러고 나서 운명의 흐름이 나를 제멋대로 끌고 갔지. 한 시즌에 순수익만 3만 5천에서 4만이었으니 당시로서는 엄청난 떼돈이었어! 요즘으로 쳐도 마찬가지고. (씁쓸하게) 그 돈으로 도대체 뭘 사고 싶어서 그랬을까? 뭐, 다 지난 얘기다. 후회해도 때는 늦었지. (멍하니 카드를 들여다보며) 내 차례지?

에드먼드 (감동을 받아 깊이 이해하는 눈빛으로 아버지를 바라보며, 천천히) 그런 말씀 해주셔서 고마워요. 이제 아버지를 훨씬 더 잘 이해하게 됐어요.

타이론 (낯을 찡그리고 맥없이 웃으며) 괜한 얘기를 한 것 같다.

날 더 경멸하게 될지도 몰라. 게다가 돈의 가치를 알려줄 만한 예로는 전혀 맞지 않는 얘기고. (그 말이 자동적으로 습관적인 연상 작용을 불러일으키기라도 한 것처럼, 마뜩잖은 눈길로 샹들리에를 힐끗 올려다보고는) 쓸데없이 불이 너무 밝아서 눈이 다 아프구나. 저 불 좀 꺼도 되지, 응? 다 켜놓을 필요 없잖냐. 그래봤자 전기회사만 부자가 되게 해주는 건데.

에드먼드 (터져 나오려는 웃음을 간신히 억누르며, 흔쾌히) 그럼요. *끄세요.*

타이론 (약간 비틀거리면서 힘겹게 일어나 스위치를 더듬어 찾는다. 그러다 좀 전의 생각의 흐름으로 되돌아가며) 그렇게 번 돈으로 도대체 뭘 사고 싶었던 건지 모르겠다. (전등 하나를 끈다.) 내가 애초에 갖고 있었던 가능성을 제대로 펼쳐 이제 훌륭한 배우였던 과거의 나 자신을 돌이켜보는 입장이 되었다면 내 명의로 된 땅뙈기 하나 없어도, 은행예금 한 푼 없어도 하늘에 맹세코 난 행복했을 거다. (또 하나를 끈다.) 집도 절도 없어서 늘그막에 구빈원에 들어가는 신세가 되어도 좋아. (세 번째 전등을 *끄는* 바람에 이제 독서등만 남는다. 그는 다시 힘겹게 의자에 주저앉는다. 에드먼드는 더 이상 웃음을 참을 수 없어 야릇한 웃음을 터트린다. 그 바람에 타이론은 기분이 상한다.) 젠장, 왜 웃는 거냐?

에드먼드 아버지 때문에 웃은 게 아니에요. 인생 때문에. 인생이 지랄 같잖아요.

타이론 (으르렁거리며) 또 그놈의 병적인 궤변! 인생에는 아무 잘못 없다. 다 우리가 잘못하는 거지. (연극 대사를 인용한다.) "브루투스여, 우리가 그분의 부하들이 된 잘못은 우리 운명에게 있는 게 아니라 우리 자신들에게 있는 걸세."* (사이. 서글프게) 에드윈 부스가 내 오셀로 연기를 칭찬했다는 얘기 말이다. 나는 무대감독에게 그 말을 그대로 써달라고 부탁했어. 그래갖고 몇 년 동안 지갑에 넣고 다녔지. 그리고 가끔 꺼내 읽었어. 하지만 결국 그걸 보면 억장이 무너져서 더 이상 보고 싶지가 않았다. 그걸 어디다 뒀더라? 이 집 안 어딘가에 있을 텐데. 어디다 조심스럽게 넣어뒀는데…….

에드먼드 (심사가 뒤틀린 데서 나온 묘한 슬픔에 젖어) 다락의 낡은 트렁크 속에 있을걸요. 엄마의 웨딩드레스와 함께. (아버지가 노려보자 얼른 덧붙인다.) 카드를 할 거면 카드나 하자고요. (아버지가 낸 카드를 받고 먼저 시작한다. 잠시 그들은 체스 선수들처럼 기계적으로 게임을 한다. 이윽고 타이론은 손길을 멈추고 위층에서 나는 소리에 귀 기울인다.)

에드먼드 (잔뜩 긴장한 얼굴로 사정하듯) 제발, 아버지. 신경 끄세요! (술병으로 손을 뻗어 한 잔 따른다. 타이론은 뭐라고 하려다 단념한다. 에드먼드, 술을 마시고 잔을 내려놓는다. 표정이 변한다. 일부러 술기운에 젖어 감상적인 태도 뒤에 숨고 싶어 하기라도 하듯 말하기 시작한다.) 엄마는 저 위에서, 우리 손길이 닿지 않는 곳에서 과거의 망령이 되어 돌아다니고, 우리는

*셰익스피어의 《줄리어스 시저》 1막 2장 중 대사.

여기 앉아 신경 쓰지 않는 척하면서도 아무리 작은 소리라도 다 잡아내기 위해 귀를 잔뜩 곤추세우고서 듣고 있죠. 안개가 맺혀서 생긴 물방울들이 태엽 풀린 시계의 불규칙한 똑딱 소리처럼 처마 끝에서 떨어지는 소리를, 싸구려 대폿집 창녀가 테이블 위에 흥건히 고인 김빠진 맥주에 서글픈 눈물을 떨구는 소리 같은 걸. (감상적인 만족감에 젖어서 웃는다.) 끝부분이 그리 나쁘지 않죠? 보들레르 시가 아니라 제 창작이에요. 정말이라니까요! (술기운에 편승해 수다스럽게) 아버지가 인생의 하이라이트를 말씀하셨으니 제 하이라이트도 말씀드려볼까요? 그것들은 다 바다와 관련되어 있어요. 그중의 하나가 이거예요. 부에노스아이레스로 가는 북유럽 선적의 가로돛 배에 탔을 때의 일이죠. 무역풍이 부는 가운데 보름달이 훤하게 떴더랬죠. 그 배는 14노트의 속도로 달리고 있었고, 저는 뱃머리에 튀어나온 긴 기둥 위에 누워 배 뒤쪽을 바라보고 있었어요. 제 밑으로는 파도가 부서져 하얀 물거품이 넘실거리고, 위로는 달빛을 받아 하얗게 빛나는 돛들을 활짝 펼치고 서 있는 돛대들이 높이 솟아올라 있었죠. 저는 그 아름다움과 노래하는 것 같은 리듬에 흠뻑 취해 잠시 무아지경에 빠졌어요. 사실은 제 인생 자체까지도 잊어버렸죠. 저는 해방되었어요! 바다에 녹아들어 하얀 돛들과 휘날리는 물보라가 되고, 아름다움과 리듬이 되고, 달빛이 되고, 배가 되고, 별들로 가득한 드높은 창공이 되었어요! 과거에도 미래에도 속하지 않고 평화와 조화와 작열하는 환희에 속해 있었어요! 나 자신의 삶, 인간의 삶, 아니, 삶 그 자체보다 더 위대한 어떤 것에! 아버지가 굳이 원하신다면 신이라고 해도 좋아요. 또 한 번은 미국 정기선을 탔을 때였어요. 그때 전 새벽 당직이어서 돛대 위 망대에 올라가 있었죠. 그때는 바다가 고요했어요. 배는 나른하게 넘실대는 수면을 타고 졸음이 올만큼 느리게 흔들리면서 나아가고 있었어요. 승객들은 모두 잠들어 있었고 승무원들도 전혀 보이지 않았죠. 인간의 소리라고는 전혀 들리지 않았어요. 제 뒤 아래쪽에서는 연통들이 검은 연기를 토해내고 있었어요. 함께 잠들어 있는 하늘과 바다 위로 새벽 여명이 채색된 꿈처럼 살그머니 번져나가는 광경을 지켜보면서, 저는 모든 것과 동떨어진 높은 곳에서 망보는 일도 잊고, 세상에 나 혼자임을 느끼며 몽상에 잠겨 있었죠. 그러면서 황홀한 해방의 순간이 찾아왔어요. 무한한 평화, 추구의 끝, 마지막 피난처, 인간의 비루하고 가련하고 탐욕스런 두려움과 희망과 꿈들을 넘어선 충일한 환희가! 제 평생 그런 체험은 몇 번 더 찾아왔어요. 바다 멀리 헤엄쳐 나갔을 때, 해변에 홀로 누워 있었을 때도 비슷한 체험을 했어요. 태양이, 뜨거운 모래가, 바위에 걸려 파도에 씻기는 초록빛 해초가 되었죠. 성자들이 체험하는 지복의 경지랄까요. 보이지 않는 손에 의해 베일이 벗겨진 실체의 세계 같은 것. 한순간 존재의 신비를 보고 그 신비 자체가 되어버리는 것. 순간적으로 모든 것에 생생한 의미가 존재하죠! 그러다 그 손이 다시 베일을 드리우면서 저는 다시 홀로 안개 속에서 길을 잃고 아무 목적도 이유도 없이 비틀거리며 헤매 다니죠! (쓴웃음을 지으며) 제가 인간으로 태어난 건 아주 잘못된 일이에요. 갈매기나 물고기로 태어났다면 훨씬 더 좋았을 거예요. 그런데 인간으로 태어나는 바람에 결국 어디서도 편안함을 느끼지 못하는 이방인이 될 거예요! 진정으로 원하는 것도 없고, 누구도 곁에 두기를 바라지 않고, 어디에도 속할 수 없고, 늘 죽음을 사랑하는 왜소한 존재가 될 수밖에 없는 인간이!

타이론 (감명을 받고 아들을 멍하니 쳐다보며) 그래, 너는 확실히 시인 기질이 다분해. (그러고는 못마땅한 듯이 항의한다.) 하지만 누구도 곁에 두기를 바라지 않는다는 둥 죽음을 사랑한다는 둥 하는 건 병적인 헛소리야.

에드먼드 (냉소적으로) 시인 기질이라고요. 유감스럽게도 저는 늘 담배를 구걸하고 다니는 인간과 매한가지인 인간이에요. 그런 사람들에게는 기질이라는 것조차도 없죠. 그저 습관만 갖고 있고. 방금 얘기한 건 원래 말하려던 내용의 근처에도 가지 못한 거예요. 그저 더듬거리며 변죽만 울렸을 뿐이죠. 앞으로 제가 할 게 기껏 그런 정도일 거예요. 계속 살아남는다면 말이에요. 하지만 최소한 성실한 리얼리즘 정도는 될 거예요. 말 더듬기야말로 우리 안개 인간들의 타고난 웅변술이니까요! (사이. 집 바깥 현관 계단에서 누군가가 걸려 넘어지는 것 같은 소음이 들리자 둘 다 화들짝 놀란다. 에드먼드, 씩 웃는다.) 흐음, 집 떠난 형이 내는 소리 같네요. 불쾌하게 취한 모양이에요.

타이론 (인상을 구기며) 저 건달 놈! 젠장, 막차를 탔구먼. (일어서며) 저놈 재워라, 에드먼드. 난 베란다에 나가 있을 테니까. 술에 취했다 하면 독사처럼 혀를 놀려대니 괜히 울화통만 터지지. (제이미가 들어와서 현관문을 요란하게 닫는 것과 동시에 타이론은 옆 베란다 문밖으로 나간다. 에드먼드는 제이미가 앞 응접실을 통해서 비틀거리며 들어오는 광경을 흥겨운 눈길로 지켜본다. 제이미, 거실에 들어선다. 그는 잔뜩 취한 채 얼빠진 사람처럼 멍하니 서 있다. 눈은 풀려 있고, 얼굴은 부어 있고, 말은 어눌하고, 입은 아버지처럼 헤벌어져 있고, 입술에는 심술기가 어려 있다.)

제이미 (문간에서 눈을 연신 깜박이고 몸을 흔들흔들하면서 소리 지른다.) 어이! 야!

에드먼드 (날카롭게) 큰 소리 내지 마!

제이미 (동생을 힐끗 쳐다보고는) 어, 안녕, 막내. (정색을 하고) 나 꼭지까지 취했다.

에드먼드 (퉁명스럽게) 대단한 비밀을 알려줘서 고마워.

제이미 (바보처럼 씩 웃으며) 그래. 한심스러울 만큼 쓰잘머리 없는 정보라 이거지? (허리를 굽히고 무릎을 찰싹 때린다.) 대형 사고였어. 현관 계단이 날 깔아뭉개려고 했어. 나를 습격하려고 안개 속에 숨어 있다가 말야. 거기에 등대 하나 세워놔야겠어. 여기도 깜깜하네. (인상을 구기며) 이게 도대체 뭐야? 시체실인가? 그렇담 해부용 시체에 불을 비추자고. (키플링의 시를 읊으면서 탁자 쪽으로 비틀거리고 다가간다.)

"여울, 여울, 카불 강의 여울,
어둠에 잠겨 있는 카불 강의 여울!
말뚝만 계속 잘 따라가면 어둠 속에서도
카불 강의 여울을 무사히 건너리."

(샹들리에를 더듬거려 전등 세 개를 켜는 데 성공한다.) 훨씬 낫군. 가스파르 영감을 타도하라. 그 노랭이 영감 어디 갔어?

에드먼드 베란다에.

제이미 설마하니 우리더러 캘커타의 토굴* 같은 데서 살라는 건 아니겠지. (술이 가득 찬 위스키 병에 시선이 꽂힌다.) 어라! 내가 헛것을 봤나? (더듬거리며 손을 뻗어 병을 잡는다.) 맙소사, 이거 진짜네. 오늘 밤 노친네 머리가 어떻게 됐나? 이걸 놔두고 나가다니, 노친네가 갈 데까지 다 간 모양이네. 기회를 놓치지 마라. 이게 내 성공의 비결이지. (잔이 철철 넘치도록 따른다.)

에드먼드 벌써 많이 취했잖아. 그러다 완전히 뻗겠어.

제이미 갓난아기들 입에서 지혜가 나온다더니 우리 막내가 제법 그럴싸한 소리를 하네. 아직도 젖비린내가 나는 녀석이. (잔을 조심스럽게 쳐들고 의자에 앉는다.)

에드먼드 좋아. 정히 뻗고 싶은 게 원이라면 그렇게 하셔.

*1756년 6월, 무굴제국의 태수에게 붙잡힌 동인도회사의 영국군 병사들 146명이 무덥고 답답한 토굴에 갇혔다가 그중에서 123명이 하룻밤 사이에 죽은 일로 유명한 곳.

제이미 뺄 수 없다는 게 문제야. 아무리 퍼마셔도 맛이 가질 않거든. 이걸 마시면 혹시 갈까나. (마신다.)

에드먼드 병 좀 이리 밀어. 나도 한잔하게.

제이미 (갑자기 형다운 근심에 사로잡혀 병을 잡는다.) 넌 안 돼. 내가 보는 앞에서는 안 돼. 의사가 한 말 명심해. 네가 죽는다 해도 아무도 신경 쓰지 않을 테지만 난 달라. 우리 귀여운 막내. 널 정말 사랑한다. 난 다른 건 다 잃었고 남은 건 너 하나 뿐이야. (병을 가까이 끌어당기며) 그러니까 너한테는 술 못 줘. (취기에서 비롯된 그의 감상적인 생각의 밑바닥에는 어느 정도의 진실성이 깃들어 있다.)

에드먼드 (성마르게) 그따위 소린 집어치워.

제이미 (마음에 상처를 받고 얼굴이 굳어지며) 내가 염려한다는 걸 믿지 않는구나, 응? 그저 술 취해서 하는 잠꼬대에 불과하 다고 생각하는 거야? (술병을 에드먼드 쪽으로 밀어주며) 좋 아. 계속 마시고 죽어버려.

에드먼드 (제이미가 마음 상했다는 걸 알고 다정하게) 형 마음 알지 왜 몰라. 앞으로 술 끊을 거야. 하지만 오늘 밤만은 좀 봐줘. 오늘은 좋지 않은 일이 너무나 많이 일어나서 말야. (잔 에 따른다.) 건배. (마신다.)

제이미 (잠시 술이 깨어 연민 어린 눈빛으로 쳐다보며) 그래. 너 한테는 지랄 같은 하루였겠지. (차갑게 빈정거리며) 가스파르 영감은 분명 네가 술 마시는 걸 막지 않았을 거야. 영세민 환 자들을 위한 주립 요양원에 들어갈 때 아마 한 상자 안겨줄

걸. 네가 빨리 죽어야 돈이 덜 드니까. (경멸 어린 증오심을 드
러내며) 아버지라고 하나 있는 게 그런 악당이라니! 네가 책
에다 그 인간 얘기를 쓰면 아무도 안 믿을걸!

에드먼드 (변호하듯) 이해하려는 마음으로 보면, 유머 감각을
갖고서 보면 아버지도 괜찮은 분이야.

제이미 (씹어뱉듯이) 네 앞에서 눈물 연기를 한바탕 펼친 모양
이지, 응? 아버지가 마음만 먹었다 하면 언제든 널 속일 수
있어. 하지만 난 아냐. 다시는 안 넘어가지. (그러고 나서 천천
히) 뭐, 한 가지 면에서는 좀 딱해 보이긴 해. 하지만 그것도
다 본인이 자초한 일이지. 본인 탓이라고. (황급히) 이런 얘기
는 집어치우자. (술병을 잡고 다시 한 잔 따른다. 또다시 몹시
취한 것처럼 보인다.) 방금 마신 술이 팍 오르네. 이걸 마시면
제대로 맛이 갈 거야. 너 가스파르한테 얘기했어? 내가 하디
선생한테서 그 요양원이 싸구려 구호기관이라는 사실을 알아
냈다는 걸?

에드먼드 (마지못해) 응. 거기 가지 않겠다고 얘기했어. 이제는
얘기를 다 매듭지었어. 내가 가고 싶은 데면 어디든 다 좋다
고. (분개하지 않고 씩 웃으며 덧붙인다.) 물론 무리하지 않은
한도 내에서.

제이미 (취한 상태에서 아버지를 흉내 내며) 물론이지, 얘야. 어
디든 다 좋다. 단, 무리하지 않은 한도 내에서. (비웃으며) 요
컨대 또 다른 싸구려 요양원을 선택하라 그거지. 〈종(鐘)〉에
나오는 노랭이 가스파르 영감하고 똑같아. 그 역은 분장하지

않고도 할 수 있을 거야.

에드먼드 (짜증을 내며) 아, 이제 그만 좀 할 수 없어? 그놈의 가스파르 영감 얘기는 백만 번도 더 들었어.

제이미 (어깨를 으쓱하고는 콱 잠긴 목소리로) 좋아, 네가 좋다면 그렇게 하라고 해. 죽어도 네가 죽는 거니까. 나야 네가 그렇게 되기를 바라지 않지만.

에드먼드 (화제를 바꿔) 오늘 밤 읍내에서 뭘 했어? 메이미 번즈네에 갔어?

제이미 (몹시 취한 상태에서 고개를 끄덕이며) 당연하지. 여자들하고 어울리면서 사랑을 할 만한 데가 거기 말고 또 어디 있겠어? 사랑을 잊지 마. 좋은 여자의 사랑이 없다면 남자가 대체 뭐가 되겠어? 빈껍데기에 불과하지.

에드먼드 (이제 긴장을 풀고 취한 상태에서 낄낄대면서) 아무리 봐도 괴짜야.

제이미 (오스카 와일드의 〈창녀집〉을 흥겹게 읊는다.)

"그때 나는 내 사랑에게 돌아서서 말했다.
'죽은 자들은 죽은 자들과 어울려서 춤을 추고
먼지는 먼지와 어울려 휘돌아가고 있다'고.

하지만 그녀―그녀는 바이올린 소리를 듣고,
내 곁을 떠나 안으로 들어갔다.
사랑은 욕망의 집으로 변했다.

그러자 갑자기 가락이 흐트러졌고,
춤추는 이들은 그 왈츠에 싫증이 나서……"

(말을 뚝 끊고는 탁한 목소리로) 정확히 꼭 이런 건 아니었어.
내 사랑이 내 곁에 있었는지는 몰라도 아무튼 난 그런 것 못
봤어. 그 여자는 유령이었나봐. (사이) 내가 메이미네 집 아
가씨들 중에서 누구를 골라 사랑을 했는지 알아? 들으면 웃
을걸. 뚱뚱이 바이올렛이야.

에드먼드 (낄낄거리며) 진짜? 기가 막히는군! 그 여자, 1톤이나
나갈 텐데. 대체 왜 그랬어? 장난으로?

제이미 장난 아니었어. 아주 진지했지. 메이미네 가게 들렀을
때 난 나 자신과 세상의 모든 주정뱅이들이 불쌍해져서 기분
이 아주 서글펐어. 그래, 아무 여자나 붙잡고서 그 가슴에 얼
굴을 대고 울고 싶었지. 위스키가 속에서 부드러운 음악을 연
주할 때 기분이 어떤지 알 거야. 그런데 그 집에 들어가자마
자 메이미가 불평을 늘어놓기 시작하는 거야. 장사가 안 돼
죽겠다면서 뚱뚱이 바이올렛을 내보내야겠다고. 손님들이 바
이올렛을 찾질 않는다나. 그나마 피아노를 칠 줄 알아서 데리
고 있었는데, 요즘에는 노상 취해 지내면서 밥만 축내고 있다
는 거야. 걔가 착한 애라서 좀 딱하긴 하지만 밥벌이도 할 줄
모르니 어쩌겠냐, 사업은 사업이니 뚱뚱보 창녀들을 데리고
장사를 해먹을 순 없다, 자기도 어쩔 수 없다는 그 말을 듣자
니 그만 그 뚱뚱이가 불쌍해져서 네가 준 돈에서 2달러를 내

고 개를 데리고 이층으로 올라갔지. 아무튼 흑심 같은 건 없었어. 난 원래 뚱뚱한 애들을 좋아하긴 하지만 그렇게 뚱뚱한 애는 별로거든. 나는 그저 우리네 인생의 그 무한한 슬픔에 관해 허심탄회한 이야기나 나누고 싶었을 뿐이야.

에드먼드 (낄낄대며) 불쌍한 바이올렛! 형은 또 키플링, 스윈번, 다우슨의 시들을 읊어대고 "시나라여, 나는 그대에게 충실했다, 나 나름대로"라고 주절대셨겠네.

제이미 (뻘쭘하게 웃으며) 물론이지. 연주의 대가 위스키 선생이 내 속에서 감미로운 음악을 연주하는 판에. 걔는 한동안 잠자코 듣고 있더니만 발칵 성질을 내더구먼. 내가 장난으로 저를 이층으로 데려왔다고 생각한 거야. 엄청나게 소리를 질러대더라고. 그러면서 시나 읊어대는 술주정뱅이를 상대하기에는 자기가 너무 아깝다는 거야. 그러고는 울기 시작했어. 그래, 나는 네가 뚱뚱해서 좋아하는 거라고 엉너리를 부렸지. 걔가 그 말을 믿고 싶어 하는 눈치여서 나는 증명을 하기 위해 걔와 함께 놀아줬어. 그랬더니 기운이 나서 내가 나올 때는 키스를 해주면서 나한테 홀딱 반했다고 그러더군. 우리는 복도에서 서로를 끌어안고 좀 더 울었지. 모든 게 다 괜찮았어. 메이미 번즈가 내가 맛이 갔다고 생각한 것만 빼고는.

에드먼드 (조롱하듯 읊는다.)

"창녀들과 쫓기는 자들도
그들 나름의 쾌락을 제공해줄 수 있거늘,

속된 무리는 결코 알지 못한다."

제이미 (고개를 끄덕이며) 바로 그거야! 그런 의미에서 그런대
로 괜찮은 시간이었지. 너도 나랑 같이 가는 건데 그랬다. 메
이미 번즈가 네 안부를 묻더구나. 아프다고 했더니 걱정하더
라. 진심이었어. (사이. 감상적인 유머를 발휘해 삼류 배우 같
은 신파조로) 아우야, 오늘 밤 이 형은 운명적인 직업을 발견
했다! 연기 같은 건 재주 부리는 물개들에게 돌려줄 거야. 물
개들의 연기력은 완벽하거든. 이제 나는 천부적인 재능을 적
절한 분야에서 구사해 성공의 정점에 오를 거다! 바넘&베일
리 서커스단*에서 뚱뚱한 여자의 애인으로 출연하겠어! (에
드먼드, 깔깔대고 웃는다. 제이미, 오만한 태도로 돌변한다.)
흥! 촌구석 창녀집에서 뚱뚱한 계집 품에나 안기다니! 내가!
왕년에 브로드웨이에서 끝내주게 예쁜 여자애들이 후끈 달아
따라다니던 몸인데! (키플링의 〈방랑자의 세스티나**〉에서 인
용한 시구들을 읊는다.)

"대체로 나는 세상 온 데를 다 돌아다녔다.
우리를 세상 곳곳에 이르게 해주는 행복한 길들을."

(머리가 멍한 상태에서 우울한 기분과 함께) 적절한 인용구가

---

*1907년에 설립된 미국의 유명 서커스단.
**6행으로 된 6연과 3행의 결구로 이루어진 시.

아냐. 행복한 길들이라는 건 헛소리야. 따분한 길들이 맞지. 우리를 곧장 아무 데도 아닌 곳으로 데려다주는. 내가 이른 데가 바로 거기야. 무(無)의 세계. 바보들은 인정하려들지 않겠지만 모든 인간이 마지막으로 안착하는 곳.

에드먼드 (비웃으며) 그만해! 그러다 울겠다.

제이미 (놀라서 움찔한다. 그러고는 잠시 적의에 찬 시선으로 동생을 노려보다 콱 잠긴 목소리로.) 너무 건방지게 굴지 마라. (그러다 느닷없이) 아니, 네 말이 맞아. 투덜거리는 짓거리는 집어치워야지! 뚱뚱이 바이올렛은 괜찮은 애야. 같이 있어주기를 잘했어. 기독교인다운 행동이었어. 걔의 우울한 기분을 달래줬으니까. 근사한 시간이었어. 너도 나랑 같이 갔더라면 좋았을 텐데. 근심 걱정들을 다 털어버리게. 집에 와봤자 해결할 수도 없는 일들 때문에 기분만 울적해지는데. 이젠 다 끝났어! 희망이라고는 찾아볼 수 없어! (말을 멈추고는 눈을 감은 채 고개를 끄덕거린다. 그러다 갑자기 얼굴을 쳐들고 굳은 표정으로 조롱하듯이 인용한다.)

"내가 가장 높은 언덕에서 교수형에 처해진다 해도
우리 어머니, 우리 어머니!
누구의 사랑이 여전히 날 따라올지 나는 압니다……"

에드먼드 (사납게) 닥쳐!

제이미 (이면에 증오심이 깔려 있는 잔인하고 냉소적인 투로) 마약쟁이는 어디 가셨나? 자러 갔나? (에드먼드, 한 대 맞은 것처럼 움찔한다. 긴장된 침묵이 흐른다. 에드먼드, 병색이 짙은 처연한 표정이 된다. 이윽고 분노에 휩싸여 벌떡 일어선다.)

에드먼드 이 더러운 놈! (주먹으로 제이미의 얼굴을 가격하지만 주먹이 광대뼈를 스치고 지나가고 만다. 제이미는 잠시 맞서 싸울 기세로 반쯤 몸을 일으켰다가 갑자기 자신이 어떤 말을 내뱉었는지를 깨닫고는 충격을 받아 술이 확 깬 듯 맥없이 주저앉는다.)

제이미 (비참한 심경에 빠져) 고맙다. 막내야. 그런 소리를 했으니 맞아 싸지. 왜 그런 소리가 나왔는지 모르겠다. 술이 시켜서 그랬나보다.

에드먼드 (분노가 가라앉으면서) 취하지 않았다면 그런 소리도 하지 않았겠지. 하지만 아무리 취했어도 그렇지, 어떻게 그런 말을! (사이. 참담한 심경으로) 때려서 미안해. 우린 한 번도 싸운 적이 없었는데. 이렇게 심하게는. (의자에 털썩 주저앉는다.)

제이미 (잠긴 목소리로) 괜찮아. 잘 때렸어. 이 더러운 혀. 잘라버리고 싶구나. (두 손으로 얼굴을 가리고 멍하니) 너무나 절망적인 기분이라 그랬던 것 같아. 이번에는 엄마한테 완전히 넘어갔어. 진짜로 끊은 줄만 알았어. 엄마는 내가 늘 최악의 상황만 떠올린다고 뭐라 그러는데 이번만큼은 다 잘될 거라고만 믿었어. (떨리는 목소리로) 엄마를 용서할 수 없을 것 같아. 아직은. 충격이 너무 컸어. 엄마가 이겨내면 나도 뭔가 해낼 수 있을 거라는 희망을 품기 시작했거든. (흐느껴 울기 시작한다. 술기운에서 나온 감상적인 울음이 아니라 말짱한 상태에서 우는 것 같다는 점 때문에 더 섬뜩해 보인다.)

에드먼드 (눈물을 참으려고 연신 눈을 껌벅이며) 내가 형 마음을 왜 모르겠어! 그만해, 형!

제이미 (울음을 참으려 애쓰면서) 난 너보다 훨씬 더 오래전부터 엄마의 일을 알고 있었어. 처음 알게 되었던 날의 일은 도저히 잊을 수가 없어. 주사 놓는 현장을 포착했거든. 창녀들이 아닌 여자가 마약을 주사한다는 건 상상도 못했어! (사이) 그리고 나서 이번에는 네가 폐결핵에 걸린 거야. 나로서는 완전히 좌절할 수밖에. 우리는 단순한 형제 이상으로 가까운 사이였으니까. 너를 정말 사랑한다. 너를 위해서라면 무슨 짓이든 다 할 거야.

에드먼드 (손을 뻗어 그의 팔을 토닥여주며) 나도 알아, 형.

제이미 (울음을 그친다. 얼굴에서 두 손을 떨어뜨리고 묘하게 빈정댄다.) 엄마와 가스파르 영감이 내가 최악의 사태가 일어나기만 바란다는 말도 안 되는 헛소리를 늘어놓는 걸 너도 들었을 거야. 그래, 너도 지금 내가 속으로 은근히 바라고 있다고 생각할지도 몰라. 아버지는 늙어서 오래 살지 못할 거고 너까지 죽고 나면 엄마와 내가 아버지 재산을 다 차지하게 될 테니 내가 은근히 그런 걸 바란다고……

에드먼드 (성이 나서) 닥쳐, 이 멍청이! 어째서 그런 말도 안 되는 생각을 하는 거야? (나무라는 눈빛으로 형을 노려본다.) 그래, 내가 알고 싶은 건 바로 그거야. 왜 그런 생각이 든 거지?

제이미 (당황한다. 다시 취기가 오른 것처럼 보인다.) 바보! 내가 말했잖아! 최악의 일들이 일어나기만 바란다는 의심을 받고 있다고! 그래도 이제 난 어쩔 수가 없어. (취해서 버럭 성을 내며) 너 지금 뭐하는 거야? 날 비난하는 거야? 내 앞에서 잘난 체 하지 마! 인생에 관해서는 내가 너보다 훨씬 더 달통했으니까! 네가 평생 배워도 못 쫓아올 정도로! 고상한 책 나부랭이들이나 좀 읽었다고 나를 희롱할 생각은 하지 마! 넌 덩치만 큰 애 녀석에 불과해! 엄마의 애기, 아버지의 귀염둥이! 가문의 희망! 너 요새 허파에 바람 들었어! 쥐뿔도 아닌 것 같고! 촌구석 신문에 시 몇 편 실린 게 뭐라고! 나도 대학 다닐 때 문학잡지에 그보다 더 나은 작품들을 발표했었어! 그러니까 꿈 깨! 넌 지금 세상을 깜짝 놀라게 하고 있는 게 아냐! 촌구석 얼뜨기들이 장래가 촉망된다느니 어쩌니 하면서 듣기 좋은 헛소리를 한다고 해서……. (갑자기 말투가 자기혐오와 뉘우치는 마음이 깃든 톤으로 변한다. 에드먼드는 외면한 채 형의 장광설을 무시하려 애쓴다.) 젠장, 막내야, 방금 한 말 잊어버려라! 말이 헛나왔다. 진심이 아니라는 걸 잘 알 거야. 난 누구보다도 더 간절히 네가 뜨기를 바라는 사람이니까. 네가 잘되기 시작했을 때 나만큼 널 자랑스러워 한 사람은 없었어. (취해서 우기듯이) 그러는 게 당연하잖아? 지극히 이기적인 동기에서 나온 감정이니까. 그게 다 내 공이 되거든. 누가 너를 이만큼 키워줬는데. 내가 여자들의 속성을 훤히 꿰게 해줘서 넌 여자들의 봉이 된 적도 없고, 원치 않는 실수를 저지른 적도 없잖아! 그리고 맨 처음 시를 읽게 해준 사람이 누구냐? 예컨대 스원번을? 나였어! 그리고 나는 예전에 글을 쓰고 싶어 한 적이 있었기 때문에 앞으로 글을 쓰고 싶다는 마음을 네게도 심어줬지! 넌 내 동생 이상 가는 존재야. 내가 너를 만들었다고! 넌 내 프랑켄슈타인이야! (술기운에 취해 한껏 오만해졌다. 에드먼드는 이제 재미있어서 싱글거린다.)

에드먼드 그래 난 형의 프랑켄슈타인이야. 그러니 술이나 마시자고. (웃음을 터트린다.) 형은 꼭지가 돈 사람이야!

제이미 (잠긴 목소리로) 난 마실 거지만 넌 안 돼. 몸을 챙겨야지. (넘치는 사랑으로 바보같이 히죽이 웃으면서 동생의 손을 잡는다.) 요양원 문제 때문에 겁먹을 거 없어. 물구나무를 서서도 해낼 수 있어. 반년만 지나면 얼굴에 혈색이 돌 거야. 어쩌면 폐병이 아닐지도 몰라. 의사들 중에는 사기꾼이 많거든. 몇 년 전에 어떤 의사가 내게 술을 끊지 않으면 곧 죽을 거라고 구라를 쳤는데 난 지금 이렇게 멀쩡하게 살아 있잖아. 그것들은 죄다 사기꾼들이라고. 돈 뜯어내려고 별짓 다하지. 이번 주립 요양원 건만 해도 그래. 거기서 뇌물 좀 받아 처먹었을걸. 환자 한 명 보낼 때마다 얼마씩 받아먹을 테니까.

에드먼드 (역겨워하면서도 다른 한편으로 재미있어 하면서) 정말 못 말리는 인간이야! 최후의 심판 때도 잔뜩 취해서 사람들마다 붙잡고 그런 소리를 하고 다닐 거야.

제이미 내 말이 맞을걸. 심판관한테 잔돈푼이라도 찔러주면 구원받을 거고 빈털터리면 지옥에 떨어질 거야! (그렇게 불경스러운 소리를 해놓고 씩 웃는다. 에드먼드도 웃지 않을 수 없다.

제이미, 말을 계속한다.) "그러니 지갑 속에 돈을 넣고 다녀라."* 그게 유일한 비결이지. (자조적으로) 내 성공의 비결이기도 하고! 그래서 이 꼴이 됐지! (에드먼드가 한 잔 가득 따라 꿀꺽꿀꺽 마시는 걸 가만 내버려둔다. 애정 어린, 몽롱하게 풀린 눈으로 에드먼드를 바라보다 잠긴 목소리로, 그러나 설득력 있는, 이상하리만치 진지한 투로 말하기 시작한다.) 이제 넌 여길 떠날 테니, 잘 들어. 이런 얘기할 기회가 앞으로 또 올지 어떨지 잘 모르겠어. 너한테 진심을 털어놓을 수 있을 만큼 잔뜩 취하는 경우가 없을지도 모르고. 그래서 지금 털어놔야겠다. 오래전에 너한테 다 털어놨어야 하는 얘긴데. 널 위해서 말이야. (사이. 자기 자신과 싸운다. 에드먼드, 깊은 인상을 받음과 동시에 다른 한편으로 불안해하면서 제이미를 바라본다. 제이미, 불쑥 말한다.) 이건 취해서 하는 헛소리가 아니라 '취중진담'이라는 거다. 그러니 진지하게 듣는 게 좋을 거야. 나를 조심하라고 네게 경고하고 싶다. 엄마하고 아버지 말이 옳아. 나는 네게 나쁜 영향을 줬어. 가장 고약한 것은 내가 고의적으로 그랬다는 거야.

에드먼드 (불안해져서) 닥쳐! 난 듣고 싶지 않아.

제이미 쉿! 잠자코 들어! 널 건달로 만들려고 부러 그랬어. 내한 부분이 그렇게 했지. 큰 부분이. 그 부분은 오랫동안 죽은 것처럼 지내왔어. 그래서 삶을 증오하지. 내 실패를 통해서

---

*셰익스피어의 《오셀로》 1막 3장 중 대사.

배우게 하기 위해 네게 세상사를 알게 해줬다는 것 말이야. 나 자신도 가끔 그게 사실인 양 믿지만 실은 사기야. 그건 내 실패를 그럴싸하게 위장했고, 취하는 걸 낭만적인 일처럼 보이게 했지. 창녀들을 불쌍하고 어리석고 병든 계집애들에 불과한 존재들이 아니라 매혹적인 흡혈귀들처럼 만들었어. 노동을 얼간이들이나 하는 짓이라고 조롱했지. 네가 성공하는 게 싫었어. 너랑 비교해서 내가 더 한심한 인간처럼 비치는 게 싫었고. 네가 실패하기를 바랐어. 항상 너를 질투했지. 엄마의 아기, 아버지의 귀염둥이인 너를! (점점 더 적의에 차서 에드먼드를 노려보며) 엄마가 마약을 하기 시작한 것도 다 네가 태어났기 때문이야. 네 탓이 아니라는 건 알지만 그래도 네가 미운 건 나도 어쩔 수가 없어!

에드먼드 (슬그머니 두려워져서) 형! 집어치워! 미쳤어!

제이미 그렇다고 오해하진 마, 막내야. 너를 미워하는 마음보다 사랑하는 마음이 더 크니까. 이런 말을 하는 것도 다 그 때문이야. 너한테 미움받을 각오를 하고 털어놓고 있는 거야. 그리고 이제 나한테 남은 건 너 하나뿐이야. 내가 좀 전에 마지막으로 한 말은 진심에서 나온 말이 아니었어. 고릿적 얘기를 들추다니, 어쩌다 이렇게 됐는지 모르겠네. 내가 말하고 싶었던 건 네가 세상에서 크게 성공하는 모습을 보고 싶다는 거였어. 하지만 조심하는 게 좋을 거야. 내가 널 망쳐놓으려고 기를 쓸 테니까. 나도 어쩔 수가 없어. 이런 내가 나도 싫어. 난 앙갚음을 해야 해. 모든 사람들에게. 특히 너한테. 오스카 와일드의 〈레딩 감옥의 발라드〉에도 속이 뒤틀린 멍청이가 나오지. 그 인간은 죽었고, 그 때문에 자기가 사랑하는 것을 죽여야만 해. 그건 필연적이지. 나 자신의 죽은 부분은 네 병이 낫지 않기를 바라고 있어. 엄마가 다시 굴복한 것도 기뻐할지 몰라! 그것은 동지들을 끌어들이고 싶어 해. 저 혼자서만 시체가 되어 집 안을 돌아다니고 싶지 않거든! (고통 어린 웃음을 힘겹게 터트린다.)

에드먼드 맙소사, 형! 정말 미쳤어!

제이미 잘 생각해보면 내 말이 맞다는 걸 알게 될 거다. 나랑 떨어져서 요양원에 있을 때 잘 생각해보도록 해. 날 제쳐놓겠다고 결심하도록 해. 네 인생에서 나를 몰아내. 나를 죽은 놈으로 생각하고 사람들에게도 "나한테 형이 하나 있었는데 죽었어요"라고 말해. 그리고 다시 돌아와서는 나를 경계하도록 해. 난 '하나밖에 없는 친구'니 어쩌니 하면서 반갑게 맞아주겠지만 기회만 오면 네 등을 찌르려고 할 거야.

에드먼드 닥쳐! 이제 그따위 소리는 절대로 듣지 않을 거야.

제이미 (듣지 못하기라도 한 양) 그래도 날 잊지는 마. 널 위해 경고했다는 걸 명심해. 그 점만은 인정해줘. 자기로부터 동생을 구하는 것보다 더 큰 사랑은 없다.* (크게 취해서 고개가 이리저리 돌아간다.) 이게 다야. 이제 마음이 한결 가볍구나, 다

---

*요한복음 15장 13절에 나오는 "벗을 위하여 제 목숨을 바치는 것보다 더 큰 사랑은 없다"를 빗대 한 말.

털어놨더니만. 넌 날 용서해줄 거야. 막내야, 그렇지 않냐? 넌 이해해줄 거야. 좋은 녀석이니까. 마땅히 그래야지. 넌 내 작품인걸. 그러니 가서 건강해지거라. 나를 두고 죽으면 안 돼. 나한테 남은 건 너뿐이야. 너한테 하느님의 축복이 깃들기를. (눈이 감긴다. 웅얼거린다.) 마지막 잔에……. 그만 골로 가는구나. (술기운에 선잠에 떨어졌을 뿐 완전히 잠든 건 아니다. 에드먼드는 참담한 심경에 사로잡혀 두 손에 얼굴을 파묻는다. 타이론이 베란다로 난 망사문을 살그머니 열고 들어온다. 가운이 안개로 축축하고 칼라가 뒤집혀 위로 올라가 있다. 얼굴이 혐오감으로 잔뜩 굳어져 있으면서 동시에 일말의 연민이 어려 있다. 에드먼드는 아버지가 들어왔다는 걸 알아채지 못한다.)

타이론 (낮게) 다행히도 잠들었구나. (에드먼드는 놀라서 고개를 쳐든다.) 영원히 주절거릴 줄로만 알았는데. (가운의 칼라를 반듯하게 내린다.) 그냥 이대로 놔두는 게 낫겠다. 저절로 술이 깨게. (에드먼드는 침묵을 지킨다. 타이론, 에드먼드를 유심히 바라보다가 말을 잇는다.) 저 녀석이 마지막으로 한 말을 들었다. 내가 너한테 경고한 그대로더구나. 제 입에서 나온 소리니 잊지 마라. (에드먼드는 들었다는 반응을 보이지 않는다. 타이론, 안됐다는 듯이 덧붙인다.) 하지만 너무 심각하게 생각하지는 말거라. 술에 취했다 하면 제 나쁜 점들을 과장해서 말하기 좋아하니까. 녀석은 널 무척이나 사랑해. 그거 하나만은 기특하지. (침통한 표정으로 제이미를 내려다보다가) 참, 볼 만하구먼! 애비의 명예를 드높여주기를 기대했던 장남이라는 놈의, 그토록 장래가 촉망되었던 녀석의 이 꼬라지가!

에드먼드 (처연하게) 좀 조용히 해주세요, 아버지.

타이론 (한 잔 따르며) 쓰레기! 파락호에 볼 장 다 본 술주정뱅이! (타이론, 술을 마신다. 제이미는 아버지의 존재를 감지하고 마음이 불편해져 정신을 차리려고 애쓴다. 이윽고 그는 눈을 뜨고 눈을 껌벅거리며 타이론을 쳐다본다. 타이론, 표정이 굳어지면서 방어하듯 한 발짝 뒤로 물러난다.)

제이미 (갑자기 손가락으로 아버지를 가리키면서 연극하듯 대사를 읊어댄다.)

"클래런스가 왔다, 거짓되고, 믿을 수 없는 위증자 클래런스가,
튜크스버리 전장에서 나를 찌른 자가.
복수의 여신이시여, 저자를 붙잡아 고통을 안겨주소서."*

(그러고 나서 벌컥 화를 내며) 뭘 그렇게 빤히 쳐다보슈? (로세티의 시를 빈정대는 투로 낭송한다.)

"내 얼굴을 보세요. 내 이름은 '한때는 잘나갔을지도 모를 사람'이라고 해요.
혹은 '이제는 아닌', '너무 늦어버린', '안녕'이기도 하고요."

*셰익스피어의 《리처드 3세》 1막 4장 중 대사.

타이론 그런 줄은 나도 잘 알고 있지. 그 낯짝은 보고 싶지도 않다.

에드먼드 아버지! 그만두세요!

제이미 (조롱하듯) 끝내주는 아이디어가 떠올랐어요, 아버지. 이번 시즌에 〈종〉을 다시 무대에 올리는 거예요. 아버지라면 그 연극의 주역을 분장도 하지 않고 잘 해낼 수 있어요. 노랭이 가스파르 영감 역을! (타이론은 성질을 누르려 애쓰면서 외면해버린다.)

에드먼드 닥쳐, 형!

제이미 (조롱하듯) 에드윈 부스 같은 대배우도 훈련받은 물개만큼 뛰어난 연기는 선보이지 못했을걸요. 물개들은 영리하고 정직하죠. 자기네들의 연기력에 대해 구라를 치는 짓 같은 건 하지 않아요. 자기네가 생선을 받아먹기 위해 연기하는 싸구려 연기자라는 걸 그냥 인정하죠.

타이론 (아픈 데를 찔려 격분해서 제이미 쪽으로 돌아서며) 이 건달 놈!

에드먼드 아버지! 여기서 난리를 쳐서 엄마를 내려오게 하고 싶으세요? 형도 잠이나 자! 이제까지 지껄일 만큼 지껄였잖아. (타이론, 외면한다.)

제이미 (잠긴 목소리로) 알았다, 막내야. 싸울 생각 없다. 졸려 미치겠어. (눈을 감고 꾸벅꾸벅 존다. 타이론은 탁자 곁으로 가서 앉은 뒤 제이미가 보이지 않게 의자를 돌린다. 그도 곧 졸음에 빠진다.)

타이론 (힘겹게) 저 사람이 잠들었으면 좋겠는데. 그래야 나도 자지. (졸음기 섞인 목소리로) 너무 피곤해. 이젠 옛날처럼 밤을 못 새. 늙어서……. 갈 데까지 갔어. (입이 찢어지게 하품을 하며) 눈을 뜰 수가 없네. 잠깐 눈을 붙여야겠어. 에드먼드, 너도 눈 좀 붙이지 그러니? 네 엄마는 시간이 좀 지나야……. (말꼬리가 흐려진다. 눈이 감기고 턱이 밑으로 떨어진다. 입에서 곤한 숨소리가 새어나오기 시작한다. 에드먼드는 잔뜩 긴장해서 앉아 있다. 무슨 소리가 들리자 신경질적으로 상체가 앞으로 움찔한다. 그는 앞 응접실을 통해 현관 쪽을 뚫어지게 바라본다. 누군가에게 쫓겨 정신이 산란한 사람 같은 표정이 되어 벌떡 일어선다. 한 순간 뒤 응접실로 숨으려는 기색을 보인다. 하지만 다시 주저앉아 앞 응접실 쪽을 외면하고 양손으로 의자 팔걸이를 꽉 잡은 채 기다린다. 누군가가 앞 응접실 벽에 있는 스위치를 올리는 바람에 갑자기 앞 응접실의 샹들리에 전등 다섯 개가 모두 켜진다. 잠시 후 누군가가 거기서 피아노로 쇼팽의 쉬운 왈츠 곡들 가운데 하나의 서두 부분을 치기 시작한다. 마치 솜씨가 서툰 여학생이 처음 연습할 때처럼 뻣뻣한 손가락으로 더듬거리며 친다. 타이론은 놀라서 잠기운과 술기운이 단숨에 날아가 대번에 겁먹은 표정이 되고, 제이미는 고개가 뒤로 휙 젖혀지면서 눈을 번쩍 뜬다. 잠시 그들은 제자리에 얼어붙은 것처럼 꼼짝하지 않은 채 듣고 있다. 피아노 연주가 시작할 때와 마찬가지로 갑자기 뚝 끊기더니 메리가 문간에 나타난다. 그녀는 잠옷 위에 하늘색 가운을 걸치고 있고 맨발에 방울 술이 달린

우아한 슬리퍼를 신고 있다. 얼굴은 어느 때보다도 더 창백하고 눈은 유난히 더 커 보이며, 두 눈동자가 검은 보석들처럼 광채를 발하고 있다. 섬뜩한 건 이제 그녀의 얼굴이 너무 젊어 보인다는 점이다. 그 얼굴에 짙게 드리워졌던 세월의 흔적이 마치 다림질을 하기라도 한 것처럼 말끔하게 사라져버렸다. 입가에 수줍은 미소를 머금고 있는 순진한 처녀의 대리석 마스크 같다. 하얀 머리는 두 가닥으로 땋아 가슴 위에 늘어뜨렸다. 그녀는 뒤세스 레이스 장식이 달린 구식의 하얀 공단 웨딩드레스를 아무렇게나 한 팔에 걸치고서, 마치 그걸 걸치고 있다는 사실을 잊어버리기라도 한 양 바닥에 질질 끌고 있다. 그녀는 문간에서 잠시 머뭇거리며 실내를 휘돌아본다. 그녀는 뭔가를 가지러 왔다가 그게 뭔지 깜박 잊는 바람에 갑자기 멍해진 사람처럼 곤혹스러운 표정으로 이맛살을 찌푸리고 있다. 모두들 그녀를 바라본다. 그녀는 실내의 자연스러운 일부여서 자신이 기계적으로 받아들이는 익숙한 사물들, 곧 가구, 창문을 보듯 그들을 바라본다. 하지만 자기 세계 속에 너무 깊이 빠져 있어서 그나마도 알아보지 못한다.)

제이미   (자기 방어적이고 냉소적인 신랄한 어조로 그 팽팽하게 긴장된 침묵을 깨고 말한다.) 미친 장면이로군. 오필리아 등장! (타이론과 에드먼드가 사나운 눈길로 그를 돌아본다. 에드먼드가 좀 더 빨리 움직여 손등으로 제이미의 입술을 찰싹 때린다.)

타이론   (억눌린 분노 때문에 떨리는 목소리로) 잘했다, 에드먼드. 몹쓸 개망나니 같으니! 제 엄마한테!

212

제이미 (화내는 기색 없이 가책으로 웅얼거리며) 그래. 내가 맞을 짓을 했지. 하지만 아까 말했잖아. 이번에는 큰 기대를 걸었다고……. (두 손에 얼굴을 파묻고 흐느끼기 시작한다.)

타이론 내일은 무슨 일이 있어도 기필코 네놈을 쫓아내고 말테다. (그러나 제이미가 흐느껴 울자 대번에 노여움이 풀려, 돌아서서 제이미의 어깨를 흔들며 사정하듯이 말한다.) 제이미, 제발 좀 그쳐! (이윽고 메리가 말하기 시작하자 그들은 다시 얼어붙은 듯한 침묵 속에 빠져든 채 그녀를 정신없이 바라본다. 그녀는 실내에서 일어나는 일들에 아무 관심도 없다. 그런 것들은 그 방의 익숙한 분위기의 일부, 그녀가 푹 빠져 있는 세계에 아무 영향도 미치지 못하는 배경 같은 것에 불과하다. 그녀는 그들이 아니라 자기 자신에게 이야기한다.)

메리 이젠 솜씨가 엉망이야. 연습을 너무 안 했어. 테레사 수녀님이 심하게 야단 치실 거야. 많은 돈을 보내줘서 특별 레슨을 받게 해주시는 아버지를 조금이라도 생각한다면 이럴 수는 없다고 그러시겠지. 그 말씀이 옳아. 아버지가 나한테 너무나 잘해주시고 무척이나 자랑스러워하시는데 이런 식으로 해서는 안 되지. 이제부터는 매일 연습할 거야. 하지만 내 손에 큰 탈이 났어. 손가락들이 너무나 뻣뻣해졌어. (두 손을 쳐들고 겁먹고 당혹해하는 눈빛으로 자세히 들여다본다.) 관절들이 잔뜩 부었어. 너무 흉해. 양호실에 가서 마사 수녀님한테 보여드려야겠어. (애정과 신뢰가 어린 다정한 미소를 머금으며) 늙고 좀 변덕스럽긴 해도 난 그 수녀님이 좋아. 그분은 뭐든 다 낫게 해줄 수 있는 약상자를 갖고 계시지. 그분은 내 손에 바를 약을 주시면서 성모마리아께 기도하라고 그러실 거야. 그러면 금방 나을 거라고. (손은 잊어버리고 웨딩드레스를 바닥에 질질 끌면서 거실로 들어온다. 공허한 눈길로 실내를 돌아본다. 다시 이맛살을 찌푸린다.) 보자. 내가 여기 뭘 가지러 왔더라? 이렇게 정신이 없다니, 끔찍해. 노상 꿈만 꾸고 뭐든 다 잊어버리기만 한다니까.

타이론 (낮은 소리로) 네 엄마가 끌고 다니는 저게 뭐지, 에드먼드?

에드먼드 (멍하니) 웨딩드레스 같아요.

타이론 맙소사! (일어나서 메리의 앞길을 막아선 채 고통스럽게) 여보! 이건 너무 심하지 않소? (스스로를 자제하고는 부드럽게 달래듯) 자, 그건 이리 줘요. 이러다 밟아서 찢어버리겠어. 바닥에 질질 끌려서 더러워지고. 그럼 나중에 후회할 거요. (메리, 남편이라는 것도 알아보지 못하고, 애정도 적의도 없이, 내면의 아득히 먼 곳에서 바라보듯 하면서 드레스를 건네준다.)

메리 (행실 바른 소녀가 자기 짐을 들어주는 나이 지긋한 신사에게 예의 바르게, 그리고 수줍어하면서 말하듯) 고맙습니다. 정말 친절하시네요. (어리둥절해하면서도 관심 있는 눈길로 웨딩드레스를 유심히 살펴보며) 웨딩드레스네요. 참 아름답지 않아요? (얼굴에 어두운 그림자가 스쳐 지나가면서 막연히 불안해하는 표정이 된다.) 이제 기억났다. 다락의 트렁크 속에서 찾아냈어. 그런데 이걸 왜 찾았는지 모르겠네. 난 수녀가 될

건데……. 그러니까 이걸 찾아내기만 하면……. (다시 이맛
살을 찌푸린 채 실내를 돌아본다.) 내가 찾고 있던 게 뭐였지?
내가 뭔가를 잃어버렸는데. (이제는 타이론을 자기 앞길을 가
로막는 장애물로만 의식하고 그에게서 물러선다.)

타이론 (절망적으로 호소하며) 여보! (그러나 그 말은 그녀가 깊
이 빠져든 세계로 뚫고 들어가지 못한다. 그녀는 그의 말을 전혀
듣지 못한 것 같다. 그는 어쩔 수 없이 체념하고 만다. 이제 방어
막 역할을 하던 취기조차도 사라져 그는 말짱한 정신 상태에서
고통을 받고 있다. 웨딩드레스를 두 팔로 받쳐 든 채 의자에 털
썩 주저앉는다. 그걸 받쳐 든 자세는 어색해 보이나 무의식중에
그걸 보호하려는 듯이 조심스럽게 다루고 있다.)

제이미 (얼굴에서 두 손을 떨어뜨리고 탁자만 망연히 내려다본
다. 그 역시 술이 확 깼다. 이윽고 맥없이) 소용없어요, 아버지.
(비통한 슬픔이 깃든 목소리로 스윈번의 〈작별〉을 담담하게, 그
러면서도 빼어난 솜씨로 읊는다.)

"우리 그만 일어나 작별하자, 그녀는 모를 테니.
바람에 날리는 모래와 포말이 가득한 바다로
폭풍처럼 가자. 여기 있은들 무슨 도움이 되겠는가?
이 모든 것들이 다 그러하니 아무 소용이 없고,
온 세상이 눈물처럼 쓰라리다.
그대가 아무리 보여주려 애써도,
이것들이 어떠한지를 그녀는 알지 못하리."

메리 (주위를 돌아보며) 아주 필요한 건데. 아주 잃어버렸을 리
가 없는데. (제이미가 앉은 의자 뒤로 돌아가기 시작한다.)

제이미 (몸을 돌려 어머니의 얼굴을 들여다본다. 어쩔 수 없이 어
머니에게 애원한다.) 엄마! (메리는 듣지 못한 것 같다. 제이미,
절망에 빠져 외면해버린다.) 젠장! 무슨 소용이 있겠어? 쓸데
없는 짓이지. (더욱 비통하게 〈작별〉을 다시 읊는다.)

"그러니 가자, 나의 노래들이여, 그녀는 듣지 못할 테니.
그러니 두려워하지 말고 함께 가자.
노래 시간은 끝났으니 이제는 침묵할 것.
지난 모든 일들도, 모든 것들도 다 끝났으니.
그녀는 우리가 저를 사랑하듯이 그대와 나를 사랑하지 않는다.
우리는 그녀의 귀에다 대고 천사처럼 노래했지만,
그녀는 정녕 듣지 못한다."

메리 (주위를 돌아보며) 아주 필요한 건데. 그게 있었을 때는
전혀 외롭지 않고 무섭지도 않았어. 아주 잃어버렸을 리가 없
어. 그런 생각만 들어도 그냥 죽을 것 같아. 정말 그렇다면 아
무 희망이 없으니까. (몽유병자처럼 제이미의 의자 뒤를 돌고
에드먼드의 뒤를 지나 무대 왼쪽 전면으로 걸어 나온다.)

에드먼드 (충동적으로 몸을 돌려 메리의 한쪽 팔을 움켜잡고는
고통스러워 어쩔 줄 모르는 어린아이처럼 애원한다.) 엄마! 여

름 감기가 아냐! 난 폐병에 걸렸다고!

메리 (그의 목소리가 잠시나마 그녀의 내면으로 파고든 듯하다. 그녀는 몸을 떨고 공포에 질린 표정이 된다. 그녀는 스스로에게 명령을 하듯 미친 듯이 소리친다.) 아냐! (그리고 즉각 현실에서 아득히 멀어진다. 상냥하면서도 인간적인 감정이 전혀 깃들지 않은 목소리로 중얼거린다.) 날 건드리려고 하지 마. 날 잡으려고 하지 마. 난 수녀가 되고 싶은 사람이니까 그러면 안되지. (에드먼드, 메리의 팔을 잡았던 손을 힘없이 떨어뜨린다. 메리, 왼쪽 창 밑의 소파 쪽으로 걸어가서 앉는다. 예의 바른 여학생처럼 두 손을 앞으로 가지런히 모아 포개서 무릎 위에 얹고 정면을 똑바로 바라본다.)

제이미 (질투심에서 비롯된 흡족한 기분과 연민이 뒤섞인 묘한 눈빛으로 에드먼드를 쳐다보며) 이 바보. 다 소용없다니까. (스윈번의 시를 다시 읊는다.)

"그러니 이제 떠나자, 떠나자, 그녀는 보지 않으리니.
모두 한 번 더 노래하자. 분명 그녀도,
그녀도, 지나간 시절과 우리가 나눈 말들을 기억하고,
우리를 살짝 돌아보고 한숨지으리니. 그러나 우리,
우리는 이제 그 자리에 있지도 않았던 것처럼 가버리리니.
나를 보는 모든 이가 나를 가엾게 여겨도
그녀는 정녕 보지 못한다."

타이론 (망연자실한 상태를 떨쳐버리려 애쓰며) 신경을 쓰는 우리가 바보지. 망할 놈의 독물이 시키는 일인걸. 하지만 이렇게 깊이 빠져든 건 본 적이 없었는데. (퉁명스럽게) 그 술병 이리 넘겨, 제이미. 그리고 그 망할 놈의 병적인 시 좀 읊어대지 마. 내 집에서는 안 돼! (제이미, 타이론에게 술병을 밀어준다. 타이론, 한쪽 팔과 무릎 위에 웨딩드레스를 조심스럽게 걸쳐놓은 자세를 그대로 유지한 채 잔에 술을 따르고는 병을 다시 밀어준다. 제이미, 잔에 술을 따른 뒤 병을 에드먼드에게 건네준다. 에드먼드도 술을 따른다. 타이론이 잔을 들자 두 아들도 기계적으로 따라 한다. 하지만 그들이 미처 마시기도 전에 메리가 말을 하는 바람에 모두 마시는 걸 잊어버리고 잔을 탁자에 천천히 내려놓는다.)

메리 (꿈꾸듯 전면을 응시한다. 얼굴이 기묘하다 할 만큼 젊고 천진해 보인다. 수줍은 열정과 신뢰가 깃든 미소를 머금고 큰 소리로 혼잣말을 한다.) 엘리자베스 원장 수녀님과 면담을 했어. 원장님은 참 상냥하고 좋은 분이야. 살아 있는 성녀시지. 그분이 너무 좋아. 죄받을 소리가 될지도 모르지만 우리 엄마보다 그분이 더 좋아. 우리가 무슨 말을 하기도 전에 늘 먼저 우리 마음을 다 헤아리고 계시지. 그분의 따뜻한 푸른 눈은 우리 마음을 다 꿰뚫어보고 계셔. 그래서 그분한테는 아무것도 감출 수가 없어. 그분은 속이고 싶어도 속일 수가 없는 분이야. (반항하듯 고개를 살짝 뒤로 젖히고 소녀처럼 발끈하며) 그런데 이번에는 내 마음을 제대로 헤아려주신 것 같지가 않아.

나는 수녀가 되고 싶다고 말씀드렸지. 내가 타고난 소명을 확신하고 있다고, 그리고 성모마리아께 내게 확신을 달라고, 내가 그럴 만한 가치가 있는 사람이라는 걸 깨닫게 해달라고 기도했다는 말씀도 드렸어. 내가 호수에 떠 있는 작은 섬의 루르드 성당에서 기도 드릴 때 성모님의 환영을 정말로 봤다는 말씀도 드렸고. 그때 성모마리아께서는 환하게 웃으시며 내 뜻에 동의해주셨지. 그래, 나는 원장님께 성모님이 허락하신 건 내가 그 성당에서 무릎 꿇고 기도 드린 게 사실인 것만큼이나 확실하다고 말씀드렸어. 그런데도 원장님은 그보다 더 강한 확신이 필요하다, 그게 상상이 아니라는 걸 증명해야 한다고 말씀하시는 거야. 그러면서 그렇게 확신하고 있다면 자신을 시험해보는 게 좋을 거라는 거야. 학교를 졸업한 뒤 집에 돌아가서 다른 여자애들처럼 파티에도 참석하고 춤도 추고 즐기면서 지내봐라, 그렇게 일이 년쯤 지난 뒤에도 마음이 변치 않는다면 그때 다시 찾아와서 이야기를 해보자고 하시는 거야. (고개를 발딱 젖히고 분개한 어조로) 원장 수녀님이 그렇게 말씀하실 줄은 꿈에도 몰랐어! 정말 충격이었어. 물론 나는 그 말씀을 따르겠다고 했지. 하지만 난 그게 시간 낭비에 불과할 거라는 걸 잘 알고 있었어. 그분 방을 나온 뒤에는 마음이 아주 혼란스러웠어. 그래, 성당에 가서 성모마리아께 기도를 드렸더니 마음이 다시 편안해졌어. 성모님은 내 기도를 들어주시고, 늘 나를 사랑해주시고, 내가 그분에 대한 믿음을 잃지 않는 한 내가 어떤 해도 받지 않도록 지켜주실 걸 잘 알고 있었으니까. (사이. 점차 커져가는 불안감이 그녀의 얼굴을 뒤덮는다. 그녀는 머릿속에서 거미줄들을 걷어내기라도 하듯이 한 손으로 이마를 쓸면서 넋 나간 듯이 말한다.) 그게 졸업하던 해 겨울의 일이었지. 그러고 나서 이듬해 봄에 일이 생겼어. 그래, 다 기억나. 난 제임스 타이론과 사랑에 빠졌고, 한동안 꿈같이 행복하게 지냈어. (슬픈 꿈에 젖어 전면을 망연히 응시한다. 타이론이 의자에 앉은 채로 몸을 꿈틀한다. 에드먼드와 제이미는 꼼짝도 하지 않고 있다.)

막

1940년 9월 20일
타오 하우스에서

피와 눈물로 쓴 슬픈 생애의 여로

김훈(번역가)

1888년 미국 뉴욕 브로드웨이에 있는 한 호텔 방에서 연극 배우 제임스 오닐의 셋째 아들로 태어난 유진 오닐(Eugene Gladstone O'Neill)은 본격적인 연극이 아직 제대로 정립되지 못한 황량한 미국의 연극 풍토에서 처음으로 현대적인 형태의 사실주의 연극을 태동시킨 극작가다. 오닐 이전의 미국 연극은 제대로 된 드라마투르기나 예술성 등을 추구하기보다 상업적이고 오락적인 재미만을 좇는 멜로드라마나 권선징악적인 내용이 주를 이루는 신파조의 연극이 주를 이루었다.

이렇게 본받을 만한 선배 극작가들이 전무하다 보니 오닐은 자연히 유럽 연극 쪽으로 관심을 돌릴 수밖에 없었고, 따라서 당대 유럽의 사실주의 연극을 주도하던 입센과 스트린드베리, 그중에서도 특히 스트린드베리의 영향을 많이 받았다. 미국의 문학비평가인 해럴드 블룸은 예일 대학교 출판부에서 출간된

《밤으로의 긴 여로》 서문에서 아일랜드계 미국인인 오닐이 에 머슨과 윌리엄 제임스, 휘트먼 등으로 대변되는 미국 문화와의 관련성이 얼마나 적고, 또 유럽 문화 쪽에 얼마나 가까운지를 상세히 서술하고 있다.

실제로 이 작품에서는 오닐이 자신에게 많은 영향을 준 유 럽 문화의 유산들을 등장인물들을 통해서 직접적으로 드러내 보여주고 있다. 셰익스피어, 니체, 졸라, 보들레르, 키플링, 로 세티, 스윈번 등을. 그리고 더 멀게는 그리스비극 대가들의 체 취 역시 그의 많은 희곡들 속에 짙게 녹아들어가 있다.

오닐은 이렇게 본받을 만한 자국의 연극 전통이 부재한 상 황에서 연극 활동을 시작했지만 오늘날까지도 미국에서 대체 로 사실주의 전통을 충실히 따르는 극작가들이 많이 배출되었 다는 것은 그가 후대의 미국 극작가들에게 많은 영향을 미쳤다 는 사실을 반증해준다고도 할 수 있다. 그의 출현 이후로 미국 의 연극계에는 테네시 윌리엄스, 아서 밀러, 에드워드 올비, 샘 셰퍼드 등에 이르는 뛰어난 극작가들이 줄줄이 출현했는데, 이 가운데서 에드워드 올비만이 유럽 현대극의 주요 흐름들과의 연관성이 강하게 느껴질 뿐, 나머지는 오닐의 연장선상에 있는 사실주의 극작가들로 비친다.

희곡은 원래 무대에서 상연하기 위한 대본이다. 극작가들이 가끔, 읽기에 적당한 문학적인 희곡(레제드라마)을 쓰는 경우 도 있으나 이는 어디까지나 예외에 지나지 않으며 대다수는 상 연을 전제로 해서 쓴 것들이다. 그런데 이 《밤으로의 긴 여로》

를 비롯한 오닐의 작품들은 이 두 가지 부류 모두에 해당하는 희곡의 성격을 갖고 있다. 무대에서 상연하기에도 적당하고, 또 문학작품으로 읽기에도 적당하다는 특징을.

그래서 그런지는 몰라도 이 희곡은 지문이 대단히 길고 상세하다. 오늘날의 극작가들이 지문을 과다하게 집어넣을 경우 연출가나 배우들의 재량과 상상력의 폭을 제한한다는 생각에서 지문을 대폭 생략하거나 거의 집어넣지 않고 오로지 대사 속에 녹아들어가게 하는 경우와는 큰 대조가 된다. 이런 특징 때문에 현대 희곡들은 때로 암호문 모음 같아서 일반 독자들이 읽기에 대단히 난해하게 비치는 경우가 많다. 오태석의 희곡들을 읽어본 이들이라면 이 말이 무슨 뜻인지 알 것이다. 하지만 이 희곡에 나오는 지문들은 그 양이 대단히 많음에도 불구하고 연출가들이나 배우들의 상상력과 해석의 여지를 제한하기보다 오히려 대사의 묘미를 더 살려주고 있다는 느낌이 드는데 이는 오닐의 극작가적 역량에서 비롯된 것이라 해야 옳겠다.

오닐이 자신의 "해묵은 슬픔을 피와 눈물로 쓴" 이 작품은 묘하게도 모차르트의 〈레퀴엠〉을 연상시키는 면이 있다. 그것은 두 작품 다 두 사람의 생애 마지막 대작이요, 또 이미 사라지고 없는 이들의 영혼을 위무하는 성격을 지녔고, 그 저변에 흐르는 엄숙하고 장중하고 비극적인 분위기 때문에 그렇지 않나 싶다.

오닐은 1920년에 최초의 장막극 〈지평선 너머〉를 공연한 뒤 극작가로서는 처음으로 퓰리처상을 수상했다. 그 후에도 그는

〈애너 크리스티(1922)〉, 〈이상한 막간극(1928)〉, 사후에 공연된 〈밤으로의 긴 여로(1956)〉로 이 상을 세 차례나 더 수상했다. 그리고 1936년에는 노벨 문학상을 수상했다.

독일의 문호 괴테는 "자신이 경험하지 않은 것은 한 줄도 쓰지 않았고, 또 자신이 경험한 그대로는 한 줄도 쓰지 않았다"고 술회했다. 이 《밤으로의 긴 여로》 역시 오닐이 직접 체험하지 않은 것은 한 줄도 쓰지 않은 것 같다. 그러나 괴테와는 달리 이 작품의 상당 부분은 오닐이 거의 그대로 쓰지 않았나 싶은 느낌을 준다. 실제로 오닐의 생애와 그의 가족사를 더듬어보면 이 작품에 나오는 주인공들의 가족사와 오닐의 가족사가 놀라우리만치 정확하게 일치하는 걸 보게 된다.

오닐의 아버지 제임스 오닐은 19세기 말의 몇 십 년간 유랑극단의 유명한 배우였는데, 그가 맡은 배역으로 가장 널리 알려진 것은 알렉상드르 뒤마의 유명한 소설 《몬테크리스토 백작》을 각색한 연극의 주인공 백작 역이었다. 이 작품이 크게 히트하면서 그는 부와 명성을 동시에 얻었고 그 때문에 돈에 눈이 어두워져 25년간 이 한 작품의 공연에만 매달린 결과, 뛰어난 셰익스피어 배우가 될 가능성을 놓치고 삼류 흥행배우로 전락하고 만다. 이는 《밤으로의 긴 여로》에 나오는 에드먼드의 아버지 타이론이 처한 운명과 정확하게 일치한다.

그리고 제임스 오닐의 아버지 역시 이 작품에 나오는 타이론의 아버지처럼 아일랜드를 덮친 기근을 피해 미국으로 이민

했고, 이민 온 지 1년 만에 아내와 자식들을 버리고 아일랜드로 돌아갔다가 곧바로 사망했다. 그 때문에 제임스 오닐은 어렸을 때부터 지긋지긋한 가난에 시달리면서 학교도 다니지 못하고 공장에서 일해야 했다.

오닐의 어머니 엘라 퀸랜은 여유 있는 중산층 출신으로 피아노 연주에 어느 정도의 재능이 있었고 장차 수녀가 되기를 꿈꿨던 신앙심 깊은 처녀였으나 열아홉 살 때 제임스 오닐을 만나 사랑에 빠지는 바람에 그때까지의 꿈들을 접어버리고 그와 결혼했다.

이 작품에 나오는 메리처럼 감수성이 풍부하고 예민한 성격을 지녔던 엘라는 순회공연을 하는 남편을 따라 객지에서 호텔을 떠돌면서 생활하다가 친정어머니에게 맡겨뒀던 둘째 에드먼드가 죽자 남편, 그리고 홍역을 옮긴 큰아들 제이미를 원망하고 미워하기 시작한다. 그리고 셋째 유진을 낳은 뒤 아픔에 시달리게 되자 호텔 전속 돌팔이 의사에게 진통제로 모르핀을 맞은 뒤 모르핀 중독자가 되었다.

이밖에도 오닐은 극중의 에드먼드처럼 인생의 실패자이자 알코올 중독자인 형을 좋아하고 따랐으며, 형처럼 방탕한 생활을 하다가 프린스턴 대학을 자퇴한 뒤 배를 타고 세계 각처를 유랑하다가 한때는 자살을 기도하기도 했고 폐결핵에도 걸렸다.

이 작품은 바로 오닐 일가족의 실제 삶의 축도나 다름없어서 여기서 더 더듬어본다는 것은 지면 낭비가 될 테니 생략하기로 하자. 예외가 있다면 이 작품에 등장하는 배역들의 이름이 오닐 가족과 약간 다를 뿐이다. 일테면 아버지 제임스 오닐의 이름을 제임스 타이론으로 바꾸고, 어머니의 이름을 메리로 바꾸고, 두 살 때 홍역으로 죽은 둘째 에드먼드와 셋째 유진의 이름을 맞바꿔놓은 것 정도다. 이하 유진 오닐의 생애는 작가 연보로 대신하기로 한다.

17세기 프랑스의 고전주의 극작가들은 아리스토텔레스가 《시학》에서 밝힌 삼일치의 법칙을 충실히 따랐는데 《밤으로의 긴 여로》 역시 이 법칙을 그대로 따르고 있다. 작품의 시간은 1912년 여름의 어느 하루(시간의 일치), 공간은 제임스 타이론의 여름별장 거실(공간의 일치), 주인공들의 행동 역시 일관성 있게 지속되고 완결된다(행동의 일치). 아리스토텔레스가 말한 삼일치의 법칙은 곧 그리스비극의 기본적인 형식을 바탕으로 해서 나온 이론인데 《밤으로의 긴 여로》는 그런 외면적인 형식 뿐만 아니라 그 장중하고 서사적인 비극적 아름다움에서도 그리스의 비극들을 연상시키는 면이 있다.

1912년 어느 여름날 제임스 타이론의 여름별장에서부터 타이론 가족의 비극은 서서히 그 어두운 전모를 드러내기 시작한다. 메리는 요양원에서 모르핀 중독 치료를 받고 증세가 어느 정도 호전되어 여름별장으로 돌아오지만, 주위 환경이 불안하고 견디기 힘들어 다시 모르핀을 주사하기 시작한다.

에드먼드는 오랜 방랑 끝에 신문사 기자가 되어 정착 생활을 시작하려 하지만 이내 폐결핵에 걸려 죽음의 위협에 직면한다. 그런데도 아버지는 여전히 병적일 만큼 극심한 인색함을 보이고 어머니는 모르핀 기운에 취해 자기만의 환상 속에 갇히기 시작한다.

제임스 타이론은 오랜만에 아내가 돌아오고 에드먼드도 돌아와 모처럼 가족들이 함께 모인 생활을 통해 행복감을 맛보나 그 행복감은 서서히 정체를 드러내기 시작하는 무서운 진실들 때문에 오래가지 못해 처연한 비극과 직면하게 된다.

장남인 제이미는 어느 것에도 마음을 붙이지 못하고 술과 여자에 빠져 방탕하게 지내다가 아버지가 연극을 쉬는 여름철에 아버지에게 몸을 의탁하곤 하는데 이번 여름에도 그런 사정은 마찬가지다. 그는 어머니가 모르핀 중독에서 벗어나고 동생이 순탄한 성공가도를 달린다면 그 기회에 자신도 삶을 쇄신해야겠다고 마음먹지만 어머니와 동생의 불행을 보고 또다시 좌절한다.

이 일가족은 그리스비극의 주인공들처럼 자기네를 옥죄고 있는 운명의 사슬에 단단히 갇혀 있다. 아버지는 어렸을 때 겪은 끔찍한 가난의 기억에서 평생 자유롭지 못해 돈을 꽤 많이 벌었음에도 불구하고 늘 돈이 새나갈까봐 전전긍긍한다. 사실 이 가족의 비극의 단초가 된 아내의 모르핀 중독도 그의 인색함에서 비롯되었다. 그는 그 때문에 늘 죄의식을 느끼지만 늙어서 빈털터리가 되어 구빈원에 처박혀 죽게 될까봐 두려운 마음에서 끝내 해방되지 못한다.

그의 아내 메리는 남편의 도를 넘는 인색함 때문에, 그리고 그의 순회공연을 따라다니느라 둘째 유진을 홍역으로 잃었다는 점 때문에 남편을 증오하고, 제이미가 유진의 방에 들어가는 바람에 유진이 홍역에 걸려 죽었다고 해서 제이미를 미워하며, 에드먼드가 태어난 뒤의 산후 병치레 때문에 모르핀 중독이 되었다고 해서 에드먼드를 미워한다. 그러나 그와 동시에 그녀는 남편과 두 아들을 모두 끔찍이 사랑하며 특히 자신을 많이 닮은 막내 에드먼드에게 깊은 연민과 사랑을 느낀다. 메리의 이런 상반된 애증의 요소들은 연극이 끝날 때까지 내내 지속된다.

제이미는 성실성의 결여, 무책임함, 의존적인 태도 때문에 결국 인생의 실패자가 될 운명에 처해 있으면서도 자기 삶의 쇄신 동기까지도 다른 이들에게 의탁한다. 즉 어머니가 좋아지고 에드먼드가 좋아지면 자기도 뭔가 해보겠다고 하는 것이다. 그리고 그들이 비극적인 운명에 떨어지자 쉽게 포기하고 단념한다. 그리고 그는 아버지의 인색함과 어머니의 의지박약을 비난하고 동생을 사랑하면서도 내심 질시한다.

에드먼드는 섬세하고 예민한 성격답게 가족들에게 깊은 연민과 사랑을 품고 있으면서도 가족에게 드리워진 어두운 운명의 그림자를 걷어낼 수 있을 만한 힘을 갖고 있지 못하다. 그는 응석받이의 성향을 갖고 있어 다른 식구들처럼 남의 탓을 잘하고 쉽게 허무주의에 빠져 생을 포기하려는 성향을 보인다. 마음이 여려서 상처도 잘 받는다.

극이 진행되는 동안 이 가족은 자기네가 불행한 운명에 처한 것이 다른 이들 때문이라고 내내 비난하기만 할 뿐, 자기네를 덮친 불행의 그림자를 거둬낼 수 있을 만한 어떤 자기 혁신적인 행동도 하지 못한다.

이 가족의 비극을 바라보는 유진 오닐의 시각에는 그리스비극의 운명론적인 관점, 그리고 장세니슴(Jansénisme)적 관점이 짙게 배어있다. 다 알다시피 그리스비극의 주인공들은 신이 미리 정한 운명의 사슬에서 헤어 나오지 못하고 끝내 비극적인 대파국의 결말을 맞이한다. 그리고 장세니슴 역시 인간의 자유의지를 부정하고 신의 예정설을 주장하며 구원은 개인의 선행이 아니라 신의 은총에 의해서 온다고 본다. 이 작품을 시종일관 짙게 내리누르는 건 오닐이 갖고 있는 이런 장세니슴적 숙명론과 엄숙주의다. 타이론이 옛날 일들은 제발 잊어달라고 사정할 때 메리의 다음과 같은 답변은 그런 관점을 잘 보여주고 있다.

"(이상하리만치 초연하고 고요한 태도로) 왜요? 어떻게 그럴 수 있어요? 과거는 현재인데. 그렇지 않아요? 미래이기도 하고요. 우리 모두는 거기서 빠져나가려고 몸부림치지만 우리 인생이 그걸 허용하려들지 않죠." (2막 2장 중)

메리는 또 남편과 제이미가 그렇게 된 것도 다 본인들의 의지로는 어찌할 수 없다고 단정하고 체념한다. 본인이 모르핀 중독에 빠져든 것도 같은 맥락으로 해석하는 건 물론이다.

이 작품에서 또 하나의 일관된 배경을 이루며, 주인공들의 생각을 일정 부분 대변해주는 요소는 안개다. 3막에서 메리는 이렇게 말한다.

"안개는 세상으로부터 우리를 숨겨주고 우리로부터 세상을 숨겨주지. 안개가 끼면 모든 게 변한 것 같고, 그대로인 건 하나도 없는 것 같은 느낌이 들어. 아무도 우리를 찾아내지 못하고 건드리지도 못해."

에드먼드 역시 어머니가 다시 모르핀 중독에 빠져 안개 속에 숨어들어가고 있다는 걸 알고 좌절해서 해변으로 뛰쳐나가지만 그 역시 해변에 자욱하게 드리워진 안개의 몽환 속에서 위안을 얻는다.

안개는 살벌한 현실이 안겨주는 참혹함과 참담함으로 상처받기 쉬운 여린 주인공들을 보호해주는 자연의 은혜로운 장치요 피난처다. 메리에게는 모르핀이 안겨주는 몽환과 안개의 몽환은 동가의 의미가 있다. 그리고 이런 몽환은 결국 메리를 현실 세계로부터 철저하게 고립시켜 비극적 결말로 치닫게 만든다.

그리고 병든 고래의 신음 같은 무적은 이 연극의 주인공들이 곧 빠져들 불길한 운명을 예고해주는 사이렌과 같은 기능을 하는 듯하다.

뭐니 뭐니 해도 이 연극의 압권은 4막의 마지막 장면이 아닐까 싶다. 타이론과 제이미, 에드먼드가 절망에 빠져 서로를 비난하다가 지쳐서 늘어져 있을 때 모르핀에 취해 짙은 안개 같은 과거 속으로 깊숙이 퇴행해 들어간 메리가 기묘하리만치 젊은 모습을 회복하고 웨딩드레스를 질질 끌고 나타나 여학생같이 순진하고 청초한 모습으로 청춘의 한 정점을 초연하게 술회하는 장면. 온몸의 소름이 돋을 만큼 섬뜩하면서도 처연하게 아름다운 장면이 아닐 수 없다.

오닐이 헌사에서 "해묵은 슬픔을 피와 눈물로 썼다"고 고백한 이 작품은 평생 숙명처럼 따라다닌 가족사의 비극을 본인이 더 이상 회피하지 않고 정면으로 직시하기 위해 쓴 작품이기도 하다. 누구든 간에 부모를 용서하지 않을 때 부모의 망령은 끝까지 따라다니며 더 짙은 영향을 미친다. 오로지 용서함으로써만 이 그 어두운 그림자로부터 해방될 수 있는 실마리가 생긴다.
　오닐이 이 작품을 쓴 것은 세상에 발표하기 위해서가 아니라 본인이 평생토록 피해 다녔던 가족사의 어두운 그림자들과 정면으로 맞닥뜨리고 용서와 화해를 구하기 위해서인 것으로 보인다. 그리고 이 장중하고 엄숙한 비극을 통해서 그런 목적을 이룬 것으로 보인다. 그랬기에 그는 세 번째 아내이자 마지막 아내였던 칼로타 몬테레이에게 이 작품을 자신의 사후 25년 동안 세상에 발표하지 말 것이며, 공연도 절대로 하지 말라고 유언했다.
　그러나 칼로타 몬테레이는 오닐의 유언을 따르지 않고 그가 사망하고 나서 3년째인 1956년에 오닐의 정신적인 스승 스트린드베리의 모국인 스웨덴 스톡홀름에서 이 작품을 무대에 올리게 했다. 장장 4시간 반이나 지속된 이 작품의 세계 초연은 대성공을 거뒀다. 이로써 이미 당대 최고의 극작가 반열에 오른 그의 명성은 더욱 높아졌으며, 이듬해에는 다시 네 번째로 퓰리처상을 받기까지 했다.

브로드웨이와 43번가 사이에 있는 콘도형 1888
호텔 바렛하우스에서 아일랜드계 연극배우
인 아버지 제임스 오닐과 역시 아일랜드계
인 어머니 엘라 퀸랜의 셋째 아들로 태어남.

마운트 세인트빈센트의 가톨릭계 기숙학교 1895
알로이시우스 아카데미에 입학.

맨해튼의 드 라 살르 아카데미로 전학. 센트 1900
럴파크 근처의 호텔에서 어머니와 살면서
통학.

코네티컷 스탬퍼드에 있는 베츠 아카데미에 1902
입학.

가톨릭 신앙을 포기함. 1903

프린스턴 대학교에 입학하나 적응하지 못하 1906
고 9개월 만에 자퇴. 이후 배를 타고 이곳저
곳을 떠돌며 생활함. 알코올 중독과 우울증

등으로 고생.

무정부주의자인 벤자민 터커와 철학자 니체
에 심취함.

	1907

캐슬린 젠킨스와 비밀 결혼. 2주일 뒤 아버
지의 권유를 받고 금광을 탐사하기 위해 온
두라스로 떠나지만 5개월 뒤 말라리아에 걸
려 귀국함.

	1909

장남 유진 오닐 2세 태어남. 가정을 돌보지
않은 채 찰스 라신 호를 타고 부에노스아이
레스에 도착. 선원 생활과 노숙자 생활 체
험. 뉴욕에 돌아가서 방황함.

	1910

뉴욕 호를 타고 영국 리버풀에 갔다가 자매
선 필라델피아 호를 타고 귀국. 귀국 후 맨
해튼에 있던 여관 겸 술집 '지미 더 프리스
트'에서 숙식.

	1911

자살 기도. 캐슬린 젠킨스와 이혼. 아버지가
출연하는 〈몬테크리스토 백작〉에 단역으로
출연. 9월에 뉴런던의 〈데일리 텔레그래프〉
신문사에 들어가 수습기자 겸 문예란의 시
기고가로 일함. 그러나 폐결핵에 걸려 이듬
해까지 반년간 코네티컷의 게일로드 팜 요
양원에 틀어박혀 지냄. 이때 처음으로 자신
을 있는 그대로 냉정하게 직면하며 그가 나
중에 '거듭남'이라고 일컬었던 체험, 곧 극
작 체험을 하기 시작함.

	1912

처녀 희곡집 《갈증, 기타 단막극들》을 자비
로 출판. 하버드 대학교의 조지 피어스 베이
커 교수의 유명한 강좌인 '극작 워크숍 47'
에 등록하여 희곡 창작 수업 받음.

	1914	《갈증, 기타 단막극들》

매사추세츠 프로빈스타운의 부두극장에서 바다를 동경하는 선원을 묘사한 〈카디프를 향해 동쪽으로〉 첫 공연. 이 작품으로 뉴욕 무대에 데뷔. 그리니치빌리지 '작가 극장'의 주요 극작가가 되어 여러 단막극들 공연.	1916	
두 번째 아내 애그니스 볼턴과 프로빈스타운에서 결혼.	1918	
	1919	《카리브 바다에 뜬 달, 기타 해양극 6편》
브로드웨이 모로스코 극장에서 첫 장막극 〈지평선 너머〉 공연. 이 작품으로 첫 번째 퓰리처상 수상. 아버지 제임스 오닐 사망. 둘째 아들 셰인 태어남. 미국의 아이티 지배를 우회적으로 언급한 〈황제 존스〉 브로드웨이에서 공연, 성공을 거둠.	1920	
〈애너 크리스티〉 공연.	1921	
어머니 엘라 퀸랜 사망. 〈애너 크리스티〉로 두 번째 퓰리처상 수상.	1922	
국립예술원 회원으로 선출되고 희곡 부문 금메달 수상. 형 제임스 오닐 2세 알코올 중독으로 사망. 코네티컷 리지필드의 '여울 농장'에서 거주.	1923	
버뮤다에 은거하며 창작에 전념함. 〈신의 아이들은 모두 날개가 달렸네〉 공연.	1924	
장·단막극 20편을 2권에 수록한 《유진 오닐 전집》 출간. 해양극들을 제외한 13편의 희곡을 4권에 수록한 《유진 오닐 작품집》	1924 ~ 1925	《유진 오닐 전집》 《유진 오닐 작품집》

출간. 〈느릅나무 아래의 욕망〉 공연.

버뮤다에서 외동딸 우나 태어남.　　　　　　　1925

〈위대한 신 브라운〉 공연. 예일 대학교에서　　1926
명예 문학박사 학위 받음.

2부 9막의 대작 〈이상한 막간극〉 공연. 이　　1928
작품으로 세 번째 퓰리처상 수상. 여배우 칼
로타 몬트레이와 유럽으로 사랑의 도피 여
행 시작.

두 번째 아내와 이혼하고 파리에서 칼로타　　1929
와 결혼.

이탈리아, 스페인, 싱가포르, 상하이, 마닐　　1930
라 등 여행.

해외 생활을 마감하고 귀국. 아이스킬로스　　1931
의 《오레스테이아》 이야기를 원형으로 한 3
부 13막의 야심작 〈상복이 어울리는 엘렉트
라〉 공연.

조지아의 시랜드에 호화주택 카사 제노타　　1932　　《아홉 편의
건축. 라이브라이트 출판사에서 작가가 직　　　　　　희곡집》
접 고른 《아홉 편의 희곡집》 출간.

유일한 희극 〈아, 황야!〉 공연.　　　　　　　　1933

조지아의 더위를 피해 시애틀로 이주. 노벨　　1936
문학상 수상. 맹장염 수술 후 합병증으로 메
리트 병원에 다음 해 3월 초까지 입원. 노벨
상 전달식을 병원에서 거행함. 캘리포니아
댄빌의 토지를 구입하여 타오 하우스 짓기
시작함.

타오 하우스 입주.	**1938**
신장염과 전립선염으로 고생하면서도 창작에 몰두하여 〈얼음 장수 오다〉 탈고.	**1939**
	1940 《얼음 장수 오다》
〈밤으로의 긴 여로〉 탈고. 랜덤하우스 출판사에서 첫 희곡집에 수록된 작품들을 제외한 나머지 모든 작품(장막극 20편, 단막극 5편)을 망라하여 3권으로 된 《유진 오닐 희곡집》 출간.	**1941** 《유진 오닐 희곡집》
파킨슨병으로 진단된 병이 심해지기 시작하여 자유롭게 손을 쓰지 못하게 됨. 우울증에 사로잡힘. 그러나 사후 부검에 의하면 파킨슨병이 아니라 소뇌 피질 위축증으로 밝혀짐.	**1942**
18살이었던 딸 우나가 자신보다 한 살 어린 찰리 채플린과 결혼하자 딸과 의절함.	**1943**
〈얼음 장수 오다〉 공연. 이 공연은 그의 생전에 이루어진 마지막 브로드웨이 공연이 됨.	**1946**
〈불출들의 달〉 공연했으나 실패. 현역에서 물러난 작가로 간주됨.	**1947**
예일 대학교 교수로 있던 장남 유진 오닐 2세 자살.	**1950**
칼로타와 별거 소송 문제가 불거졌으나 화해함. 현재 보스턴 대학교 셸턴 홀 기숙사로 남아 있는 보스턴의 쉐라톤 호텔에서 남은 생을 보냄.	**1951**
호텔 방에서 폐렴으로 사망. 보스턴 교외의	**1953**

포레스트 힐 묘지에 안장됨.

〈밤으로의 긴 여로〉, 스톡홀름에서 초연되 | 1956 | 《밤으로의 긴
어 대성공을 거둠. 예일 대학교 출판부에서 | | 여로》
《밤으로의 긴 여로》 출간. 뉴욕에서 호세 퀸
테로가 연출한 〈밤으로의 긴 여로〉 공연됨.

《밤으로의 긴 여로》로 네 번째 퓰리처상 사 | 1957
후에 수상.

옮긴이 **김훈**

고려대학교 사학과를 졸업하고 1981년 〈동아일보〉 신춘문예 희곡 부문에 당선된 뒤 극작 활동과 번역을 병행하였다. 현재는 전문 번역가로 활발히 활동하고 있다. 대안교육에 관심을 가져 '내일학교' 교사로도 활동하였으며, 이때의 경험으로 저서 《세상에 하나밖에 없는 학교》를 펴냈다. 옮긴 책으로는 《빈 공간》, 《희곡작법》, 《세이버》, 《희박한 공기 속으로》, 《럼두들 등반기》, 《바람이 너를 지나가게 하라》, 《패디 클라크 하하하》, 《내일로부터 80킬로미터》, 《매디슨 카운티의 추억》, 《피아니스트》 외 100여 권이 있다.

세계문학의 숲 010

밤으로의
긴 여로

2011년 8월 1일 초판 1쇄 발행
2018년 9월 24일 초판 2쇄 발행

지은이 | 유진 오닐
옮긴이 | 김훈
발행인 | 이원주

발행처 | (주)시공사
출판등록 | 1989년 5월 10일(제3-248호)

주소 | 서울 서초구 사임당로 82(우편번호 06641)
전화 | 편집 (02)2046-2817 · 마케팅 (02)2046-2800
팩스 | 편집 · 마케팅 (02)585-1755
홈페이지 | www.sigongsa.com

ISBN 978-89-527-6266-5(04840)
      978-89-527-5961-0(set)